Ways of Nature

자연의 방식

자연의 방식

존 버로스
지은현 옮김

꾸리에

일러두기

1. 독자들의 이해를 돕기 위해 옮긴이 주*를 넣었으며, 본문 중간의 [ ]는 역자 첨언 또는 부연설명이며, ( )는 원문의 괄호이다. 원문의 주는 본문 하단에 넣었다.
2. 외래어 표기는 일차적으로 국립국어원 표기법을 따랐지만 현재 더 널리 통용되는 표기는 예외적으로 그대로 사용했으며, 국내에서 출간된 저서의 경우 출간명을 따랐다.

차례

서문 _ 009

1장 자연의 방식 013
2장 새의 노래 039
3장 비공개의 자연 057
4장 오리의 기지 065
5장 동물의 삶의 요소들 073
6장 동물의 의사소통 099
7장 에둘러 가는 길 121
8장 동물은 무엇을 알고 있을까 135
9장 동물도 생각하고 성찰할까 161
10장 반신반의 181
11장 문학은 자연을 어떻게 그려낼까 201
12장 비버의 이성 219
13장 자연 서적을 읽는다는 것 239
14장 자연의 여러 방식 249
14-1 야생동물의 훈련 251
14-2 깜짝 놀란 호저 254
14-3 새와 실 258
14-4 의태 260
14-5 열매의 빛깔 262
14-6 본능 265
14-7 개똥지빠귀 271
14-8 까마귀 275

옮긴이의 말 _ 283

이 책을 읽는 독자는 특히 동물의 지성이라는 주제와 관련하여 이 책이 나의 전작들과 어조나 태도 면에서 상당히 벗어났다는 사실을 발견할 것이다. 지금까지 나는 내가 관찰해왔던 새나 네발 달린 짐승의 순간적으로 번득이는 온갖 지능을 최대한 활용해온 데다 과장하기 일쑤였다는 생각이 들며, 야생의 생물들이 실제로 가진 것보다 "감각"을 더 많이 갖고 있다고 간주해왔다. 자연을 사랑하는 사람은 언제나 바로 이러한 것을 하고 싶어진다. 즉, 자신을 둘러싼 야생동물들을 인간화하며, 자신이 들여다보는 것은 무엇이든 자신의 특성과 기분에 맞게 해석하고자 하는 경향이 있다는 것이다. 나는 이러한 것을 절대로 의식적으로 해본 적이 없다. 적어도 내 글을 읽는 독자에게 고의로 오도할 정도까지는 말이다. 그러나 최근 일부 자연작가들은 이러한 잘못을 저질러 왔으며, 우리가 일상적으로 만나는 들판과 숲의 야생동물을 극도로 과장하고 거짓으로 전했기에 그들의 사례는 내 마음속에서 강한 반발심을 불러일으켰다. 그리하여 나는 전에는 한 번도 해본 적이 없는 방식으로 동물의 생태와 본능에 대한 주제를 전체적으로 검토하기에 이르렀다.

1903년 3월, 나는 「애틀랜틱 먼슬리」지에 "진짜와 가짜 자연사"라는 글을 기고하였다. 이것은 하등동물들을 인간화하려는 경향이 점점 커져가는 데 맞서 내가 할 수 있는 최선의 격렬한 항의였다. 그 글은 널리 읽혀지고 활발하게 토론되었으며 여러 면에서 결실을 맺었다. 그중 많은 부분은 유익하고 건전한 결실이었지만 약간은 쓰라리고 혹독하기도 했다. 여러 명백한 이유로 그 글은 이 수필집에 수록되지 않았다. 그러나 내 마음속에서 싹트기 시작한 사유와 탐구의 흐름의 결과물을 이 수필집에 모두 실었으며, 또 거의 글이 쓰여진 순서대로 실어 독자가 그 주제와 관련하여 내 생각과 견해가 점점 성장하는 모습을 볼 수 있도록 했다. 나는 하등동물이 우리가 소위 "사유"와 "성찰"이라고 부르는 것에 대해 한줄기 희미한 빛 이상의 것, 즉 처음에 자극받은 인상으로부터 서서히 생각을 전개시키는 능력 이상의 것을 보여준다고 전적으로 확신할 수 없다는 점을 고백하는 바이다. 개나 유인원 또 어쩌면 코끼리의 경우 아주 미미하게 보여주는 것 빼고는 말이다. 귀가 얇은 대중이 이성의 소산으로 간주하는 동물의 행동은 거의 모두가 단순히 본능의 적응성과 유연성의 결과이다. 우리가 생각과 개념을 가진 곳에서 동물은 충동과 인상을 받는다. 우리가 가진 능력 중에서 그들은 지각과 감각을 통해 떠오르는 기억, 여러 기억의 연상聯想과 같은 것들 외에는 거의 없다 하겠다. 이러한 것들 없이 그들이 계속해서 살아가는 것은 불가능할 것이다.

이 책에는 반복되는 점도 많고, 각 장의 소제목이 그 장 안에서 논의되는 주제와 많이 다르다는 점도 잘 알고 있다.

어렸을 때 농장에서 우리는 곡식을 도리깨로 떨어내곤 했다. 여러 단을 바닥에 깔아 한쪽 면을 두드린 뒤 반대로 뒤집어 다른 면을 두드리고 나서 묶은 단을 풀어헤친 뒤 다시 느슨해진 밀짚을 두드린 다음 전체를 뒤집어 다시 한번 두드려 마무리하는 것이 우리의 풍습이었다. 독자 여러분은 이 책을 읽는 동안 여러 부분에서 그와 같은 방식을 따랐다고 느끼지 않을까 싶다. 나는 같은 밀짚을 여러 차례 떨어냈지만 매번 뒤집을 때마다 진리의 알곡을 추가로 좀 더 보상받았다고 믿는다.

논의나 떨어내기의 결과가 독자로 하여금 동물들에 대한 애정이 덜해지지 않기를, 그보다는 오히려 더욱 진실을 소중히 여기기를 바라는 바이다.

1905년 6월

존 버로스

1장

자연의 방식

최근에 캘리포니아에 사는 초등학생들에게서 예닐곱 통의 편지를 받고 무척 즐거웠다. 아이들은 새들이 감각을 갖고 있는지 여부를 알려줄 수 있느냐고 물었다. 한 어린 소녀는 "새들이 감각을 갖고 있는지 제게 알려주는 글을 써주신다면 무척 감사하겠습니다. 제가 누구보다 가장 먼저 알 수 있다면 해서요"라고 썼다. 나는 아이들에게 대답해야 할 의무가 있다고 느꼈다. 우리는 새들이나 다른 야생의 생물들이 감각을 얼마나 갖고 있는지 알 정도로 충분한 감각이 없으며, 약간의 감각을 갖고 있는 것처럼 보이기는 하나 그들이 하는 행동은 아마 우리가 소위 본능 혹은 자연적인 충동이라고 부르는 것의 결과로 지주대를 기어오르는 콩줄기나 다름없다고 말이다. 그런데도 콩줄기는 때로 마치 의도적인 선택의 결과인 것처럼 보이는 비뚤어지고 악화된 모습을 보여준다. 계절마다 우리 밭의 열두 대 남짓한 콩 지주대 가운데에서 지주대를 기어오르지 않을 저조한 작물이 보통 두세 대 있는데, 이것들은 계속해서 땅 위를 기어가 감자덩굴이나 오이덩굴 사이에서 이리저리 헤매며 자신의 품종의 전통에서 완전히 벗어나 손 쓸 수 없이 속수무책으로 퍼지게 된다. 그 콩줄기들을 들어 올려 지주대에 둘둘 감아 건초한 가닥으로 단단히 묶어 놓아도 좀처럼 지주대에 붙박여 있지 않는다. 어떤 면에서 보면 그 줄기들은 처음부터 그릇된 출발을 하거나 아니면 애당초

변질된 것으로 보인다. 나는 야생동물 가운데에서는 이와 같은 것을 본 적이 없다. 우리 인간들 사이에서는 왕왕 일어나는 일이긴 하지만 말이다. 콩의 문제는 다음과 같기 때문인 게 틀림없다. 즉, 리마콩은 원산지가 남미로, 남반구에서 콩은 지주대의 반대 방향으로 도는 것으로 보인다. 즉 오른쪽에서 왼쪽으로 돈다는 말이다. 적도의 북쪽으로 이식되었을 때 리마콩은 새로운 방식을 익히거나 왼쪽에서 오른쪽으로 도는 데 시간이 좀 걸렸을 것이며, 그중 일부는 항상 이전의 악습으로 돌아가거나 아니면 새로운 방식에서 벗어나 막연하게 옛날 방식을 추구하고 있는데 옛날 방식을 찾아내지 못했기에 정처 없이 헤매다니는 것이다.

야생의 이웃들이 감각이나 판단력을 얼마나 많이 갖고 있는지 혹은 얼마나 조금 갖고 있는지를 결정하는 것은 어렵다. 까마귀와 같은 새들은 조개나 갑각류를 하늘 높이 물고 나르다가 이성과 아주 흡사한 것을 갖고 있다거나 또는 인과관계에 대해 알고 있다는 것을 보여주기라도 하듯 껍질을 깨부수려고 바위 위에 떨어뜨린다. 필시 굶주림에 시달리는 상황에서 조상들이 만들어낸 아무 생각 없는 습관이긴 할지라도 말이다. 프루드*는 남아프리카공화국에서 이동하는 메뚜기 떼 사이에서 날아다니며 그 곤충들의 날개를 쪼아내어 땅에 떨어뜨리는 어떤 새들을 보았다고 한다. 그 땅은 새들이 나중에 한가할 때 메뚜기들을 먹어치울 수 있는 곳이었다. 다람쥐들은 밤송이가 벌어지기 전에 밤을 쪼아내어 땅바닥에 떨어지게끔 한다. 땅바닥에서는 곧 말라 벌어진다는 것을 알고 있다는 듯 말이다. 우리에 갇힌 미국너구리에게 빵 한 조각이든 고깃덩어리든 땅바닥에서 굴려 흙 묻은 먹이를 주면 녀석은 먹기 전에 그것을 물그릇에 넣어 흙을 씻어낸다. 『우리 곁의 야

*James Anthony Froude(1818~1894). 영국의 역사가, 전기작가. 특히 토머스 칼라일에 관한 전기는 영국 전역에서 논란을 불러일으켰다. 1874년과 1875년에 남아프리카를 방문했다.

생동물』의 저자*는 사향쥐들이 "씻어낼 필요가 있건 없건 먹이를 씻어낼 것"이라고 말한다. 미국너구리가 꼭 씻어낼 필요가 있을 때만 먹이를 씻어내며 매 경우마다 씻어내지 않는다면 그 절차는 꼭 판단의 행위인 것처럼 보인다. 사향쥐의 경우에도 마찬가지다. 그러나 만약 흙이 묻었건 안 묻었건 항상 먹이를 씻어낸다면 그 행위는 본능이나 물려받은 습성에 더 가까워 보인다. 기원이 모호하긴 하지만 말이다.

새와 동물은 아마 자신들이 생각한다는 것을 모르고서 생각할 것이다. 즉, 그들은 자기인식이 없다. 오로지 인간만이 이러한 능력을 부여받은 게 아닐까 싶다. 즉, 인간만이 이해관계를 초월한 지성을 발달시킨다. 이 지성은 자신만의 안전과 안녕에 우선 관심을 두는 것이 아니라, 사방의 것들에 두루두루 눈길을 돌리는 지성이다. 하등동물의 기지는 모두 생존경쟁으로 인해 발달된 것으로 보이며, 분별력 있는 단계를 넘어서는 경우는 거의 없다. 경쟁이 치열할수록 기지도 치열해진다. 예를 들어 우리나라에 서식하는 호저**는 아마 동물 중에서 가장 어리석은 데다 속도도 가장 느릴 것이다. 즉, 거의 기지를 쓰지도 않거니와 민첩하게 움직이지도 않는다. 적으로부터 자신을 보호하는 치명적인 철갑을 온몸에 두르고 다니며, 가장 가까이에 있는 솔송나무에 기어 올라갈 수 있어 겨울 내내 그 나무의 껍질을 먹고 산다. 스컹크 역시 기지가 없는 대신 끔찍한 무기로 보상받는다. 하지만 수없이 사냥당하는 여우나 수달, 비버의 기지에 대해 생각해보라! 뇌조조차도 흔히 총알이 발포될 때 탁 트인 공간에서는 나선형으로 움직이며 날아야 한다는 사실을 배운다.

*Dallas Lore Sharp(1870~1929)를 말한다. 미국의 목사, 작가, 교수. 토종 새와 작은 포유류들에 관한 기사를 쓰고, 자연에 관한 여러 책을 저술했다.
**몸에 길고 빳빳한 가시털이 덮여 있는 동물. 흔히 고슴도치와 착각하기 쉽지만 호저는 쥐목, 고슴도치는 고슴도치목으로 분류된다.

두려움, 사랑, 굶주림은 당연히 인간의 지성을 발달시킨 주요 요인이었던 것처럼 하등동물의 기지를 발달시키는 동인이기도 했다. 그러나 인간은 계속해서 발달시킨 반면, 동물들은 다음 세 가지 근본적인 욕구로 인해 멈추고 말았다. 바로 안전에 대한 욕구, 새끼에 대한 욕구, 먹이에 대한 욕구가 그것이다.

새들은 아마 야생의 상태에서는 결코 실수를 하지 않겠지만, 우리의 문명과 접촉해 새로운 조건에 직면하게 되면 아주 자연스럽게 실수를 범할 것이다. 예를 들어, 둥지를 지을 때의 영민한 솜씨가 때로 없어질 것이다. 새의 기술은 둥지의 위치와 재료를 은폐하는 것에 있지만, 이제는 이런저런 쪼가리로 현란하고 기이하게 엮어 넣은 구조가 이따금 드러날 것이다. 그래서 둥지는 비밀을 누설할 것이며 결국 새들의 모든 전통을 위반하게 될 것이다. 내 앞에 개똥지빠귀 둥지를 찍은 사진이 한 장 있다. 둥지의 바깥에는 무명천으로 만든 꽃 쪼가리, 작은 달력에서 뜯어낸 나뭇잎 그림 쪼가리, 지방의 유명인사 사진 쪼가리가 박혀 있다. 새의 건축술에서 이보다 더 어울리지 않는 재료를 쓰는 것은 찾아보기 힘들 것이다. 나는 또 다른 개똥지빠귀의 둥지 바깥에 그 새가 "연영초"*라고 표시된 목재 표지판을 화단 근처에서 가져와 단단히 고정시켜 놓았다는 이야기를 들은 적이 있다. 내가 본 적이 있는 또 다른 둥지는 마치 상록다년초**의 종잇장 같은 꽃잎을 토대로 지어져 있었다. 숲지빠귀는 흔히 신문지 쪼가리나 흰 헝겊 나부랭이 같은 것을 둥지 바닥에 엮어 놓는다. "먹을 가까이하면 검어진다." 신문지와 헝겊 나부랭이 둥지는 새의 기지를 뒤흔들었다. 딱새과의 작은 새인 피비새는 이런 종류의 실수나 무분별한 짓을 할 수 있다. 피비새의 과거 세대 모두가 자연적인, 따라

*Wake Robin. "Robin은 개똥지빠귀"라는 뜻이고, "Wake Robin은 연영초"라는 뜻으로, 초봄에 이동하는 새들의 귀환을 알리는 만개한 야생초 이름이다.

**사계절 잎이 지지 않고 늘 푸른 여러 해를 사는 풀.

서 중립적인 장소에 둥지를 틀었었다. 대개 완만한 비탈이나 툭 튀어나온 바위 아래였으며, 둥지를 주변 환경에 맞추고 주변 환경과 조화를 이루는 기량이 고도로 발달해왔다. 그러나 이제 피비새는 흔히 우리네 헛간과 현관 아래에 둥지를 튼다. 은폐와 관련된 한, 이를테면 이끼에서 마른 풀이나 나무껍질 쪼가리로 재료를 바꾸는 것이 피비새에게 득이 될 터이다. 그러나 피비새는 딱새과의 전통에서 한 치도 벗어나지 않았다. 피비새는 동일한 숲의 이끼를 사용하는데, 이는 경우에 따라, 특히 톱으로 새로이 자른 목재 위에 둥지를 틀었을 때는 자신의 비밀이 만천하에 드러나 버린다.

실제로 흔히 새는 감각을 거의 갖고 있지 않은 것처럼 보인다. 유리창에 반사된 자신의 모습을 적으로 착각하여 수 시간 동안 계속해서 싸우는 블루버드나 찌르레기, 개똥지빠귀, 어치를 생각해보라. 가상의 경쟁자를 쳐부수려고 분노에 휩싸여 진을 쏙 뺀다! 나는 이처럼 약간 우스꽝스러운 일들을 자주 목격했다. 그것은 우리 문명의 기술이 어떻게 새들을 변질시키고 혼란스럽게 만드는지를 보여주는 또 다른 예이다. 여러 세대를 거치면서 유리창에 대한 지식이 그들의 혈통 속에 자리 잡게 되면 더 이상 유리창에 속지 않게 될 수도 있다. 또한 시간이 지나면 이내 신문 쪼가리로 둥지의 기반을 쌓는 게 얼마나 허름한지도 배울 것이다. 개미나 벌은 단 한순간이라도 그런 식으로 유리창의 속임수에 넘어가지 않는다.

조류나 다른 야생의 이웃들이 가진 감각은 본능과 구별될까? 감각을 갖고 있다는 증거는 새로운 조건을 충족시키기 위한 습관의 변화일까, 아니면 우발적으로 상황을 활용하는 것일까? 둥지를 짓는 데 있어 새들은 인간이 제공한 보호의 이점을 얼마나 많이 활용하는지 모른다! 얼마나 많은 새들이 우리 거주지 바로 근처는 말할 것도 없고 오솔길 근처나 길가를 따라 둥지를 짓는지 모른다! 심지어는 메추라기조차도 탁 트인 들판보다는 도로 경계선을 선호하는 듯하다. 내가 우연히 발견한 메추라기 둥지는 불과 세 개인데도 모두 길가에 있었다. 어느 계절, 숲 속에서 첫 둥지를 트는 데 실패한 풍금새 한 마리가 탁 트인 들판에 서 있는 작은 벚나무에 다시 둥지를 틀려고 왔다. 내 오두막집에서 겨우 몇 발자국 떨어진 곳으로, 지나가면서 손으로 둥지를 건드릴 수 있을 정도였다. 그러나 내가 잠시 부재중일 때 풍금새는 다시 액운을 당했다. 어떤 약탈자가, 아마도 붉은날다람쥐인 것 같은데, 알을 앗아가 버렸기 때문이다. 이 경우, 풍금새는 실패를 통해 인간 거주지의 그늘이라는 보호막에 대한 믿음을 잃어버리게 될까? 그렇지 않을 거라고 본다. 나는 멧비둘기가 비슷한 행동을 취한다고 알고 있다. 내 이웃의 오두막 근처에 있는 개똥지빠귀의 둥지를 차지해 버렸기 때문이다. 소심한 겁쟁이 토끼는 이따금 덤불이 우거진 들판에서 나와 집에서 몇 발자국 떨어진 잔디밭을 파내어 보금자리로 삼는다. 그러한 모든 것들은 판단의 행위인 것처럼 보인다. 비록 결과적으로 덜한 두려움을 극복하려다 더욱 커다란 두려움만을 가져올지라도 말이다.

야생동물이 우리가 이른바 감각이나 이성이라고 부르는 것에 가장 가까운 것을 보여주는 것이 그들의 삶과 새끼들을 보존하는 것이다. 아이들은 내게 페럿이 토끼를 수차례 굴에서 내몰았으면 페럿에게 쫓길 때 토끼가 다시는 굴 안으로 뛰어들어가지 않을 거라고 말한다. 밍크나 족제비에게 쫓기는 토끼의 비극은 흔히 한겨울에 쌓인 눈길을 보면 알 수 있다. 토끼는 굴속으로 들어가지 않는다. 치명적이 될 수 있기 때문이다. 토끼는 족제비나 밍크보다 훨씬 더 빨리 달릴 수 있지만, 내가 관찰한 바에 따르면, 그럼에도 불구하고 밍크에게서 달아나지 못한다. 밍크는 곧장 토끼를 좌절시킨다. 피에 굶주린 영리한 적에게 쫓긴다는 사실을 알아챈 순간 그 가엾은 생물은 치명적인 마비, 완전히 공포심으로 인한 마비가 덮친 것처럼 보인다. 나는 눈밭 위에서 각 보폭을 표시하는 작은 털뭉치와 더불어 핏자국이 보일 때까지 뜀박질 거리가 점점 짧아진 다음 반쯤 뜯겨나간 토끼의 사체를 본 적이 있다. 이는 비극적인 이야기의 전모를 말해준다.

현대를 사는 인간은 족제비류에게 쫓길 때의 토끼나 좀 덜 야생적인 동물들에게 엄습하는 속수무책의 공포를 경험하는 일이 없을 것이다. 그들을 보면 단박에 어떤 치명적인 마법에 걸려 옴짝달싹 못 하는 데다 의지력도 완전히 무너진 듯하다. 이는 마치 우리가 운명과 잔인함에 대한 개념을 얻는 자연의 어떤 면이 족제비에서 구체화된 것처럼 보인다.

여우나 개에게 쫓길 때 토끼는 잽싸게 굴로 들어간다. 이런 이유로 어떤 사냥꾼이 내게 여우의 기지에 관해 말했나 보다. 어찌 된 이야기인지는 눈밭 위에 고스란히 쓰여있다. 밍크 한 마리가 토끼 한 마리를 사냥하고 있었고, 여우는 우연히 지나치다가 그 상황을 한눈에 알 수 있었다. 여우는 나무나 바위 뒤로 몸을 숨겼고 토끼가 굴 밖에 나타나자 근거리에서 총알처럼 튀어나가 토끼를 급습하여 몇 발자국 떨어진 눈밭 위로 내팽개친 다음 토끼를 홱 낚아채 산허리에 있는 자신의 소굴로 물고 갔다.

굴뚝칼새가 숲 속에 있는 나무 구멍을 버리고 둥지를 틀어 보금자리로 삼을 목적으로 굴뚝에 들어가기에 앞서 초기 정착민들의 높다란 굴뚝을 얼마나 오랫동안 보았는지를 알게 되는 것은 흥미로울 터이다. 다른 많은 야생동물의 삶에 있어서와 마찬가지로 그 행위는 판단의 행위였을까, 아니면 이성에 의거하지 않은 그저 갑작스러운 충동이었을까?

둥지의 재료를 고를 때 칼새는 아무런 습관의 변화를 보여주지 않는다.

칼새는 여전히 나무 꼭대기에 있는 마른 잔가지를 싹둑 잘라내어 굴뚝 측면에 자신의 타액으로 이어 붙인다. 빗물이 툭하면 둥지를 헤쳐 놓아 바닥에 떨어지게 하듯, 그을음이 칼새가 하는 일에 새로운 장애물이지만 아직 그것을 극복하는 법을 배우지는 못한 듯하다. 칼새는 위에 있는 굴뚝 입구를 갑작스럽게 어두컴컴해지게 함으로써 우리를 겁먹게 하여 쫓아내는 데 일가견이 있다. 그럴 때 칼새는 둥지를 떠나 굴뚝 입구 측면에 달라붙는다. 그런 다음, 천천히 날개를 들어 올리면서 느닷없이 벽에서 튀어나오고는 다시 들어가서 최대한 큰 소리로 굴뚝 통로를 푸드덕푸드덕 친다. 우리가 이 광경에 겁을 먹어 달아나지 않는다면 서너 번 반복한다. 만약 아직도 우리의 얼굴이 칼새 주위를 맴돌고 있다면 칼새는 조용히 지켜본다.

내가 아는 새 중에 이 칼새처럼 공중을 날아다니며 땅을 건드리지도 않고 지상의 먹이는 입도 대지 않는 새가 있던가! 제비는 이따금 둥지의 재료를 찾으려고 횃대에서 땅으로 내리꽂는다. 그러나 칼새는 한여름 폭풍우도 뚫고 나가, 폭풍우에 맞서 하늘 높은 곳에서 꾸준히 날갯짓을 한다. 이는 나름의 근거가 있어 하는 말이다. 칼새는 주어진 지점을 지나면서 회전목마에서 황동고리*를 붙잡으려고 안달하는 아이들처럼 정신없이 빠져들거나 혹은 다른 곡예를 부리면서 둥지에 필요한 잔가지들을 날개에 모은다. 잔가지를 놓치거나 처음에 잔가지를 내오지 못하면 몇 번이고 반복한다. 그럴 때마다 매번 더 크게 원을 그리는데 이는 마치 다음번에는 보다 정확하게 표적에 맞추기 위하여 준마를 길들이고 훈련시키는 것 같다.

*옛날 놀이공원의 회전목마는 기계적 문제로 인하여 바깥쪽의 자리가 안쪽 자리보다 위아래의 움직임이 약했다고 한다. 그래서 바깥쪽 자리가 인기가 없었는데 그를 보완하기 위하여 바깥쪽의 승객에게 쇠고리를 던져 그 고리를 잡으면 경품을 주는 게임을 진행했다. 그중에서 특히 황동고리를 붙잡으면 특별히 목마를 한 번 더 탈 수 있게 하였다.

칼새는 뻣뻣한 비행사이다. 꼭 날개에 관절이 없는 듯하다. 전선이라든가 강철 같은 것으로 만들어진 게 아닌가 싶다. 그런데도 과도하게 들썩거리는 날갯짓은 어떤 새들보다도 더욱 인상적이다. 먹이를 주고 잔가지를 모으는 일은 끝없이 노니는 삶에서 따로 챙겨둔 듯하다. 봄과 가을에 무수히 많은 칼새들이 사용하지 않는 커다란 굴뚝으로 대피하려고 저물녘에 몇 차례나 모여드는 것을 본 적이 있다. 꼭 공중에서 벌어지는 축제나 웅장한 기념식을 치르려고 모여드는 것 같았다. 그리고는 잠자리에 들어가기 전에 과다한 날갯짓을 발산하는 일에 혼신의 힘을 기울이겠다는 듯 굴뚝 꼭대기 위에 높이 솟아 빙글빙글 돈다. 이리저리 유유히 떠돌며 나는 그 거대한 새 떼들은 모두 활기차게 짹짹거린다. 같은 종의 다른 새들도 사방에서 맹렬히 몰려들기 때문에 숫자는 끊임없이 늘어난다. 문중의 새들이 텅 빈 하늘 도처에서 짹짹거리며 형체를 드러내 둥글게 빙빙 돌며 집합하면서 비행 축제는 계속된다. 전 군郡이나 아니면 절반의 주州에서 모여든 게 틀림없다. 그들은 온종일 날았으면서도 바람만큼이나 지칠 줄 모르는 데다 힘도 억제할 수 없는 듯하다.

어느 가을, 이런 식으로 모여든 새들은 1개월 반이 넘는 밤을 보낼 대피처를 구했다. 내가 사는 곳 가까운 도시의 커다란 굴뚝 안이었다. 나는 그 광경을 목격하려고 여러 차례 읍내로 갔다. 그것은 정말이지 장관이었다. 내 생각에 1만 마리쯤 되는 새들이 거대한 흑색종 벌 떼처럼 빙글빙글 돌면서 온 광장의 허공을 가득 채우고 있었다. 그러나 귓가에 들리는 것은 윙윙거리는 벌 떼 소리가 아니라 무수히 짹짹거리는 새들의 소리였다. 새들을 보려고 사람들이 인도에 모여들었다. 그것은 아주 진귀한 곡예단 공연이었고, 모두에게 무료였다. 새 떼들은 수도 없이 찧고 까불며 접근한 뒤 빙글빙글 원을 그리더니 별안간 굴뚝 위로 점점 빽빽하게 몰려들었다. 그런 다음 어떤 흡입력에 의해 끌려가는 것처럼 물결지어 입구로 쏟아져 들어갔다. 이렇듯 입구 안으로 연이어 돌진하는 모습은 불과 몇 초 동안만 계속되었다. 그런 다음, 활기 치며 까불고 싶은 마음을 억누를 수 없었던지 소리가 치솟았고, 새들은 계속해서 짹짹거리며 빙글빙글 돌았다. 1~2분 이내에 똑같은 움직임이 반복되었는데, 굴뚝은 흡사 질식을 막으려고 간격을 두고 빨아들이는 것 같았다. 새들이 큼지막한 굴뚝 안으로 모두 사라지는 데는 보통 30분 이상이 걸렸다. 새들은 언제나 소심하게 우물쭈물하며 굴뚝에 접근했다. 둥지를 짓는 데 필요한 잔가지들을 조달하려고 죽은 나무 꼭대기에 다가가는 방식이라고나 할까. 나는 새들이 입구 위에서 한동안 망설이다가 지나쳐 버리는 모습을 자주 보았다. 보아하니 입구에 수직으로 부딪치지 않으려는 듯한 모습이었다. 한번은 새 한 마리가 날아가다가 외따로 남겨졌는데 하강을 결심하거나 요령을 파악하는 데는 서너 번의 시도가 필요했다. 날이 어둡거나 금방이라도 비를 뿌릴 듯하거나 폭풍우가 불면 새들은 오후 중반까지 모여들기 시작해 네다섯 시까지는 모두 숙소에 모여들었다.

굴뚝은 12미터에서 15미터 높이에 거의 3평방피트 넓이로 큼직했지만, 그토록 많은 새들이 숨 쉬는 공간으로는 적합하지 않아 보였다. 나는 새들이 안에서 어떻게 자리를 배치하는지 알고 싶은 마음이 굴뚝같았다. 바닥에 자그마한 입구가 있었다. 거기에 귀를 대면, 꼭 벌통에서 벌들이 윙윙대는 것처럼, 마치 새들이 여전히 모두 움직이고 있는 듯 끊임없이 짹짹 지저귀는 소리를 들을 수 있었다. 아홉 시가 되어도 무수히 날개를 퍼덕이는 소리와 짹짹거리는 소리는 계속되었으며, 틀림없이 밤새도록 계속되었을 것이다. 그것은 무엇을 의미할까? 새들이 너무 북새통을 이루었기에 통로에 공기를 통하게 하려고 날개를 계속해서 움직일 필요가 있었던 걸까? 벌들이 북새통의 벌집에서 그렇게 하듯 말이다. 아니면, 이 가만히 있지 못하는 영혼들은 잠든 와중에도 날개를 접을 수 없었던 걸까? 나는 칼새들이 굴뚝 안에 있을 때의 내부 모습을 엿보고 싶어 안달이 났다. 그러던 어느 날 오후, 기회가 주어졌다. 낡은 증기 보일러의 커다란 연도관을 제거하는 날이었다. 연도관을 제거하자 고개와 어깨를 들이밀 수 있는 입구가 생겼다. 날개를 퍼덕거리는 소리와 짹짹거리는 소리가 속이 빈 굴뚝 안을 가득 채우고 있었다. 위를 올려다보자, 굴뚝 측면에 굴뚝 길이의 절반 정도가 들썩이는 새들로 도배되어 있는 모습이 보였다. 새들은 서로 몸이 닿을 정도로 바짝 붙어 있었다. 더욱이, 그중 많은 수가 끊임없이 날개를 퍼덕이고 있었다. 채광창을 배경으로 한 그 모습은 마치 굴뚝을 떠나고 있는 듯 보였다. 그러나 새들은 떠나지 않았다. 몇 미터 위로 솟아오른 다음 다시 측면의 제자리로 돌아갔다. 짹짹거리는 소리를 일으킨 것은 바로 이 움직임이었다. 그러는 내내 새 똥이 한여름 소나기처럼 쏟아졌다. 통로 바닥에는 2.7미터 내지 3미터 깊이 정도 되는 배설물 화석이 쌓여 있었고 그 위 여기저기에 죽은 칼새가 있었다. 아마 이 새 떼 중에서 한 마리 이상이 매일 밤 죽었을 것이다. 나는 더욱 많은 새들이 있었을 거라고 상상했었다. 한참 지나서야 굴뚝 안에서의 부단한 비행이 무엇을 의미하는지 불현듯 생각이 났다. 마침내 나는 그것이 위생적인 조치임을 알았다. 그렇게 해야만 새들은 서로의 배설물로 서로를 더럽히는 것을 막을 수 있었던 것이다. 새들은 소화력이 굉장히 빨랐기에 모두 벽면에 계속 달라붙어 있었더라면 아침이 오기 전에 애석하게도 곤경에 처했을 터였다. 새로서는 청결하게 하는 다른 행위들과 마찬가지로, 이 역시 필시 본능의 충동이지 판단의 행위가 아니었다. 스스로를 보살피는 것은 자연적인 본성이었다.

그렇다면 야생동물의 감각이나 지성이 미심쩍다는 관점에 비추어 볼 때,

우리는 새나 동물을 거의 완전히 인간의 심리로 해석하는 최근에 새로 생겨난 자연작가들이나 자연사 공상작가들에 대해 무슨 말을 할 수 있을까? 다음과 같은 점은 확실하다. 이러한 작가들이 들판과 숲에 사는 야생의 동식물에 관한 관심을 일깨우며, 젊은이들에게 동식물을 진정으로 아끼는 마음을 품게 하는 한, 그들이 끼치는 영향은 좋다는 것이다. 그러나 그들이 진실과 실재보다 공상을 선호하는 대중적 취미에 영합하여 자연사를 왜곡하고 동물의 지성에 대해 그릇된 인상을 주는 한, 그들이 끼치는 영향은 나쁘다는 것이다. 당연히 상당수의 독자들은 실제로 존재하는 것보다 달콤하게 포장된 자연사를 선호한다. 그러나 이렇듯 달콤한 맛에 탐닉하다 보면 실제로 존재하는 것에 대한 애호를 앗아가거나, 또는 그것의 성장을 막는다는 데 언제나 그 위험성이 있다. 이렇듯 예쁘게 꾸며낸 이야기들을 반신반의하면서 들을 수 있는 사람은 많지 않다. 대다수는 허튼소리에 속아 넘어가는 한편 그저 즐길 뿐이다. 이러한 이야기들을 은밀하게 진짜 역사인 척 가장하지만 않는다면 잃어버린 연결고리를 제공해주고, 또 동물의 동기와 행동을 인간화하며 동물의 생활사를 달콤한 이야기를 좋아하는 대중의 입맛에 맞춘다 해도 거세게 반대하지는 않을 것이다. 우리는 러디어드 키플링의 『정글북』을 어떻게 받아들여야 할지 아주 잘 알고 있다. 즉, 우리는 그것이 허구로 분장한 사실이며, 게다가 정글의 실제 삶의 많은 부분이 그 이야기 속에 녹아 있다는 사실을 상당히 확신하기 때문이다. 나는 알래스카 앞바다인 베링해의 물개들이 사는 섬을 방문한 직후에 그가 쓴 『하얀 물개』를 읽었던 기억이 난다. 나는 그 이야기 속에서 물개의 여러 생활사에 관해 알려진 한에 있어서는 사실에서 벗어난 점을 감지할 수 없었다. 키플링은 소설 속에서 인간사를 갖고 여러 사실을 제멋대로 바꾸지 않았듯, 자연사도 제멋대로 바꾸지 않았다.

다른 아무것도 섞이지 않은 관찰, 달콤하게 포장하지 않은 관찰. 진정한 자연 애호가가 갈망하는 것은 그것이다. 아무도 실재만큼 흥미진진한 일화나 특징을 만들어낼 수는 없다. 그런고로 어떠한 것이 진실이라는 것을 아는 것은 그만큼 이야기의 맛을 더해준다! 진실—우리는 얼마나 진실을 갈망하는가! 우리는 우리의 몸에 가짜 음식을 먹일 수 없듯 마음에도 가짜 음식을 먹일 수 없다. 당신이 말하는 것이 진실이라고 우리에게 장담해보라. 만약 당신이 진실을 날조해야 한다면 우리가 절대 알아차릴 수 없도록 아주 능숙하게 하라. 하지만 자연사에서는 진실을 날조할 필요가 없다. 자연을 보는 눈이 있고 듣는 귀가 있다면 실재만으로도 충분하다. 마테를링크*가 꿀벌의 생활을 어떻게 그려냈는지 보라. 그는 단지 여러 사실을 취해 묘사했을 뿐이다. 과학적 권위와 시적 매력이 결합된 진정 경이로운 책이다.

로마네스**의 책에서처럼 동물의 지성에 관한 책에는 동물의 이성이라든가 사전 계획과 같은 것들이 더욱 단순한 형태로 드러나는 일화들이 숱하게 많다. 하지만 많은 경우, 이러한 책들에서 언급된 일화들은 제대로 입증되지도 않았으며 제대로 훈련받은 관찰자가 전하는 것도 아니다. 대다수 사람들의 관찰은 그것이 무엇이든 과학적 가치가 없다. 로마네스는 둥지가 놓여 있는 근처의 강에서 홍수가 난 동안 둥지를 통째로 물어 안전한 장소에 나르는 나이팅게일 한 쌍을 보았다고 주장하는 어떤 사람의 말을 인용한다. 세상에 이런 일이다! 만약 로마네스나 다윈이 직접 이 장면을 보았다고 말했다면 사람들은 그 말을 믿을 것이다. 둥지를 약탈당한 새들은 가끔 옛 둥지

*Maurice Maeterlinck(1862~1949). 벨기에의 시인이자 극작가이며 수필가. 동화극 『블루버드』 등 신비주의적 경향의 작품들과 독자적인 자연관찰의 저서들을 남겼고 노벨문학상을 받았다. 『꿀벌의 생활』, 『꽃의 지혜』, 『개미의 생활』 등의 저서가 있다.

**George Romanes(1848~1894). 영국의 진화 생물학자이자 생리학자. 각종 동물과 인간의 심적 능력의 발전을 진화의 입장에서 연구하였다. 주요 저서로 『동물의 지성』, 『발달주의 심리학』 등이 있다.

를 허물어뜨린 뒤 그 재료나 또는 그 재료의 일부를 갖고 새로운 둥지를 짓는다. 하지만 나는 어떤 새 한 쌍도 알을 포함한 둥지를 통째로 집어 새로운 장소로 물어 나른다는 것을 믿을 수 없다. 어떻게 그렇게 할 수 있을까? 각자 한 쪽을 문 채, 어떻게 그들 사이에 둥지를 갖고 날아갈 수 있을까? 새들은 둥지를 발로 나를 수도 없는 데다, 게다가 어떻게 부리로 해낼 수 있겠는가?

우리 이웃이 숲 속에서 방금 붉은날다람쥐를 삼킨 먹구렁이를 맞닥뜨렸다. 이제 우리의 공상벽 넘치는 자연주의자는 이러한 사실로부터 할 수 있는 한 꽤 그럴싸한 이야기를 만들어 낼 것이다. 그는 먹구렁이와 희생물인 붉은날다람쥐에게 자신이 바라는 온갖 인간적인 감정을 불어넣을 것이다. 먹구렁이가 이 나뭇가지에서 저 나뭇가지로, 이 나무에서 저 나무로, 나무 꼭대기로 미끄러지듯 나아가며 먹잇감을 쫓아다녔다고 할 것이다. 여기서 주안점은 먹구렁이가 다람쥐를 집어삼켰다는 것이다. 만약 공상작가가 먹구렁이가 다람쥐를 노려보아 기를 죽였다고 한다면 나는 이의를 제기할 것이다. 왜냐하면 나는 먹구렁이가 그런 능력을 갖추고 있다고 믿지 않기 때문이다. 사람들은 자신들이 그런 능력을 갖추고 있다고 믿고 싶어 한다. 그 음흉하고 스르르 움직이는 혐오스러운 동물은 그렇듯 불가사의한 재주를 갖춘 게 마땅한 듯 보이지만, 나는 뱀이 그러한 재주를 갖고 있다는 증거가 없다. 나는 해마다 먹구렁이가 새들의 둥지를 털거나 방금 약탈당한 둥지의 새들에게 쫓기는 모습을 본다. 하지만 아직까지도 다 자란 새에게 치명적인 마법을 거는 뱀은 본 적이 없다. 만약 공상작가가 먹구렁이의 어미가 먹구렁이에게 다람쥐를 잡는 기술을 맹연습시켰다고 말한다면, 나는 그가 사기꾼이라는 사실을 알게 되리라.

뱀에 대해 말하다 보니 숲 속에서 여러 차례 목격했던, 우리가 흔히 돼지코뱀이라고 부르는 뱀과 관련된 일화 하나가 떠오른다. 내가 지팡이로 잠시 그 뱀을 못살게 굴자 뱀은 꼭 간질병이나 강직증 발작을 일으키는 듯한 모습을 보였다. 뱀은 등을 내던지다시피 하며 거의 8자 모양으로 몸을 휘감더니 보기에도 놀랄 정도로 몸부림을 치고 몸을 비틀며 발작적으로 움직이기 시작했다. 입이 벌어지자 이내 부엽토로 가득 채워졌으며, 두 눈도 똑같이 부엽토로 뒤덮였고, 대가리는 뒤로 젖혀졌으며, 흰 배는 위로 향했다. 나뭇잎 밑에 있던 뱀은 이제 밖으로 나왔다. 그러는 내내 몸은 급속히 8자 모양을 그렸으며, 그로 인해 대가리와 꼬리는 끊임없이 자리를 맞바꾸고 있었다. 그것은 무엇을 의미하는 걸까? 두려움일까? 정말로 발작을 일으킨 것이었을까? 나는 잘 모르겠지만 우리의 공상벽 넘치는 자연주의자라면 그게 무엇을 의미하는지 즉시 말할 수 있을 것이다. 나는 다만 먹구렁이가 적을 으스러뜨리려고 할 때나 적을 삼키려고 적의 대가리를 꽉 움켜잡을 때 적을 꺾기 위한 계략일 수도 있다는 말만 내비칠 수 있을 뿐이다.

뱀이나 뱀 허물, 또 새와 관련된 또 다른 수수께끼 같은 일이 떠오른다. 왜 우리나라에 서식하는 큰볏딱새*는 뱀 허물로 둥지를 짜는 걸까? 아니면 그 대신, 양파 껍질이나 물고기 비늘, 또는 기름종이 쪼가리처럼 꼭 뱀 허물을 연상시키는 것으로 둥지를 짜는 걸까? 어떤 사람들은 뱀 허물이 천적을 깜짝 놀라게 하여 쫓아내기 위한 일종의 허수아비 같은 용도라고 추정한다. 그러나 그러한 것을 사용함에 있어 이 목적이 암시하는 바를 생각해보라. 그것은 바로 적들 중에 뱀을 두려워하는 동물들이 있다는 것을 새가 알고 있다는 것을 암시하는 것이다. 즉, 뱀을 몹시 두려워한다는 사실을 이용하여 빛바랜 허물로 둥지를 지어 적들이 가까이 오지 못하도록 한다는 것이

*great crested flycatcher. "딱새류의 작은 새의 일종"으로 볏이 고우며 둥지를 지을 때 뱀 허물을 쓰는 것으로 유명하다. 북미산이다.

다. 새가 어떻게 이런 지식을 얻을 수 있을까? 적이 두려운 것은 허물 자체가 아니다. 예를 들어, 왜 다람쥐가 허물을 무서워할 거라는 뜻을 내비치는가? 나는 이 개념에 아무런 근거도 없다고 확신한다. 내가 관찰한 둥지는 모두 둥지를 짜 넣는 데 들어간 허물이 빛바랜 쪼가리들이었으며, 허물어뜨리지 않는 한 둥지가 허물로 만들어졌다는 사실을 알아차리지도 못할 정도였다. 실제로 프랭크 볼스* 씨는 알이 딱 하나밖에 없는 둥지 주위를 온통 뱀 허물로 칭칭 감은 큰볏딱새의 둥지를 발견했다고 기록했다. 그러나 그것은 16센티미터 길이 정도의 작은 얼룩뱀의 허물이었으며, 따라서 새의 천적에게 커다란 공포심을 심어줄 수 없었다. 『우리 곁의 야생동물』이라는 아주 재미있는 책을 쓴 저자인 댈러스 로어 샤프는 내게 둥지가 들어있는 구멍 거의 전체의 길이에 허물이 통째로 매달려 있는 것을 본 적이 있다고 했다. 꼭 이전에 본 적이 있는 킹버드** 둥지에 매달려 있는 끈 같았다고 한다. 킹버드는 허물을 끌어오기에는 너무 서둘렀거나 아니면 너무 부주의했다. 샤프 씨는 "새가 뱀을 향한 모든 동물들의 태도를 알아보고 두려움을 이용하는 것이라고는 믿지 않는다"라고 덧붙였다. 더욱이 허물을 벗은 뱀 껍질은 거의 뱀처럼 보이지도 않는다. 껍질은 아주 얇고 쪼그라들고 빛이 바래고 종잇장처럼 약해서 전혀 공포스럽지 않다. 또한 움푹 들어간 둥지는 어두워서 결과적으로 어떤 경우에도 허물은 허수아비로서의 역할을 할 수가 없다. 이런 이유로 그 목적이 무엇이든 간에 허물이 공포심을 조장하지 않는다는 점은 확실하다. 그저 새의 일시적인 기분 내지는 변덕 같아 보인다. 킹버드의 소리와 방식에는 약간 기괴한 느낌이 있다. 킹버드의 울음소리는 새의 울음소리라기

*Frank Bolles(1856~1894). 동식물 연구자. 『잔설의 나라』 등의 저서를 통해 자연의 참모습을 보여주었다는 평가를 받았다.

**타이란새의 일종. 미국산 딱새의 무리.

보다는 두꺼비 울음소리에 더 가깝다. 만약 두꺼비가 늘 자신의 허물을 삼켜버리지 않았다면 새는 아마 두꺼비 허물 역시 그 용도로 사용했을 것이다.

우리가 새와 짐승의 동기에 대해 짐작할 수 있는 것은 기껏해야 그 정도이다. 어딘가에서도 썼듯이, 새와 짐승의 동기는 어떤 면에서는 거의 모두 자기 보존과 관련이 있다. 하지만 닳아빠진 뱀 허물 쪼가리들이 새의 둥지에서 어떻게 이 목적에 특히 기여할 수 있는지 나로서는 도통 알 수 없다.

자연이 항상 일관성이 있는 것은 아니다. 즉, 자연이 언제나 주어진 목적에 맞는 최적의 방법을 선택하는 것은 아니라는 말이다. 예를 들어, 집굴뚝새를 제외한 모든 굴뚝새는 둥지를 지을 때 가까이에 있는 가장 좋은 재료를 사용하는 것으로 보인다. 집굴뚝새가 둥지를 지을 구멍이나 움푹 들어간 곳에 잔가지를 이용하는 것보다 더욱 부적합하고 더욱 다루기 어려운 게 무엇이 있을 수 있을까? 쉽게 잘 구부러지는 마른 풀이나 부드러운 나무껍질 쪼가리들이 본질적인 요건에 수월하게 맞을 것이다. 그런데 뻣뻣하고 단단한 잔가지들이라니! 벌새는 둥지를 틀 때 일부 초목의 솜털을 거미줄처럼 엮는데, 이 재료의 적합성과는 얼마나 대조적인가! 솜털 둥지는 시적인 용도로 적합한 것 같다!

어제 산책하다가 붉은날다람쥐가 한겨울을 날 둥지를 지으려고 연필향나무의 부드러운 외피를 벗겨낸 것을 보았다. 이 또한 적합해 보였다. 즉, 나무에 보금자리를 트는 그러한 동물은 재료를 땅에서 찾지 않아야 하며, 부드럽고 잘 휘어지는 유연한 것을 골라야 한다. 자작나무들 사이에서 붉은날다람쥐는 아마 동글동글 말리는 섬세한 껍질 쪼가리들을 모았을 것이다.

늦가을, 솜털딱따구리 한 마리가 월동 장소로 숲 속으로 난 오솔길 옆의 고사한 조그만 물박달나무 꼭대기에 구멍을 뚫어놓았다. 나는 처음에는 솜털딱따구리가 땅바닥에 하얀 부스러기들을 떨어뜨려 놓은 행위에 관심이 갔다. 매일 그 길을 지나면서 나는 나무를 톡톡 두드렸다. 마치 솜털딱따구리가 안에 있다가 문간에 모습을 드러내고는 내게 지금 무얼 바라냐고 묻고도 남음직하게 말이다. 어느 날 나무를 톡톡 두드리고 있을 때 다른 무언가가 문에 나타났다. 나는 그게 무엇인지 알아볼 수 없었다. 계속해서 톡톡 두드리자 날다람쥐 두 마리가 밖으로 나왔다. 이때 나무가 한 번 심하게 흔들리면서 구멍에서 떨어져 나온 날다람쥐들이 솔송나무 밑동으로 쭉 미끄러져 내려간 뒤 위로 사라졌다. 날다람쥐들은 솜털딱따구리의 집을 빼앗고는 둥지를 만들려고 풀과 나뭇잎들을 운반하더니 자기 집마냥 아주 편안하게 자리 잡고 앉았다. 솜털딱따구리는 멀리 언덕으로 올라가 고사한 참나무에 또 다른 구멍을 팠다. 나는 딱따구리가 그곳에서 겨울을 무사히 나기를 바랐다. 희극이든 비극이든, 우리가 제대로 보기만 한다면 그러한 일들이 우리 주위에서 수시로 일어나는 것을 맞닥뜨리게 된다.

11월 말 어느 날 해 질 무렵, 솜털딱따구리가 자신의 구멍이 아닌 것을 가지려고 하는 것을 보았다. 우연히 단풍나무 아래를 지나갈 때였다. 하얀 부스러기들이 다시 땅바닥에 보이자 나는 고개를 들어 나뭇가지들을 자세히 살펴보았다. 바로 그때 솜털딱따구리가 나무에 다가가는 것을 보았다. 커다란 마른 나뭇가지 밑에서 이리저리 통통거리며 뛰어다니다가 부리로 무언가 수작을 부리기 시작했다. 이내 나는 거기에 둥근 구멍이 있다는 것을 알아차렸다. 솜털딱따구리가 부리를 들이밀자 그 안에서 무언가가 되받아치고 있었다. 옥신각신 다툼은 얼마간 계속되었다. 솜털딱따구리는 조금 떨어진 곳으로 통통거리며 뛰어가더니 다시 와서 공격했다. 그때마다 구멍의 점유자와 맞닥뜨렸다. 나는 솜털딱따구리가 낮에 집을 비운 사이 집참새가 구멍을 차지한 게 아닐까 추측했으나, 내가 틀렸다. 솜털딱따구리는 또 다른 나뭇가지로 날아갔다. 내가 구멍이 있는 나뭇가지에 돌멩이를 하나 던지자 날카롭고 매서운 소리와 함께 오색딱따구리가 밖으로 나오더니 근처의 나뭇가지에 내려앉았다. 그러자 솜털딱따구리는 "주제넘게도" 자신보다 큰 정적을 쫓아내려 했다. 그 구멍 역시 오색딱따구리의 것이었다. 출입구 크기로 분간할 수 있었다. 따라서 대략적으로나마 "내 것과 네 것"의 규칙을 숲에서 얻을 수 있다. 자연에는 도덕률이 없다. 힘이 센 자가 옳다. 사람은 공동체에서 윤리적인 행동 규범을 진전시켜 왔지만, 국가는 서로를 다룸에 있어서 대체로 여전히 야만적인 상태에 있으며 개들이 그러하듯 전쟁에 호소함으로써 올바름을 확립하고자 한다.

어느 계절엔가는 미국원앙새 한 마리가 높다란 황자작나무 꼭대기에 있는 구멍에 알을 낳았다. 내 오두막에 물을 대주는 샘 근처였다. 한 대담한 등반가가 15미터 내지는 18미터 높이의 거칠거칠한 나무를 재빨리 "타고" 올라가 열한 개의 알을 들여다보았다. 알들은 그의 팔이 닿지 않는 곳에 있었다. 약 1미터가 넘는 깊이의 우물 같은 구멍이었다. 어미 원앙새는 어떻게 새끼를 그 우물 같은 곳에서 땅바닥으로 옮겼을까? 우리는 현장에서 옮기는 모습을 볼 수 있기를 바라며 지켜보았다. 하지만 보지 못했다. 어미는 밤이나 아주 이른 새벽에 옮겼을지도 모른다. 셀러리밭에서 일하는 아마사가 어느 날 아침 그 길을 지날 때 샘에 노랗고 검은 열한 개의 조그만 솜털뭉치들이 앉아 있었으며, 그 근처에 어미가 있다는 것을 보았다는 게 우리가 아는 전부다. 사랑스러운 광경이었다. 나무 꼭대기의 요람에서 내려오는 곡예는 안전하게 이루어진 것이었다. 아마도 새끼가 구멍의 내벽을 기어 올라간 다음 공중으로 굴러떨어지듯 나와 거대한 눈송이처럼 살짝 내려앉았을 것이다.

새끼들은 대체로 솜털뭉치들기에 날개나 다리가 부러진다거나 목숨이 위태로울지도 모른다는 생각이 조금도 없이 떨어졌을 것이다. 어미가 새끼를 부리에 물고 한 마리씩 개울로 옮긴다는 생각은 틀림없이 잘못된 것이다. 윌리엄 브루스터* 씨는 둥지를 짓는 버릇이 미국원앙새와 비슷한 흰뺨오리를 본 적이 있는데, 흰뺨오리는 새끼를 다음과 같은 방식으로 둥지에서 물가로 옮긴다고 했다. 어미 오리가 둥지 아래에 있는 물에 내려앉아 물가가 깨끗한지 샅샅이 둘러본 뒤 특유의 울음소리를 낸다. 그러면 마치 나무가 구토하는 것처럼 그 즉시 구멍에 있던 새끼가 뿜어져 나와 어미 곁에 있는 물가로 사뿐히 내려앉는다. 또 다른 관찰자는 내게 갓 부화한 새끼 원앙이 덤불 줄기에 목이 걸려 있는 것을 발견한 적이 있다고 말했다. 미국원앙새가 알을 품었던 나무 아래의 덤불이다.

자연의 방식. 과연 누가 그 지도를 만들 수 있으며, 누가 그 의미를 헤아릴 수 있을까? 또는 누가 그것을 해석하거나, 누가 여기저기서 힌트를 정확하게 읽는 것 이상을 할 수 있을까? 우리가 꽤 확신할 수 있는 것 중 하나는, 요컨대 야생의 방식이 우리 인간의 방식으로 연구될 수 있는가라는 것이다. 인간의 방식은 야생의 방식에서부터 이타주의와 자기희생이 될 때까지 진화해서 비로소 윤리적 규범이 된 것이기 때문이다. 이제 우리는 또 다른 공기를 들이마시는 것처럼 보인다. 그렇다고 우리가 숨 쉬는 물리적 대기가 초질 시대의 대기와 다르지 않은 것처럼 이 규범이 동물의 행동 기준과 다르지도 않을 것이다.

우리의 윤리적 규범은 어떤 식으로든 자연 그대로의 동물적 본능으로부

*William Brewster(1851~1919). 미국의 조류학자. 미국조류학자연합 공동 창립자이며, 자연주의자이자 자연보호론자였다.

터 진화되어 왔다. 그것은 내면으로부터 나왔다. 즉, 윤리적 규범의 가능성은 모두 본성에 있었다. 그게 아니라면 어디서 나왔겠는가?

새들 사이의 사심 없는 행동이나 그와 비슷한 것처럼 보이는 행동을 본 적이 있다. 종이 다른 새끼 새가 먹이를 달라며 울부짖는 소리를 듣자 먹이를 주는 모습을 보았을 때이다. 그러나 바로 그 새가 종이 다른 다 자란 새나 심지어는 자기와 같은 종일지라도 다 자란 새를 굶어 죽지 않게 하려고 먹이를 준다는 것에 대해서는 회의적이다. 쥐들이 덫에 빠진 동무를 덫에서 떼어내려 할 거라는 생각에는 꽤 긍정적이지만, 동기가 무엇인지에 대해 누가 말할 수 있을까? 과연 똑같은 쥐들이 동무가 굶어 죽고 있다면 마지막 남은 부스러기를 나눠줄까? 물론 이것은 인간의 규범에 더욱 가까운 접근법일 것이며, 지나친 기대일 것이다. 벌들은 동무들의 꿀을 깨끗이 없애 버리겠지만 그것이 동무들을 도와주려는 것인지 아니면 꿀을 아끼려는 것인지는 의문이다.

어린 시절, 나는 부모 족제비가 거의 다 자란 새끼를 붙잡고 늘어지는 모습을 보았다. 내가 그만 상처를 입혀 새끼를 안고 들판을 건너는 길이었다. 내가 아무리 못하게 말려도 소용없었다. 아주 세심한 관찰자인 친구가 한번은 때까치에게 상처를 입혀 때까치가 그만 땅바닥에 떨어졌다고 한다. 그런데 친구가 때까치에게 도착하기도 전에 때까치는 절로 의식을 회복하더니 짝을 부르며 근처의 나무쪽으로 힘겹게 날아갔다. 짝이 와서 다친 새에게 기운을 북돋워 주는 듯하더니, 이내 다친 새를 도와 높다란 나무 꼭대기에 다다르게 했다고 한다. 내 친구가 떠나온 그 나무였다. 그러나 족제비의 경우에도, 또 때까치의 경우에도 우리는 이러한 도움을 전적으로 사심이 없어서라거나 순수한 이타심에서 나온 것이라고 부를 수 없다.

에머슨은 자신이 과거에 얽매이지 않는 끝없는 실험자라고 말했다. 자연이 바로 그렇다. 자연은 끝없는 실험을 통하여 새로운 방식, 새로운 양식, 새로운 형태를 추구하며, 늘 과거와 결별하는 일에 열중한다. 다윈이 보여주었듯, 이런 식으로 자연은 새로운 종을 획득한다. 자연은 맹목적으로 더듬거리며 나아가 하늘에 운을 맡긴다. 즉, 자연이 거둔 성공은 모두 뜻밖에 얻은 것이다. 이렇게 책상에 앉아서 글을 쓰면서 내 오른쪽 어깨 너머를 볼 때마다 새로 돋아난 기다란 인동덩굴 순이 보인다. 작년 여름 제대로 닫히지 않은 창문 틈 사이로 비집고 들어온 것이다. 인동덩굴은 붙잡고 늘어질 수 있는 것을 찾아 들어왔다. 처음에는 책더미 위에 드리우더니 이윽고 또 다른 커다란 창문의 창틀을 덮칠 때까지 뻗어 나갔다. 늘어진 덩굴을 따라 규칙적으로 돋아난 이파리들이 꼿꼿이 서 있는 모습은 마치 여러 쌍의 풋이삭처럼 어여뻐 보였다. 트인 공간이 없게 되자, 왼쪽으로 방향을 틀더니 허공으로 뻗어 나가 마침내 이전의 창틀에 수직을 이루며 또 다른 창틀을 덮쳤다. 덩굴은 하루에 거의 1센티미터씩 나아가 이윽고 그 길이 끝나는 지점에 이르렀다. 그런 다음 다시 과감하게 텅 빈 공간으로 나아갔으며, 3미터 떨어진 내 책상 쪽으로 곧장 향했다. 인동덩굴은 창틀에 자리를 잡고서 날마다 더욱더 멀리 뻗어 나갔다. 꼭 내게 들어 올려 달라거나 받쳐달라거나 하는 등의 손짓을 하는 것 같았다. 나는 환자의 일상적인 호소에 도저히 저항할 수 없었다. 10월 말이 되자 덩굴은 우리를 갈라놓고 있던 약 1미터의 거리를 메웠고, 어느 날 더 이상 공중에서 완전히 스스로를 지탱할 수 없는 순간이 왔을 때 바닥으로 떨어졌다. "가엾은 것, 네 믿음은 맹목적이었지만 진정한 것이었단다. 너는 어딘가에 지지할 곳이 있다는 걸 알았고, 그걸 찾으려고 갖은 방법을 다 시도했어." 나는 말했다.

이것이 자연이다. 자연은 주기적으로 돌며 온갖 방향으로 시도하다가 어떤 지점에서 길을 찾으리라고 확신한다. 우리에 갇힌 동물들도 빠져나갈 구멍을 찾을 때 비슷한 방식으로 행동한다. 포도밭에서 포도 덩굴이 덩굴손을 지지해줄 것을 찾으려고 모든 방향에서 걷잡을 수 없이 뻗어 나간 것을 보았다. 아직 여린 줄기들은 마치 자신들이 찾아 헤매던 것을 드디어 찾았다는 듯 서로 단단히 붙들고 있었다. 곁에 긴 덩굴이 있다면 가던 길을 멈추어 우리에게 들러붙어 온몸을 칭칭 감을 것이다.

길가에서 똥을 굴리고 있는 말똥구리를 보라. 녀석은 그걸 가지고 어디로 가는 걸까? 어느 곳이든 모든 곳으로 가고 있다. 그러다 장애물을 맞닥뜨릴 때면 포도 덩굴이 그러하듯 방향을 바꾼다. 녀석은 어딘가에 알이 든 똥을 안전하게 둘 수 있는 구덩이라든가 구멍이 있다는 정도만 안다. 그래서 그것을 찾아낼 때까지 계속해서 굴리거나 아니면 파내거나 그도 아니면 부주의한 보행자의 발 밑에서 슬픈 운명을 맞이한다. 지치는 법이 없이 닥치는 대로 목표를 추구하는 것, 이 또한 자연의 방식이다. 역사의 대부분을 살펴볼 때 우리는 인간의 방식 역시 그러하며, 또는 인간에게 있어 자연의 방식도 그러하다는 것을 알 수 있다. 인간의 진보는 맹목적으로 더듬거리며 나아가는 끝없는 실험의 결과였으며, 인간이 저지른 실패와 실수가 모두 책에 쓰여질 수는 없었다. 인간은 자신의 공에 알맞은 장소를 찾아 얼마나 공을 굴렸으며, 또 얼마나 많이 슬픈 운명을 맞이했던가! 인간이 거둔 성공은 모두 뜻밖에 얻은 것이다. 증기, 전기, 대의정치, 인쇄술. 이 모든 것을 발견하기에 앞서 얼마나 오랫동안 더듬거리며 나아갔는가! 변형하고, 새로운 형태를 찾고, 과거를 개선하려는 다윈식의 경향은 언제고 항상 있어왔다. 나머지 자연과 똑같이 인간은 이 법칙 하에 있다. 한 세대의 나뭇잎처럼, 한 세대의 인간도 다음 세대의 거름이 된다. 실패는 오직 토양을 비옥하게 하거나 앞길을 더욱 평탄하게 할 뿐이다.

상충하는 힘과 이해관계는 너무 많이 있고, 성공의 조건은 너무 복잡하다! 만약 씨앗이 여기에 떨어진다면 싹을 틔우지 않을 것이다. 만약 저기에 떨어진다면, 물속에 잠기거나 씻겨 내려갈 것이다. 만약 저쪽에 떨어진다면, 지독히도 경쟁해야 할 것이다. 모든 조건이 유리한 곳은 불과 몇 군데밖에 없다. 이런 이유로 씨앗 속 자연의 풍성함은 한 그루의 초목이나 나무에서 천 그루를 흩뿌리는 것이다. 자연은 탄약이 떨어지지 않을 정도로 충분히 받쳐주기만 한다면 사냥감을 떨구기를 바라며 모든 나무와 덤불에 마구잡이로 총을 쏘아대는 사냥꾼 같다. 혹은 보어전쟁에서 보이지도 않는 적에게 막연하게 총을 발사하는 영국군 같다. 그렇지만 자연의 탄약은 언제나 떨어지지 않으며, 결국에는 적중한다. 우리 행성을 겨냥한 자연의 탄약은 태양의 열기다. 이것이 떨어지면 자연은 더 이상 적중시키거나 공격을 시도하지 않을 것이다.

자두나무 한 그루에 일명 "검은옹이"*라고 부르는 질병이 있다고 치자. 그러면 이내 인근에 있는 자두나무는 모두 검은옹이병을 앓게 될 것이다. 여러분은 맨 처음 싹튼 옹이의 세균이 또 다른 자두나무들을 어디서 찾아야 하는지 안다고 생각하는가? 아니, 알 수 없다. 바람이 세균들을 온갖 방향으로 실어 날랐기 때문이다. 자두나무들이 있던 곳뿐만이 아니라 없던 곳까지도 말이다. 그것은 맹목적으로 수색한 것이자 우연히 맞힌 것이었다. 씨앗들과 싹들도 모두 마찬가지다. 자연은 모든 공간에 걸쳐 총을 겨누며 반드시 조만간 적중시킨다. 태양은 무차별적으로 모든 공간에 빛을 쏟아붓는다. 그 광선의 소량의 파편이 지구를 맞혀 우리는 온기를 느낀다. 그렇기는 해도 태양의 모든 의도와 목적이 꼭 우리만을 위해 빛을 내리쬐는 데 있는 것만 같다.

*검은 혹이 나는 병으로, 서양오얏나무나 버찌나무, 자두나무 따위에 생기는 세균에 의한 병.

2장

새의 노래

새의 노래를 들을 수 있으려면 신의 은총이라는 특별한 선물을 필요로 하지 않나 싶다. 어떤 새로운 힘이 청력에 더해지거나 아니면 어떤 방해물이 제거되어야 한다. 우리의 눈에는 비늘이 있어 앞을 보지 못할 뿐만 아니라, 귀에도 비늘이 있어 듣지 못한다. 시골에서 많은 시간을 보낸 한 도시 여성이 한번은 유명한 조류학자에게 블루버드의 울음소리를 들을 수 있는 곳에 데려다 달라고 청했다. "세상에, 블루버드의 울음소리를 들은 적이 없다니요!" 조류학자가 말했다. "네, 한 번도요." 여성이 말했다. "그렇다면 앞으로도 절대 듣지 못할 걸요." 새 애호가가 말했다. 음표에 아름다움과 의미를 선사하는 내면의 귀를 갖고 있지 않으면 절대 들을 수 없기 때문이다. 조류학자는 블루버드의 울음소리나 지저귐을 들을 수 있는 곳으로 몇 분 이내에 그녀를 데려갈 수도 있었을 것이다. 그렇지만 데려가 봤자 아무런 반응이 없는 귀에는 들리지 않았을 것이다. 새들에 대한 애정이나 새들과의 친밀함으로 인해 귀가 민감하게 반응하지 않는다면 소용이 없다는 말이다. 새의 노래는 음악이 아니다. 정확히 말하면 음악을 연상케 할 뿐이다. 악기라든가 인위적인 수단으로 새의 울음소리와 똑같이 만들어진 소리에 재빨리 사로잡히는 대다수의 사람들은 새의 울음소리를 전혀 듣지 못한다. 숲이나 초원에서 들리는 아이의 양철 피리 소리는 참새의 노래나 지빠귀의 선율을 배경으로 했을 때보다 자연을 배경으로 했을 때가 더욱 분간이 잘 될 것이며, 청음에 더욱 큰 도전이 될 것이다. 새의 노래에는, 이를테면, 모호하게 귓가를 울리는, 포착하기 어렵고 분명하지 않고 이도 저도 아닌 것 같은 무언가가 있다. 그래서 우리는 그것을 놓치기 십상이다. 새의 노래는 자연의 일부이며, 우리 주위에 아무렇게나 놓여 있는 자연은 전적으로 자기 일에 열중해 있어 우리의 존재 따위는 신경도 쓰지 않는다. 그런고로 새의 노래는 자연에 있는 다른 많은 것들과 마찬가지이다. 즉, 새의 울음소리를 노래라고 듣는 것은 바로 우리이기에 새의 노래를 듣는 귀는 절반은 창조적이어야 한다. 딱히 새들을 주의 깊게 관찰하지도 않으면서 어떤 책에서 묘사한 것을 보고 흥미를 갖게 되었다며 특정한 새의 노래를 들을 수 있는 곳으로 데려다 달라고 부탁하는 사람을 만날 때면 나는 언제나 당황스럽다. 그들과 함께 듣노라면 나는 새의 노래에 대해 사과하고 싶은 기분이 든다. 새가 독감에 심하게 걸렸다거나, 방금 어떤 우울한 소식을 들었다거나, 원래 내던 소리를 내지 않았다는 등 말이다. 여러분이 새의 노래에 온 신경을 집중해서 들으려고 할 때면 새는 단음계로 대충대충 건성으로 부르는 것처럼 보인다. 나는 갈색지빠귀의 노래를 듣게 하려고 사람들을 데려갔는데 그들 모두가 줄곧 혼잣말로 "저게 다야?"라고 말하는 것을 상상하곤 한다. 그러나 산책하는 중 새의 노래를 듣는다면, 마음이 소박한 것에 맞춰져 있고 열려 있으며 받아들일 준비가 되어 있는 바로 그때에는, 기대하는 마음이 없이 어스름하고 조용한 숲에서 놀라움으로 다가오는 바로 그때에는, 극찬받을 만하다고 느낄 것이다.

인기 있는 조류 작가이자 강연자 한 사람이 다음과 같은 일화를 내게 말했다. 그는 도시 아가씨 둘을 데리고 시골로 산책하러 가기로 약속했다. 아가씨들이 보고 듣게 될 새들의 이름을 가르쳐주기 위해서였다고 한다. 그들이 출발하기 전에 그는 노래참새의 노래가 그들이 처음으로 들을 가능성이 있는 노래 중 하나라고 말하면서 최고의 새-시 중 하나인 헨리 반 다이크의 「참새의 노래」*라는 시를 읊어주었다. 그들이 산책하는 동안 아니나 다를까 참새가 길가에서 노래를 부르고 있었다. 조류 연구가는 길동무들에게 귀 기울이라고 했다. 실지로 들어본 적이 없는 아가씨들의 귀가 그 소리를 알아듣는 데는 얼마간의 시간이 걸렸다. 그런 뒤 그중 한 아가씨가 말했다. (내 생각에는 방금 전에 들었던 헨리 반 다이크의 시가 아직도 그녀의 귓가에 울려 퍼지고 있는 것 같았다.) "뭐야! 겨우 저렇게 짹짹거리는 거였어요?" 참새의 노래는 그녀에게 아무런 의미도 없었다. 그런데 어떻게 그 시인의 열정을 공유할 수 있겠는가? 아마도 개똥지빠귀가 짹짹거리는 소리, 또는 들종다리나 쇠부리딱따구리가 외치는 소리를 우연히 들었더라도 이 아가씨들에게는 아무런 의미도 없었을 것이다. 우리 역시 이 소리들에 아무런 애정이 없다면, 우리에게도 거의 의미가 없을 것이다. 새의 노래는 음악적인 공연으로서의 장점은 매우 미미하다. 봄의 전령으로서 사랑과 기쁨의 상징으로, 숲과 들판의 정기를 들을 수 있게 해주는 것이다. 딱따구리들과 목도리들꿩들의 콕콕 쪼아대는 소리는 시골 사람에게 커다란 즐거움을 준다. 이 소리들이 진짜 음악과 같은 음질을 갖고 있지는 않더라도 말이다. 철새들이나 기타 야생동물들의 소리도 마찬가지다. 그들의 소리에서 우리가 느끼는 즐거움은 그 어떤 음악적인 고려와는 완전히 별개의 것이다. 우리가 숲과 늪지에서 맞닥뜨리는 야생화는 정원이나 잔디밭에서 정성스레 가꾼 꽃보다 왜 더욱 큰 즐거움을 줄까? 주변 환경과 더욱 크게 대비되며, 자연 자체를 염두에 두고 미적 형

*Henry van Dyke(1852~1933). 유창한 설교자인 동시에, 수필가이자 시인으로서 명성을 얻었으며, 저명한 문학 교수로서의 왕성한 활동도 펼쳤다. 시의 원제목인 "song sparrow"는 고유명사로 "멧종다리, 즉 노래참새"를 의미하기도 하지만, 전체적인 시 문맥상 "참새의 노래"로 번역하였다.

태를 갈망하는 야생의 정기를 연상시키며 놀라움으로 다가오기 때문이다.

새장에 갇힌 새들의 노래는 언제나 실망스럽다. 그러한 새들의 노래에는 오직 우리가 권장한 음악적 성질만 갖고 있기 때문이다. 우리는 새들의 노래에 부여하는 특성과 의미를 새들로부터 분리해왔다. 에머슨의 시 구절이 떠오른다.

나는 참새의 노래가 천국에서 들려온다고 생각했네.
새벽에 오리나무 가지 위에서 노래 부르네.
나는 저녁에 둥지 채 참새를 집으로 가져왔네.
참새는 그 노래를 부르지만, 지금은 기쁘게 하지 않네.
내가 강과 하늘을 집으로 가져오지 못했기 때문이네.
참새는 내 귓가에 대고 노래했네.
강과 하늘은 내 눈에 대고 노래했네.

나는 내 정원에 옮겨 심고 싶은 야생화도, 또—적어도 노랫소리 때문이 아니라—새장에 가두고 싶은 새도 아직껏 본 적이 없다. 새장에 갇힌 종다리는 새장 바닥에 있는 한 줌의 잔디 위에 앉아 노래를 부를 것이다. 하지만 여러분은 듣고 싶지 않을 것이다. 아주 거칠게 찌익찌익 소리를 내며 귀청을 찢을 듯 울어댈 것이기 때문이다. 하지만 저기 아침 하늘에는, 또 드넓게 펼쳐진 들판 너머에는 얼마나 큰 기쁨을 주는 노래가 있는가! 그것은 감미로운 소리로 이루어진 화음은 아니다. 그것은 "천국의 문"에서 우리에게 빗발치듯 쏟아져 내리는, 기쁨과 환희가 용솟음치는 정신이다.

장소와 시간이 연상작용을 더할 수만 있다면, 또는 아름다웠던 지난날에 들었던 새의 소리를 들을 수만 있다면, 그 노래는 마법처럼 유년시절의 추억에 빠지게 할 것이다! 어느 철엔가 영국에 사는 친구가 내게 새장에 종다리를 스무 마리 남짓 보내었다. 나는 우리 집 근처에 있는 들판에서 그 새들을 풀어주었다. 새들은 훨훨 날아갔으며, 나는 다시는 그 새들의 노래를 듣지도 보지도 못했다. 그러던 어느 일요일, 인근 도시에서 온 스코틀랜드 사람이 우리 집에 찾아와서는 길을 따라 걸어가는데 틀림없이 종다리 노래를 들었다며 완전히 흥분해 있었다. 그는 꿈을 꾸고 있는 게 아니었다. 그는 그 새가 종다리라는 것을 알고 있었다. 비록 25년여 전에 둔강*의 둑을 떠난 뒤 한 번도 듣지 못했었지만 말이다. 종다리의 노래는 그에게 얼마나 큰 기쁨을 주었을까! 나에게 준 의미보다 그에게 얼마나 더 큰 의미를 주었겠는가! 잠시 그는 다시 고향에 돌아가 있었다. 그런 뒤 나는 내가 풀어주었던 종다리들에 대해 그에게 말했다. 그는 또다시 새로운 감상을 즐기는 것 같았다.

수년 전 롱아일랜드에 일부 종다리들이 방면되었다. 종다리들은 그곳에 터를 잡게 되었고, 이제 어떤 지역에서는 가끔 종다리들의 노래를 들을 수 있게 되었다. 어느 여름날, 내 친구가 종다리들을 관찰하러 그곳에 갔다. 종다리 한 마리가 친구의 머리 위에서 하늘 높이 솟아오르며 노래 부르고 있었다. 한 늙은 아일랜드 남자가 오더니 별안간 그 자리에서 얼어붙은 듯 멈추어 섰다. 얼굴에 기쁨과 믿을 수 없다는 듯한 표정이 뒤섞여 있었다. 그는 정말로 청춘의 새의 노래를 듣고 있던 것이었을까? 그는 모자를 벗더니 얼굴을 하늘 쪽으로 돌렸다. 그리고는 입술을 파르르 떨고 눈물을 주르륵 흘리며 오랫동안 종다리를 보며 서 있었다. '아, 그의 귀로 듣는 것처럼 내 귀로 저 새의 노래를 들을 수만 있다면!' 내 친구는 생각했다. 한 마리 새가 고향

*스코틀랜드 서남부의 강.

언덕에서의 청춘과 지나간 모든 시절로 다시금 데려다주다니!

우리를 지배하는 새의 노래의 힘은 그만큼 연상작용과 관련된 문제이다. 다른 나라를 여행하는 여행자는 뒤에 두고 떠나온 것보다 깃털로 뒤덮인 명가수들이 별로 가치 있다고 여기지 않는다. 이방인은 새의 노래를 토박이가 기꺼이 열린 마음으로 듣는 것과 동일하게 듣지 못한다. 장소와 계절에 따라 새가 노래하는 방식은 다르다. 봄에 처음 들종다리가 내는 그 길고 귀청이 찢어질 것 같으면서 멀리서도 들리는 음이나, 붉은부리찌르레기가 3월에 버드나무에 머물며 "키릿, 키리릿"하고 요란하게 우는 소리를 토박이 말고 누가 음악이라 할 수 있을까? 이방인이라도 아마 지빠귀가 내는 피리 같은 음색을 들어야 야생 숲의 소리와 선율이라고 인정할 것이다. 그러나 그가 6월에 송어를 잡으려고 북쪽의 하천 둑에서 연일 야영하며 보낸 뒤에는 그 소리가 얼마나 더 많은 것을 의미할까! 지빠귀는 아침 일찍 오고, 또 해가 질 때 다시 와서 텐트 위에 걸터앉아 몇 분 동안 한바탕 지지배배 울려 퍼지는 노래를 불어댄다. 나뭇잎이 우거진 숲의 복도와 현관에서 그 선율은 맑은 하천의 메아리를 되풀이한다.

1882년 잉글랜드에 있는 동안 나는 6월 하순과 7월 초순에 나이팅게일의 노래에 귀 기울이며 군郡 두세 군데를 헐레벌떡 뛰어다녔다. 하지만 며칠 차이로 놓칠 때도 있었고, 또 어떤 경우에는 겨우 몇 시간 차이로 놓친 것 같은 때도 있었다. 나이팅게일이 힘차게 울어대는 기간은 과히 길지 않아서 대략 6월 중순까지다. 그때 이후로 듣게 될 가능성은 굉장히 드물다. 그 뒤 나는 집으로 왔고, 어느 겨울 아침에 도심지에 있는 친구네 집에서 나이팅게일의 노래를 들었다. 그것은 나의 열광적인 기대를 저버렸다. 땅거미가 지는 잉글랜드의 야생의 풍광에서 자유롭게 노래하는 대신 백주 대낮에 도심지의 침실에서 듣는 새장에 갇힌 새의 노래라니! 나는 눈을 감고 나를 둘러싸고 있는 환경에서 벗어나 헤슬미어와 고덜밍*의 풍경 한가운데에서 새의 선율에 귀 기울이고 있다고 상상하려고 최선을 다했다. 하지만 결과는 시원찮았다. 나이팅게일의 노래는 종다리의 노래와 마찬가지로 아름다운 경치가 필요했고, 시간과 장소라는 온갖 부속품이 필요했다. 재치가 있다고 해서 다 격언은 아니듯 노래라고 해서 다 같은 노래는 아닌 것이다. 새의 노래는 때와 환경, 느낌에 좌우되어 표현된다. 친구는 새가 실력을 제대로 발휘하지 않았다고 말했지만, 새는 여러 화음을 넣어 멋들어지게 불렀다. 주제가 뭔지는 알 수 없었으나 꼭 종다리가 노래 부를 때처럼 이 새에게도 들판과 숲의 모든 음표를 타고난 재능이 있는 것처럼 보이기는 했다. 그러나 위대한 시인의 말투나 억양과도 같은 그 음색이란! 그 억양이란!

거의 매년 5월마다 나는 유년시절의 풍경으로 돌아가려는 충동에 사로잡혀 다시 한 번 고향의 목초지에서 쌀먹이새들의 노래를 듣는다. 나는 그곳의 새들이 다른 어느 곳보다 더욱 노래를 잘 부를 거라고 확신한다. 그들은 아마 이슬만 마실 것이며, 그 이슬은 고지대의 목축지에서 맺혔다는 놀라운 미덕을 갖고 있다. 그렇기에 이슬은 새의 목소리에 맑고 깊게 울려 퍼지는 특성을 준다. 다른 곳에서는 들어본 적이 없는 목소리다. 밤에 도착하면 나는 남쪽으로 난 창을 열어둔다. 그래야 아침에 일어나기 전에 쏟아져 들어오는 목초지 합창단의 노래를 들을 수 있기 때문이다. 어떻게 그 노래는 나를 세월을 가로질러 다시 소년이 되게 만들고 안전한 이버지의 품속으로 나를 이끄는 걸까! 도착하고 나서 사흘째 되는 날 아침, 한번은 쌀먹이새 한 마리가 새로운 곡조를 부르며 나타났다. 그 곡조는 독특하고도 부드러운

*둘 다 잉글랜드 서리주에 있는 마을.

울림을 냈는데, 마치 "베이비baby"라고 하는 것처럼 들렸다. 하지만 그것은 분명 삽입구였으며, 알맞은 자리에 있지도 않았으며, 나머지 노래와도 아무런 관련이 없었다. 그렇지만 쌀먹이새는 나머지 부분을 부를 때와 동일한 자신감과 기쁨에 찬 소리를 냈다. 어쩌면 그것은 시간이 흘러 결과적으로 완전히 새로운 쌀먹이새의 노래를 가져온 변이의 시작과도 같은 것이었을 것이다.

지난봄 고향의 고갯길을 찾아갔을 때, 유년시절에는 듣지도 보지도 못했던 또 다른 명금鳴禽이 내 관심을 끌었다. 초원뿔종다리였다. 이 새 떼는 늦가을에 남쪽으로 이동하는 중 일부 북부 주에서 보이곤 했었다. 그러나 지난 20년 동안 초원뿔종다리는 뉴욕과 뉴잉글랜드의 언덕진 여러 구역에서 여름을 보내는 피서객이 되었다. 그들은 진정한 종다리들로, 다만 유럽에 있는 그들의 유명한 사촌들만큼이나 매력적으로 보이게 하는 노래의 힘이 부족할 뿐이다.

종다리들은 앉는 것은 땅에 앉지만, 노래는 하늘에서 부른다. 즉, 잔디밭에서 구름까지다. 그들에게 중간은 없다. 우리나라에 서식하는 뿔종다리는 진정한 종다리 식으로 가볍게 날개를 떨면서 위쪽으로 올라가고, 60에서 90미터 고도에서 날개를 활짝 펼쳐 허공을 맴돌며 노래 부른다. 밑에서 새에게 시선을 고정시키는 관찰자와 청취자의 귀에는 희미하고 단속적이며 거의 불분명한 음만 이따금 들릴 뿐이다. 말하자면, 뿔종다리가 부르는 노래의 토막만을 듣는 것이다. 뿔종다리의 노래는 끊이지 않고 이어지며, 시끄럽게 짹짹거린다. 저 하늘 위에서 환희에 넘쳐 부르는 노래의 샘이다. 그러나 우리나라에 서식하는 종다리는 토막토막으로 노래 부른다. 각 음을 반복할 때마다 조금씩 아래쪽과 앞쪽으로 내려오다가 다시 올라간다. 어느 날 나는 한 마리를 주시했는데, 그 새는 103번이나 계속해서 노래를 반복하였다. 그런 뒤 날개를 접고는 유럽의 동족이 그러하듯 곤두박질치듯이 땅으로 내리꽂았다. 그 새를 지켜보는 동안 쌀먹이새 한 마리가 내 머리 위로 날아왔다. 나와 종다리 사이였다. 쌀먹이새는 한 번도 끊기지 않고 수다스럽게 곡조를 뽑아냈다. '종다리의 찍찍거리는 혀 짧은 소리와 쌀먹이새의 자유롭고 유려하며 다채로운 노래는 정말 대조적이군!' 나는 생각했다.

서부에 사는 종다리들의 생애에 관한 흥미로운 사실을 한 가지 들은 적이 있다. 미시간주에 사는 한 여성이 한번은 내게 이런 편지를 보냈다. 그녀의 남동생은 서부의 두 도시를 매일 오가는 급행열차의 기술자로, 날마다 서른 마리 정도 되는 새들이 약 100킬로미터를 오가는 동안 엔진에 치여 죽는다는 것이었다. 여러 종류의 새들이 죽임을 당했지만 가장 흔한 것은 무리 지어 가는 새로, 묘사한 것으로 보아서는 뿔종다리와 일치했다. 그 이후 미네소타 신문에서 많은 뿔종다리들이 미네소타주의 기관차에 치여 죽는다는 기사를 읽었다. 새들이 바람을 피하려고 레일 뒤에 앉아 있다가 전진하는 기차 앞에서 깜짝 놀라 날아오르는 순간 엔진에 치여 목숨을 잃는다고 생각되었다. 앞서 말한 미시간에 사는 기술자는 날개를 접은 새들이 선로 위로 모여들거나 아니면 밀을 실은 기차에서 새어 나온 낟알이 다코타에서부터 해안 지방까지 흩뿌려진 것을 주워 먹으려다 변을 당한 것 같다고 언급했다. 아마도 새들이 벌떡 일어나면서 정면으로 맞아야 했을 바람이 치여 죽는 주요 원인이었을 것이다. 사람들은 기관차를 새-파괴자로 여기지 않는다. 비록 좀 작은 포유동물들이 수시로 기관차 밑에 깔린다고 알려져 있긴 하지만 말이다.

새의 노래에서 아주 흥미로운 특징 하나는 날면서 부르는 노래, 다시 말해 환희의 노래이다. 많은 새들이 이 재능을 갖고 있는 것은 아니다. 실제로 내가 알고 있는 바로는 날면서 노래하는 새는 12종 미만이다. 나뭇가지에 앉아 쉬면서 부르는 보통의 노래보다 날면서 부르는 노래는 더욱 격렬하게 흥분하거나 자유롭게 거리낌 없이 행동하는 데서 기인한 것 같다. 노래가 무아지경에 이르렀을 때 새는 마치 로켓이 불꽃을 뿜어내듯 노래를 뿜어내면서 말 그대로 발을 박차고 나가 공중으로 솟아오른다. 종다리와 쌀먹이새는 습관적으로 그렇게 하는 반면, 우리나라에 서식하는 다른 몇몇 새들은 가끔씩만 그렇게 한다. 어느 여름, 캣스킬산을 오르다가 나는 내 "무아지경의 명가수" 목록에 또 하나의 이름을 올렸다. 바로 저녁참새*이다. 나는 여러 차례 공중에서 부르는 새로운 노래를 들었으며, 다시 땅에 내려앉을 때 그 새를 얼핏 보았다. 내 마음은 연속적으로 황급히 짹짹거리는 음들에 이어 짧게 한바탕 불러제끼는 노래와 그런 다음 새가 사라지는 모습에 완전히 사로잡혔다. 어느 날 나는 운 좋게도 그 새의 노래가 공중에서 절정에 달하는 모습을 볼 수 있었다. 게다가 그 새가 저녁참새라는 것을 식별할 정도로 운이 좋았다. 23미터에서 30미터 정도 위쪽으로 비행하며 유종의 미를 거둔 한차례의 노래는 아주 짧았다. 그러나 기막히게 멋졌으며, 지상에 있을 때 느긋하고 단조롭게 부르는 노래와는 차원이 달랐다. 꼭 종다리를 연상시켰지만 덜 윙윙거리거나 짹짹거렸다. 서두에 짹짹거리는 음은 새가 공중으로 올라가면서 더욱더 빨라졌는데 마치 로켓이 하늘 꼭대기로 날아올라 웅장한 색채의 향연을 터뜨리기 전에 내뿜는 불꽃의 꼬리 같았다.

저녁참새가 빛깔이나 무늬 면에서 종다리와 상당히 닮았다는 점은 무척 흥미롭다. 꼬리에는 흰 측면 깃대 두 개가 있으며, 꼭 볏을 연상시키듯 머리 꼭대기의 깃털들을 들어 올리는 습관이 있다. 우리 집 근처의 들판에서 몇 년 전에 발견했던 홀로 있던 종다리는 저녁참새들 중 한 마리에게 여러

*중간 크기의 미국산 참새로 저녁에 잘 우는 게 특징이다.

차례 관심을 보였다. 하지만 저녁참새는 수줍어하며 종다리가 다가오는 것을 요리조리 피했다.

아마도 나뭇가지에 앉아 노래하는 보통의 새들 중에서 늘 한결같이 무아지경에 빠져 마침내 공중에서 가창력을 뽐내는 새는 30여 년 전에 내 첫 책인 『연영초』에서도 설명한 것처럼 가마새일 것이다. 가마새는 나이 든 조류학자들의 황금관을 쓴 명가수이다. 한가로이 숲을 거니는 산책자들이라면 모두 가슴에 작은 얼룩점이 있고 황록색 등을 가진 이 어여쁜 작은 새를 알고 있다. 이 새는 자기 앞에 몇 미터 떨어진 마른 나뭇잎 위로 걷는데, 걸으면서 머리를 요리조리 흔드는 본새가 꼭 닭이 축소된 것 같다. 대부분의 새들은 개똥지빠귀처럼 목이 뻣뻣하며 땅에서 이리저리 통통 뛰어다닐 때 머리를 꼭 몸에 고정시킨 것 같은 자세를 취한다. 가마새는 그리하지 않는다. 멧새나 메추라기, 까마귀와 같은 새들도 그렇게 걷지 않는다. 그 새들은 발의 움직임에 맞춰 머리를 앞으로 움직인다. 가마새가 땅에서 몇 미터 위에 있는 나뭇가지에 앉아 반복적으로 날카롭게 거의 꽥꽥거리는 듯한 소리를 듣고 있노라면 마치 "목사님preacher, 목사님, 목사님" 아니면 "선생님teacher, 선생님, 선생님"이라고 말하는 것 같다. 이 소리는 더욱더 커지며 예닐곱 번 반복되는데 이 또한 대부분의 산책자들에게 익숙하다. 하지만 나무 꼭대기 위 높디높은 공중에서 자연 그대로의 소리로 낭랑하고 열광적으로 불러제끼는 한바탕의 노래는 그다지 알려져 있지 않다. 아주 단조롭고 성가시고 귀에 거슬리는 소리를 내는 가수에서 갑작스럽게 잠깐 동안 엄청난 힘을 가진 서정시인으로 변모한다. 뜻밖의 깜짝선물이다. 새는 완전한 변모를 겪는다. 보통은 매우 조용하고 얌전한 종류의 새로, 약간 암탉처럼 머리를 콕콕 흔들며 나뭇잎 위로 돌아다니다가, 땅에서 몇 미터 떨어진 나뭇가지에 걸터앉아 그

날카롭고도 다소 단조로우면서도 음악적인 가락이 없는 소리를 내기 시작한다. 분명 평범하고 아주 흔한 새이다. 그러나 비행하면서 부를 노래의 영감이 떠오를 때까지 나뭇가지 위에서 기다린다. 엄청난 변화이다! 가마새는 나뭇가지들 사이로 올라가 더욱더 빨리 이 가지에서 저 가지로 통통 뛰어다니다가 나무 꼭대기에서 그들 위에 있는 대략 15미터 정도 되는 공중으로 휘리릭 움직인다. 그리고 재빨리 낭랑하게 한바탕 환희의 노래를 터뜨린다. 성냥이 로켓이 아닌 것처럼, 그 공연은 그저 빤한 공연이 아니다. 아주 짧지만 전율이 인다. 강한 어조지만 음악적이다. 비행과 노래가 절정에 달하면 새는 날개를 접고 종다리처럼 거의 수직으로 아래쪽으로 내리꽂는다. 노래가 좀 더 길어졌다면 그 유명한 새의 노래에 필적했을 것이다. 가마새는 6월 초까지는 하루에 여러 차례 이렇게 노래 부르지만, 저물녘에는 아주 잦다. 노래는 질과 전반적인 특색 면에서 같은 참새 종류인 물종다리와 비슷하다. 내 생각에 물종다리는 절대 날면서 노래를 부르지는 않지만 말이다. 저물녘에 노래하는 습관과 쏜살같이 휘리릭 움직이는 동작에서 나는 우리가 헨리 데이비드 소로의 "밤-휘파람새"에 대한 수수께끼를 풀었다고 생각하고 싶다. 몇 년 동안 그를 당혹스럽게 하며 당최 파악할 수 없었던 바로 그 수수께끼의 새 말이다. 에머슨은 소로에게 살면서 보기 드물 테니까 그 새를 찾아내고 기록하는 일에 방심하지 말라고 했다. 좀 더 나이 든 조류학자들은 그 노래를 여러 차례 들었을 게 틀림없지만 그 가수의 정체는 알아채지 못했던 것 같다.

날면서 노래하는 다른 새들로는 들종다리, 오색방울새, 붉은양진이, 멋쟁이새, 메릴랜드노랑목솔새, 멧도요가 있다. 나는 평생 동안 멧도요가 날면서 부르는 노래를 딱 두 번 들었다. 첫 번째는 4월 중순께 땅거미가 지는 저녁이었다. 멧도요는 어스름한 땅에서 "옙, 옙" 혹은 "씁, 씁" 하면서 울고 있었다. 아주 독특한 고음의 날카로운 소리였다. 그러고는 서서히 위쪽으로 비스듬히 날아올라 가면서, 날 때에만 들을 수 있는 특유의 휘파람 소리를 냈다. 그러더니 약 30미터 이상의 고도에서 넓게 원을 그리며 훨훨 날기 시작하고는 환희에 찬 짹짹 소리를 터뜨렸다. 독특하고도 활기찬 음질로, 가끔은 거의 목청을 떠는 듯한 소리를 내기도 했다. 그런 다음 1~2분이나 지났을까, 새는 땅으로 다시 내리꽂았다. 종다리처럼 똑바로 내리꽂는 게 아니라 좀 더 나선형으로 내리꽂았는데, 그 순간에도 계속 전과 같이 노래를 불렀다. 5분도 안 되어 새는 다시 공중으로 올라갔다. 두 번째로 들은 것은 몇 년 뒤로 친구인 클라라 바루스* 박사와 함께 있을 때였다. 그녀가 나중에 대중 잡지에 그 노래에 대한 인상을 기록한 글을 보여드리겠다.

저녁노을이 이 아름다운 5월의 들판과 농장과 저 멀리 숲에 온통 물밀 듯이 밀려들고 있었다. 노래참새들이 목이 터지도록 지지배배 행복을 쏟아내고 있었다. 청개구리들은 개굴개굴 울고 두꺼비들은 꽉꽉거리고 있었다. 우리는 그런 곳에서는 땅거미가 질 때까지 기다리는 게 조금도 고생스럽지 않다고 생각했다. 멧도요가 조심스럽게 자신의 존재를 알리고 있었다. 자, 들어보라! 아직 햇빛이 비치는 동안, 겨우 몇 발자국 떨어진 곳에서, 나는 반갑게 "쐅, 쐅" 하는 소리를 들었다. 하아! 한 마리가 짹짹, 찌르륵 찌르륵 울며 우리를 지나쳐 날아가고 있었다. 곧장, 약간 비스듬하게 위쪽으로, 다소 힘들게 날면서 말이다. 붉게 물든 하늘을 등진 부리가 길어 보였다. "주둥이에 뭔가 있어." 나는 그 기다란 부리를 생각하며 말하기 시작했다. 우리를 둘러싸고, 우리 위에서 그 새는 둥글게 원을

*Clara Barrus(1864~1931). 의사. 1902년에 존 버로스를 처음 만나 이후 헌신적인 추종자이자 동료로 지냈다. 존 버로스가 살아있는 동안에도 몇 편의 에세이를 출간했으며, 그의 사후에는 공식 전기작가로 지명되어 버로스 평전을 쓰기도 했다.

그리며 의기양양하게 날았다. 그러는 동안 우리는, 말하자면, 황급히 짹짹거리는 소리에 감싸여 있었다. 가까이 들렸다가 이내 멀어지곤 하는, 포착하기 어려운 고운 소리였다. 새는 얼마나 빨리 날던지! 이제 그 소리는 더욱더 빨라졌다. 친구는 "허공을 번개처럼 스치는 채찍 끈 같군"이라고 말했다. 새는 더욱더 높이 솟구쳤고, 내려앉기 바로 앞서 부르는 미친 듯 환희에 찬 마지막 노래를 끝으로 보이지 않게 되었다.

들종다리는 수평으로 비행하면서, 하늘 중간쯤에서 맴돌며, 종다리같이 빠른 음을 연속적으로 내뱉으며 노래 부른다. 오색방울새 또한 수평으로 비행하면서 날개를 활짝 편 채 공중에서 천천히 퍼덕이다가 특유의 기쁨에 찬 환희의 선율을 쏟아낸다. 내 생각에 오색방울새는 오로지 계절 초입에만 이러한 '날개의 노래'에 몰입하는 것 같다. 어미새가 자리를 잡고 앉기 시작한 뒤에는 수컷이 어미새가 들리는 데서 "그대가 그냥 좋아, 마냥 좋아"라고 내뱉으며 기이하게 파도처럼 물결치듯 날며 빙빙 돈다. 그러면 암컷은 아주 살가운 음색으로 "나도 그래요, 내 사랑"이라고 대꾸한다. 멋쟁이새와 붉은양진이는 넘치는 행복을 더 이상 통제할 수 없을 때 공중으로 박차고 올라가 허공을 맴돌며 전율에 찬 환희의 노래를 짧게 부른다. 이 새들의 '공중의 노래'는 나뭇가지에 앉아서 전하는 노래와 본질적으로 다르지 않다. 더욱 들떠있다는 사실을 드러내고, 그런고로 더욱 완전한 음악적 황홀감을 드러낸다는 사실만 빼고는 말이다.

붉은양진이는 부리가 짧은 되새류 중에서도 가장 고운 소리를 내는 가수이다. 선율이 워낙에 부드럽고 듣기 좋으며, 어린아이 같은 흥과 더불어 구슬픔도 있다. 그래서 나는 방 안에 있는 새장에서조차도 좋은 소리를 낼 거라는 생각이 든다. 똑같이 흥에 겨워 노래를 부기만 한다면 말이다. 당연히 그러지야 않겠지만.

같은 종의 새들이 각기 다른 수준의 음악적 재능을 보여준다는 사실은 일반적으로 알려져 있지 않다. 이는 흔히 새장에 갇힌 새를 통해 알 수 있는데, 그들 사이에는 변이의 원칙이 보다 활발해 보인다. 그러나 세심한 관찰자라면 야생의 새들에게서도 동일한 사실을 알아챌 수 있다. 간혹 관찰자는 모든 동료들을 뛰어넘는 힘을 가진 노래를 듣는다. 나는 다른 새들을 훨씬 능가하며 지저귀는 참새, 찌르레기, 숲지빠귀의 노래를 들은 적이 있다. 어느 날 송어를 잡으려고 하천가에 서서 낚싯대를 드리워놓은 채 몇 분 동안 노래참새가 지저귀는 것을 뚫어지게 바라보았다. 노래참새는 내 앞에 있는 마른 나뭇가지에서 노래 부르고 있었다. 녀석은 뚜렷이 구별되는 노래를 다섯 곡 불렀는데, 사람이 부르는 노래만큼이나 노래들은 저마다 현저히 달랐다. 녀석은 번갈아가며 노래를 반복했다. 어쩌면 여섯 번째나 일곱 번째 노래도 갖고 있을 터이지만, 다음 들판에서 부르려고 마음먹었을지도 모른다. 그리고는 레퍼토리를 다 써버리기 전에 훨훨 날아갔다. 로버트 루이스 스티븐슨*에게서 편지를 한 통 받은 적이 있다. 그는 내가 영국산 검은새의 노래에 관해 쓴 이야기를 읽었다면서 나더러 사람의 노래에 대해 쓰는 게 낫겠다고 했다. 그는 모든 검은새가 자신만의 노래를 갖고 있다고 하더니, 스코틀랜드의 언덕 어딘가에서 듣곤 했다는 아주 놀라운 명금에 대해 이야기했다. 그러나 그가 말한 명금은 당연히 예외적인 것이었다. 스물다섯 마리의 검은새 중 스물네 마리가 아마 똑같이 노래를 부를 것이며, 주목할만한 변형도 없

*Robert Louis Stevenson(1850~1894). 스코틀랜드 출신의 소설가, 수필가. 『보물섬』과 『지킬 박사와 하이드 씨』의 저자이다.

다. 그러나 스물다섯 번째 새는 비범한 능력을 보일 수도 있다. 나는 스티븐슨에게 그가 말한 유명한 명금이 유럽 대륙이나 남부 잉글랜드에서 떼 지어 다니는 지빠귓과의 나이팅게일일 거라고 했다. 나는 내가 이곳에서 들은 적이 있는, 갈색지빠귀와 똑같이 대단히 활기차게 노래 부르는 개똥지빠귀나, 보통 개똥지빠귀의 노래에 중간중간 쏙독새의 선율이 어우러진 듯한 또 다른 새, 메추라기의 울음소리를 가진 또 다른 새에 대해 그에게 말했던 것 같다. 각각의 경우, 그 새들은 아마 아주 새끼였을 때 노래를 들어서 익혔을 것이다. 스코틀랜드의 트로서크스에서 나는 오랜 시간 동안 노래지빠귀를 줄곧 따라다녔다. 특유의 노래에 매료되었기 때문이다. 노래지빠귀는 널리 알려진 서너 가지 선율을 몇 번이고 되풀이했다. 이는 아마 양치기 소년이 양 떼나 소 떼에게 부는 휘파람소리에서 배웠을 것이다.

지저귀지 못하는 새들. 왜 자연은 그들에게 노래하는 재능을 허락하지 않았을까? 그러나 그들은 거의 대부분 자신들에게 크게 도움이 되는 음악적 소리나 충동을 가지고 있다. 메추라기는 휘파람 소리를 갖고 있고, 딱따구리는 딱딱거리는 소리를, 피위새는 애처로운 울음소리를, 박새는 기막히게 감미로운 소리를, 쇠부리딱따구리는 길게 "윅, 윅, 윅"을 반복하는 소리를 갖고 있다. 봄의 도래를 아주 반갑게 맞이하는 소리 중 하나로, 어치는 꽈르륵거리는 음을, 매는 날카로운 비명을, 까마귀는 기운차게 까악까악하는 소리를 낸다. 오로지 과수원에 있는 우리의 어여쁜 새들만이 거의 들리지 않는 선율로 축소되었다. 여새가 바로 그렇다.

3장

비공개의 자연

우리나라의 기후에서 12월은 자연이 마침내 집을 닫고 열쇠를 걸어 잠그는 달이다. 자연은 천천히 짐을 꾸려 다 쓰고 난 물건을 치우고 가을 내내 여기저기 열려 있던 문과 창문을 꼭꼭 닫는다. 이제 일을 마무리한 자연은 마지막 빗장을 걸어 올린다. 겨울을 맞이할 준비가 된 것이다. 여전히 여기저기 시든 잎사귀가 매달려 있는 너도밤나무나 오크나무, 히코리나무를 빼고 나뭇잎들은 모두 나무에서 떨어진다. 줄기를 가득 채우고 숲의 새로운 성장을 무르익게 하던 수액과 즙이 모두 활동을 그만둔다. 사향쥐는 얕은 연못이나 개울에서 집을 완공하고, 비버는 북쪽의 숲에서 집을 완공한다. 야생쥐와 얼룩다람쥐는 겨우내 먹을 견과류와 곡식을 땅속 소굴과 나무 구멍에 저장해 놓는다. 마멋은 산비탈에 파놓은 굴 안에서 몸을 돌돌 말아 긴 겨울잠을 잔다. 미국너구리는 고목에 있는 거처를 버리고 바위 밑 구멍으로 겨울을 나러 간다. 겨울새들은 다가올 추위와 언제 닥칠지 모를 식량 부족에 대비하여 두툼한 지방층을 마련한다. 개구리들과 두꺼비들은 모두 땅속에서 동면한다.

일전에 어떤 과학 단체 모임에서 발표된 논문에서 얼굴 양쪽에 검은 줄무늬가 있는 미국개구리가 서리가 미치지 않는 범위인 약 60센티미터 땅속에서 칩거한다고 쓰여진 것을 보았다. 나는 12월에 미국개구리가 5센티미터 조금 안 되는 나뭇잎들과 이끼를 덮개로 쓰는 예를 두 번 발견한 적이 있다. 미국개구리는 자기 몸 두께의 깊이만큼만 흙과 나뭇잎으로 틀을 짜 몸을 파묻었으며, 덮개는 숲에서 흔히 찾을 수 있는 마른 잎들과 솔잎으로만 이루어져 있었다. 주로 폭설로부터의 보호를 계산에 넣은 게 명백했다. 한번은 그 지점을 표시해놓은 뒤 개구리가 겨울을 어떻게 났는지 보려고 초봄에 다시 그곳에 갔다. 아무 문제 없었다. 명백히 그것은 추위에 효과가 있었다. 칩거지 밑과 주변의 땅은 아직도 꽝꽝 얼려있는데도 개구리에는 서리가 끼어 있지 않았기 때문이다. 개구리는 팔팔하지는 않았으나 건강해 보였으며, 일주일 뒤 어느 따뜻한 날 그곳에 다시 갔을 때는 칩거지에서 나와 근처의 습지에 가 있었다. 4월이 되자 개구리들은 그곳에서 일가친척들과 오순도순 모여 사랑 노래를 불러댔다. 어느 온화한 12월 하순에 친구가 숲 속에서 눈 위에 앉아 있는 미국개구리를 한 마리 발견했다. 그녀는 개구리를 집으로 데려가 지하실에 있는 화분의 흙 속에서 재웠다. 봄이 되자 그녀는 개구리의 몸 상태가 좋아졌다는 것을 알았고, 4월이 되어 도로 숲으로 데려다 놓았다. 청개구리는 미국개구리와 마찬가지로 땅속에서 겨울을 난다. 나는 늦가을에 두꺼비가 땅속으로 들어가는 것을 본 적이 있다. 그 과정은 아주 흥미로웠다. 두꺼비는 그야말로 팔꿈치로 길을 내어 흙 속으로 들어갔다. 똑바로 앉아 충분한 깊이만큼 몸이 파묻힐 때까지 접힌 다리의 날카로운 관절로 계속해서 꾹꾹 몸을 밀어 넣었다. 지면에서 불과 몇 센터미터 밑이었다. 물개구리들은 연못이나 습지 바닥에 있는 진흙 속에서 겨울을 나는 듯하다. 여왕호박벌과 여왕말벌은 내 생각에는 9월에 땅속에 있는 구멍에서 겨울을 날 거처를 구하려는 것 같다. 그동안 수벌들과 일벌들은 죽어간다. 꿀벌들은 겨울잠을 자지 않는다. 즉, 그들은 겨울 내내 식량을 비축해야 한다. 하지만 우리나라에 서식하는 토종 야생벌들은 추운 몇 달 동안 활동을 중단하며, 여왕 암벌만 겨울에 살아남는다. 봄에 이 여왕벌들은 홀로 살림을 차리고는 새로운 식구를 찾는다.

곤충들은 성장하는 모든 단계에서 온기의 창조자들이다. 온도는 그들을 살아가게 하는 원동력이다. 온도가 떨어지면 그들은 정지한다. 여치들은 가을에 계속해서 살아갈 수 있을 정도로 온도만 유지된다면 두 날개를 비벼 울음소리를 낸다. 온도가 떨어지면 울음소리도 약해지고, 결국 8월에 "찌르르찌르르" 기운차게 울다가 10월이 되면 점차 기어들어가는 소리로 죽어가며 "찌르찌르" 운다. 쌀쌀한 가을이 다가오면 숲 속 마른 나무와 그루터기 속의 무수한 곤충들에게는 정적이 엄습한다. 여름 내내 곤충들은 오크나무와 히코리나무, 자작나무, 밤나무, 가문비나무에서 쉴 새 없이 소리를 냈다. 그중 일부는 꼭 구식의 손드릴과 같은 소리를 냈으며, 나머지는 아주 멋지게 딱딱 부러뜨리거나 쪼개는 듯한 소리를 내었다. 하지만 추위가 다가오면서 그 소리는 점점 더 느려지다가 이윽고 마침내 움직임을 멈춘다. 따뜻한 날이 되면 그 소리가 다시 시작된다. 온도의 정도에 따라 천천히 또는 활기찬 소리가 나지만, 12월이 되면 마침내 말없이 계절을 받아들인다. 때로는 땅속이나 썩은 나무속에서 발견되는 6월의 딱정벌레들처럼 비대하게 살찐 유충과도 같은 이 동물들은 겨울에는 서리투성이이다. 커다란 유충을 둘로 가르면 마치 아이스크림 덩어리처럼 보인다.

10월쯤 되면 까마귀들은 큰 무리를 이루기 시작하고 겨울을 날 거처를 정한다. 까마귀들은 외딴 숲을 보금자리로 택하며, 그쪽으로 모두 밤에 엄청나게 먼 지역을 날아가며, 거기에서 다시 아침 일찍 사방으로 흩어진다. 까마귀는 사교적인 새로 꼭 미국인 같다. 속세를 떠나거나 세상을 등지고 은둔하지 않는다. 겨울엔 아마도 온기도 더욱 잘 유지하고 친화성도 더욱 다지기 위해 대단위의 군집을 이루는 것 같다. 서로 바짝 달라붙어 앉아 나무 꼭대기를 꽉 채우면 온도를 아끼는 결과를 가져오는 게 분명하니 말이다.

어떤 작가가 "새싹들은 늙은 잎들을 밀어낸다"며 수사학적인 비약을 한 것을 본 적이 있다. 하지만 이것은 원칙적으로 사실이 아니다. 새싹은 늙은 잎들이 떨어지기 오래전부터 이미 늙은 잎의 잎겨드랑이에 형성되어 있다. 우리나라에 서식하는 나무 중에서 딱 두 종의 봉긋한 새싹만이 늙은 잎을 밀어내는 것으로 나는 알고 있다. 옻나무와 아메리카플라타너스 혹은 버즘나무는 새싹이 늙은 잎꼭지 밑에 즉시 형성되며 꼭 모자처럼 잎꼭지로 덮여있다. 이 나무들에서 떨어진 잎들을 살펴보면 새싹을 받치던 곳 밑에 구멍이 보일 것이다. 너도밤나무, 오크나무, 히코리나무의 늙은 잎들이 매달려 있는 이유는 명확하지 않다. 많은 사람들에게도 그러한 결점이 있듯, 어쩌면 단순히 단정치 못한 특성일 수도 있다. 마무리를 제대로 할 줄 몰라서 그냥 끝내버리는 것 말이다. 일부 오크나무와 너도밤나무는 결단성이 부족한 것으로 보인다. 놓아주는 데 단지 힘과 활력만 필요로 하는 것 같다. 갑작스럽게 나무가 죽으면 나뭇잎들은 가지 위에서 말라 죽는다. 단풍나무, 서양물푸레나무, 자작나무, 느릅나무는 얼마나 말쑥하고 철두철미하게 단장을 마치는지 모른다. 이들은 깔끔하고 활기 넘치는 나무들로, 조금도 주저함이 없이 새로운 잎을 틔워낼 수 있다.

한 대학에 있는 사람이 정말로 봄이 12월에 시작하느냐고 묻는 편지를 내게 보내왔다. "식물의 연간 주기"가 그때 시작하는 것처럼 보이기 때문이다. 이맘때 그는 다음 계절의 성장을 시작할 모든 준비를 마친 혈근초, 설앵초, 매발톱꽃, 노루발풀, 공작고사리 등등의 야생화를 다수 발견했다고 한다. 경우에 따라서는 새싹이 3센티미터나 자란 것도 있었다고 한다. 그러나 이런 의미에서 다음 계절의 식물의 진정한 시작은 12월보다 훨씬 이전이다. 늦여름에 벌써 나무에서는 새싹들이 맺어진다. 자연은 앞날을 내다보고 한창 노년기에 새로운 계절을 맞이할 준비를 한다. 늦가을에 히코리나무의 정아*를 절개하면 다가오는 계절의 새로운 생장이 모두 거기에 아늑하게 빽빽이 채워져 있는 모습을 발견할 것이다. 눈을 보호하는 포엽에 의해 여러 차례 꼭꼭 감싸이고 포개진 채 말이다. 자작나무, 오리나무, 개암나무의 꽃차례는 완전히 형성되어 있으며, 싹의 경우에는 봄의 온기에 의해 부화하는 알과도 같다. 현재의 계절은 언제나 다음 계절의 어머니이며, 태양이 힘을 잃기 훨씬 이전에 이미 시작된다. 곤충은 주로 늦여름이나 초가을에 산란하며, 식물도 이와 비슷한 시기에 시작된다. 알, 씨앗, 새싹은 모두 여러 면에서 비슷하며, 미래를 내다본다. 가장 이르게 피는 봄 야생화인 앉은부채는 12월에 창끝처럼 생긴 둥근 녹색의 잎이 2~5센티미터 정도 형성된 것을 볼 수 있다. 앉은부채는 3월의 오르락내리락하는 첫 온기를 최대한 맞이하고 활용할 준비가 되어 있다. 느릅나무도 마찬가지다. 얼마나 새싹들이 득실대는지 모른다. 4월 초가 되면 바글대는 벌 떼를 떠올리게 한다.

모든 경우에 있어, 자연은 가을에 집을 닫기 전에 이미 봄의 개장을 준비한다.

*頂芽. 식물의 줄기나 가지 끝에 생기는 눈.

4장

오리의 기지

새와 동물에게 있어 장소에 대한 강한 애착과 먼 곳으로 옮겼을 때 되돌아오는 길을 찾는 기술인 귀소본능은 가장 뚜렷한 특징 중 하나이다. 가끔은 한 치도 틀리지 않고 작동하는 어떤 특별한 감각을 갖고 있는 것 같다. 귀소 감각 말이다. 나는 봄에 수컷 청둥오리에게서 실지로 이러한 예를 보았다.

아들은 암컷 오리를 두 마리 가지고 있었다. 이 오리들에게 짝을 지어주려고 아들은 우리 집에서 남쪽으로 3킬로미터 떨어진 곳에 사는 이웃에게서 수오리를 한 마리 구했다. 아들은 수오리를 가방에 넣어 집에 데려왔다. 수오리는 자신이 지나온 길을 볼 기회도 없었으며, 또한 아이가 가방에 넣기 전까지 얼마 안 되는 거리를 걷게 할 때인 출발할 때를 빼고는 대략적인 방향도 알 기회가 없었다.

아이는 오리들을 샘물이 흐르는 호젓한 강가의 나무 밑에서 살게 했다. 고속도로에서 약 90미터 정도 떨어진 곳이었다. 두 암오리는 녀석을 아주 아니꼽다는 듯 대했다. 우리 집에 온 지 한 시간이 지난 때부터 수오리가 향수병을 앓고 있다는 것을 한눈에 알 수 있었다. 녀석은 곧바로 자신을 멸시하는 암오리들이 있는 곳을 떠났다.

그래서 우리는 헛간에 세 마리를 같이 넣은 채 문을 닫아 꼬박 하루 밤낮을 같이 지내도록 했다. 여전히 우애가 맺어지지 않았다. 우리가 녀석들을 풀어주자마자 두 암오리들과 수오리는 갈라졌다. 혼자 남겨진 수오리는 즉시 고향집 쪽으로 고개를 돌리더니 고속도로를 향해 언덕길을 오르기 시작했다.

그래서 우리는 세 마리를 다시 헛간에 넣어 문을 닫아 며칠 동안 함께 지내도록 했다. 하지만 전과 똑같은 결과를 보였다. 수오리의 마음속에는 오로지 집에 가겠다는 한 가지 생각밖에 없는 듯 보였다.

우리는 여러 차례 녀석의 도주로를 차단하고 다시 데려왔다. 이윽고 결국 사흘째인가 나흘째 되던 날 나는 아들에게 말했다. "저 수오리가 정말로 기어코 집에 가겠다고 한다면, 한번 시도해 볼 기회가 있어야 하지 않겠니. 내가 같이 가서 저 녀석이 제대로 집을 찾아가는지 한번 봐야겠구나." 우리는 한 발짝 뒤로 물러섰고, 향수병 걸린 청둥오리는 커런트 밭 사이를 올라가기 시작했다. 그런 다음 포도밭을 지나 녀석이 전혀 본 적이 없는 고속도로를 향해 걸어갔다.

울타리에 도착했을 때 녀석은 남쪽으로 걸어가 이윽고 열린 문에 다다랐다. 그 길이 자신의 짝이 있는 곳에 곧바로 이어질 거라는 사실을 확신한다는 듯 녀석은 자신감에 찬 발걸음으로 길을 나섰다. 좌우를 훑어보면서 얼마나 열심히 뒤뚱뒤뚱 걸어가던지, 매 걸음마다 속도는 또 얼마나 빨라지던지! 나는 녀석 뒤에서 약 50미터의 거리를 유지했다. 이내 녀석은 개 한 마리와 마주쳤다. 녀석은 멈추더니 잠시 개를 말똥말똥 쳐다보고는 바로 그 지점에서 오른쪽으로 갈라진 길을 따라 방향을 틀었다. 기차역으로 이어지는 길이었다. 나는 머지않아 청둥오리가 방향을 잃을 것이고, 또 역으로 모이는 복잡하게 얽힌 길에서 속수무책으로 혼란스러워할 거라고 생각하면서 녀석의 뒤를 밟았다.

그런데 녀석은 마음속에 그 지역의 정확한 지도를 갖고 있는 것 같았다.

곧장 기찻길을 떠나 집을 빙 돌더니 포도밭을 통과해 이윽고 돌담을 가로질러 힘차게 나아갔다. 여기서 동쪽으로 쭉 따라가자 이내 가시철조망을 두른 울타리가 나왔다. 녀석은 울타리 밑으로 통과해 다시 처음에 택했던 고속도로로 들어갔다. 그런 뒤 다시 자신감을 찾은 듯 길을 따라 뒤뚱뒤뚱 걸었다. 나무 밑을 지나 언덕을 내려가 숲을 통과하여 다리를 건너 다시 집 쪽으로 향하는 언덕길을 올라갔다.

이내 녀석은 기찻길이 둘로 갈라지는 지점에서 단서를 찾았다. 이것은 녀석이 이전에 전혀 본 적이 없는 것이었다. 녀석은 잠시 멈추더니 기찻길을 위아래로 훑어보고는 기찻길을 가로지르는 고속도로에서 이쪽 길로 가야겠다고 재빨리 결론 내렸다. 녀석은 다시 계속해서 더욱더 빨리 걸어갔다.

이제 절반을 걸어간 녀석은 지쳐가고 있었다. 길가에 있는 조그만 물웅덩이가 녀석의 눈에 들어왔다. 녀석은 웅덩이로 뛰어들어 잠시 멱을 감고 마시고 깃털을 골랐다. 그런 다음 다시 고향집을 향하여 걷기 시작했다. 녀석은 집이 길가 위쪽에 있다는 것을 알고 있었다. 왜냐하면 들판을 이리저리 훑으면서 시선을 계속 그쪽으로 고정하고 있었기 때문이다. 녀석은 두 번 멈추었다가 기지개를 쭉 켜고는 앞에 펼쳐진 풍경을 유심히 살폈다. 그런 다음 다시 걸어갔다. 마치 보이지 않는 끈이 녀석에게 붙어있어 길을 따라 끌려가는 것 같았다.

여러 채의 농장 건물 쪽으로 향하는 농장 길 바로 반대편은 정말로 녀석의 집으로 가는 길인 것처럼 보였다. 녀석은 잠시 멈추더니 생각에 잠긴 것 같았다. 그때 두 여자가 나타났다. 그들은 치맛자락을 걷어 올려 이리저리 펄럭거렸다. 비가 오고 있었기 때문이다. 이는 녀석을 다시 혼란스럽게 했고, 농장 길을 택하도록 결심하게 했다. 내 생각에는 녀석이 상당히 미심쩍어하면서 그 길을 따라 올라간 것 같다.

잠시 후 녀석은 농가 마당에 들어섰다. 암탉 무리가 녀석의 시야에 들어왔다. 녀석은 집에서 암탉들과 사이가 좋았던 게 분명했다. 마치 암탉들에게 자기가 얼마나 생고생을 했는지 말하려는 것처럼 열심히 알랑거렸기 때문이다. 하지만 암탉들은 오리들을 알지 못했다. 암탉들은 수상쩍어하면서 뒤로 물러서더니 위협적인 태도를 취했다. 이때 한 늙은 "도미니크"*가 깃털을 바짝 세우고는 녀석을 향해 사납게 돌진했다.

다시 녀석은 살갑게 꽉꽉거리면서 암탉들에게 알랑거리려 했으나 또다시 퇴짜 맞았다. 그때 마당에 있던 소가 낯선 동물이 있다는 것을 알아채고는 호기심에 가득 차서 콧구멍을 벌렁벌렁거리며 녀석 쪽으로 다가왔다.

수오리는 엉뚱한 곳에 들어왔다고 재빨리 결론 내렸다. 다시 녀석의 얼굴은 남쪽을 향했다. 녀석은 울타리를 통과해 경작된 밭으로 들어갔다. 이내 또 다른 돌담과 마주쳤다. 돌담을 따라 걷다가 다시 고속도로 쪽으로 방향을 틀었다. 얼마 안 있어 녀석은 두 개의 돌담이 만나는 구석에 있게 되었다. 그러자 청둥오리 특유의 부드러운 소리를 내면서 내게로 호소하듯 고개를 돌렸다. 날개를 이용해야겠다는 생각은 전혀 떠오르지 않는 것 같았다.

흠, 나는 수오리가 담장을 넘는 것을 도왔다고 고백해야 마땅하겠으나, 녀석을 길바닥에 앉히게 했다. 그것이 내가 할 수 있는 최대한의 공명정대함이었다. 녀석의 연분홍색 발바닥은 경로를 얼마나 잘 아는지 모른다! 그 발은 길을 얼마나 높이 날았는지 모른다! 녀석의 녹색 머리와 흰 목이 길게 펼쳐진 오크나무와 밤나무 밑에서 유난히 반짝였다.

드디어 집으로 가는 길이 보이기 시작했다. 길에서 농장까지는 100미터

*Dominique. 식민지 시대에 미국에서 시작된 닭의 한 품종. 미국에서 가장 오래된 품종으로 여겨진다.

가 조금 넘는 거리였다. 나는 녀석이 그곳을 알아볼 수 있을지 궁금했다. 좁은 길로 접어드는 문에서 녀석은 잠시 멈추었다. 녀석은 그곳을 떠날 때 실의에 빠졌었던 것처럼 보였던 그 길에 이제 막 들어섰다. 이제 녀석은 어떻게 해야 할까? 진실은 내게 녀석이 목표물을 지나쳤다고 말하라고 한다. 즉, 녀석은 주저하면서 계속해서 고속도로를 따라 걸었다.

이제 거의 밤이 되었다. 나는 오리가 머지않아 자신의 과오를 발견할 거라고 확신했지만, 실험을 더 이상 지켜볼 시간이 없었다. 나는 청둥오리를 포위하고는 왔던 길로 되돌려 보냈다. 집으로 가는 길이 가까워지면서 이번에는 별안간 어떤 낯익은 지형지물을 본 것 같았다. 녀석은 전속력으로 돌진했다. 기쁨과 열의에 찬 모습이 거의 애처로울 지경이었다.

나는 바짝 뒤를 따랐다. 녀석은 날개를 펄럭이며 집 마당으로 돌진했으며, 자신의 짝 옆에서 거의 녹초가 되어 쓰러졌다. 30분 후에 그 둘은 목초지에서 함께 풀을 뜯고 있었다. 나는 녀석이 틀림없이 자신의 모험담을 그녀에게 열심히 말하고 있을 거라 생각했다.

5장

동물의 삶의 요소들

"새들도 감각을 갖고 있나요?"라고 캘리포니아의 초등학생들이 내게 던진 질문은 여전히 "나를 괴롭힌다."

요즘 여러 자연작가들은 대부분의 야생동물이 그러한 비범한 감각을 갖고 있다고 한다. 나는 그러한 질문을 그 어느 때보다도 더욱 철저히 조사하기 위해 몸을 움직였으며, 새들과 네발 달린 짐승들이 감각을 얼마나 많이 갖고 있는지, 또 어떤 종류의 감각을 갖고 있는지 할 수 있는 한 최대한 찾아내려 했다.

이 장과 이어지는 장에서, 내 생각에는 상당히 과대평가되어 온 동물에 대한 진실을 캐면서 나는 나 자신의 감각을 최대한 이용하려고 애쓸 것이다.

감상이 지나치게 되면 감상주의가 된다. 우리 시대에 아주 부지런히 함양되어 온 자연에 대한 감정은 이러한 변화를 빠르게 겪고 있으며, 하등동물을 향한 나약한 감상주의로 빠지고 있다. 건전한 감정을 그렇게까지 밀어붙이다 보면 나약함과 질병의 징조가 된다. 짐승 이웃들의 고통에 대해 연민을 갖는 것은 용맹하다는 기분이 들 수 있으며, 또 한편으로는 마음에 품은 연민의 감정이 커져 때로 지나칠 정도로 애정을 퍼붓게 되어 감상적이 되거나 적절한 선을 넘어서게 된다. 병들거나 갈 곳 없는 고양이들과 개들을 위한 병원이 세워질 때, 모든 형태의 생체해부를 매도할 때, 동물이 인간화되고 야생동물이 학교와 유치원을 갖추고 있다는 것을 보여주는 책들이 쓰여지고 새끼들을 애지중지하는 부모들이 새끼들을 완전히 인간적인 방식으로 교육시키고 훈련시키는 책들이 쓰여질 때, 우리가 동물을 이끄는 것이 본능이 아니라 이성이라고 믿고 싶어 하면서 그들이 스스로 부러진 팔다리를 고치거나 절단하는 등의 간단한 수술 행위와 상처에 약을 발라 완전히 기력을 회복한다고 믿을 때, 그러니까 내 말은 즉, 우리 주위에 있는 자연의 생명들을 향한 우리의 태도와 느낌이 이러한 것들을 함축하는 단계에 도달했을 때, 감상은 감상주의로 타락하며 자연에 대한 날카로운 인식은 무뎌진다는 것이다.

어떤 공동체에서든 상당수의 사람들이 현재 우리들 사이에 흐르고 있는 야생의 자연에 대한 의인화가 강화된 관점을 대대적으로 취하고 있다는 건 분명한 사실이다. 그러한 관점은 대중의 기호에 영합하고 정서를 건드린다. 그것은 야생의 동물을 그만큼 더 흥미롭게 만든다. 그러한 관점을 취함으로써 우리가 새나 짐승에게 더욱 흥미를 갖게 되고, 더욱 탐구할 가치가 있다고 느끼며, 더욱 감탄하게 된다는 점을 부정할 수 있을까?

동물의 생태에 대한 그러한 감상적인 시각은 좋은 면과 나쁜 면을 갖고 있다. 좋은 면은 우리로 하여금 동물 이웃들을 향해 더욱 배려심과 자비심을 갖도록 한다는 것이다. 나쁜 면은 그들의 생태에 관한 잘못된 해석으로 이끄는 수준에서 보인다. 내가 언급하는 경향은 부분적으로는 커져가는 인본주의와 모든 하등한 종들과의 동질감의 결과이며, 또 부분적으로는 우리가 사전 준비 없이 즉흥적으로 자연을 탐구하는 시대에 살고 있다는 사실에 기인한다. 인구의 절반이 새와 식물과 나무에 열광하는 게 급격하게 유행이 되고 있는 시대, "선동적인" 기록자가 들판과 숲 여기저기서 활보하는 시대이다. 요즘처럼 사람들 마음속에 우리 주위에 있는 야생의 생물에 대한 과장이나 오해가 있은 적이 없었다. 인간이 가진 동기와 속성을 거의 모든 하등동물도 갖고 있다는 게 유행이 되고 있으며, 흔히 하등동물이 상당한 양의 도구를 다룰 줄 아는 지식과 이성을 함축하는 여러 계획과 장치를 가졌다고 믿기도 한다. 이에 대한 실례는 1903년 5월 『북미평론』지에 인기 있는 자연 서적 작가가 실은 찌르레기 한 쌍의 둥지에 관한 이야기에서 찾을 수 있다. 이 찌르레기들은 둥지를 아주 비범하게 짓는데, 이는 오로지 "숲의 학교"가 있다는 이론에 의해서만 설명될 수 있으며, 게다가 이 두 새는 그곳의 학생으로 "실 모으기"* 고급과정을 밟았다는 것이다. 새들이 도저히 불가능한 여러 가지 가운데서도 특히 찌르레기 한 쌍이 실이 바람에 닳아 해어지는 것을 막으려고 끝에 매듭을 묶는다는 것은 있을 수 없는 일이다! 전체적인 생각이 세 살짜리 아이들이 믿기에도 어처구니없을 정도라면 누군가는 물을지도 모른다. "근대 자연 연구파"라는 이름이면 무엇이든지 다 알 수 있는 걸까? 찌르레기들이 실이 바람에 닳아 해진다는 것을 알고, 또 그것을 방지하려고 매듭을 이용한다는 것까지도? 새들은 절대 알 기회가 없었다. 느슨하게 매달려 있다가 바람이 불면 풀리는 실을 경험한 적이 없었다. 그들이 둥지를 지을 때 종종 실을 사용한다는 것은 분명하다. 그러나 아무렇게나 닥치는 대로 사용하여 구조물에 얼기설기 짜 넣으며, 바람을 맞아 해지도록 끝을 늘어놓지도 않는다. 때로는 둥지를 나뭇가지에 붙이는 데 실을 사용하지만, 절대 묶거나 매듭짓지는 않는다. 어린아이가 하듯 그저 단순히 빙빙 감을 뿐이다. 새는 부리와 발로 매듭을 묶는 법을 배울 수는 있을 것이다. 직접 눈으로 봐야 확신이 들긴 하겠지만 말이다. 그러나 찌르레기에

*찌르레기들은 둥지를 지을 때 나뭇가지를 단단히 고정하기 위해 거미줄이나 고치의 실, 사람의 머리털, 일반 털실 등 가리지 않고 실 종류를 사용한다.

서 의문이 드는 것은 매듭을 묶는다는 것만이 아니다. "사람이 말에 안장을 맬 때처럼 거꾸로 된 더블히치* 식으로 묶는다"는 것이다! 거기다 더욱 놀라운 것은, 느릅나무로 둘러싸인 뉴잉글랜드에서는 둥지를 매달만한 적합한 나뭇가지를 찾아볼 수 없기에 새들이 땅바닥으로 내려와 잔가지 세 개를 "자로 잰 듯 완벽한 삼각형" 형태로 (그것도 틀림없이 눈금자로 측정해서) 동여맨다는 것이다. 새들은 이 골조의 세 면에 동일한 길이(20~25센티미터)의 실 네 개를 부착하는데, 모두 세심하게 이중으로 더욱 튼튼하게 묶은 뒤 그 기발한 장치를 통째로 나무로 운반하고는 여러분이나 내가 할 법한 것과 똑같은 방식으로 가지에 단단하게 그 장치를 동여맨다고 한다! 이 골조에 둥지를 매달면 전체 구조는 약 60센티미터 길이가 되며, 조그맣게 매달려 있는 바구니와 같은 효과를 보게 된다고도 한다. 게다가 더더욱 놀라운 사실은 둥지의 진정성에 의문이 생길 때, 씨르레기들이 그런 식으로 둥지를 짓는 것을 보았다고 선서하는 사람이 꼭 나타난다는 것이다! 자, 그러한 식으로 진행하다 보면, 물새류가 새끼들을 위해 자그마한 골풀 요람을 짓거나, 골풀로 만든 배를 나뭇잎 돛으로 연못이나 호숫가로 몰고 가거나, 굴뚝새가 자신이 직접 지은 통나무집에서 살게 되는 데는 얼마나 걸릴까? 참새가 활과 화살로 수컷 개똥지빠귀를 죽이는 장면을 실제로 목격했으며, 딱정벌레가 실과 바늘로 수의를 만드느라 정신이 없는 모습을 보았다고 누군가 선서하기까지는 또 얼마나 더 걸릴까? 새들은 둥지를 지을 때 그들 종 특유의 취향과 기술을 선보이지만 개별적인 독창성과 창의성은 거의 보이지 않는다. 앞서 언급된 둥지는 전적으로 자연 바깥의 차원, 자연의 과정 바깥의 차원이다. 그것은 다른 자연 체계, 기계적 장치의 체계에 속하는 것이며, 아마 진짜

*double hitch. 갈고리 윗부분의 둘레에 또 하나 여분으로 밧줄 고리를 만들어서 매는 방법.

찌르레기의 둥지에서 이야기를 가져와 "당연히 지어낸 것"으로, 둥지의 진정성을 보증한 작가는 짓궂은 장난의 희생자였다. 틀림없이 자발적인 희생자였을 것이다. 그는 자연에서 딱 이런 종류의 것만 찾고 있는 데다 "자연의 다양성과 적응성에는 단 한 종도 절대적으로 어떤 한계도 없다"고 믿기 때문이다. 만약 그러한 한계가 없다면, 우리는 언제든 날개 달린 말이나 켄타우로스 혹은 인어를 만나더라도 놀랄 필요가 없을 것이다.

동물이 우리의 지성이나 도덕성보다 감성을 더욱 막대하게 공유할 수 있다는 것은 누가 봐도 명백하다. 동물이 두려움, 사랑, 즐거움, 분노, 연민, 질투를 드러내기 때문에, 괴로워하고 반가워하기 때문에, 우정을 맺고 장소에 대한 애착을 가지며 가정을 꾸리고 부모로서의 본능을 갖고 있기 때문에, 요컨대 동물이 사는 모습이 우리와 여러 면에서 아주 유사하기 때문에, 우리가 주의를 기울이지 않는다면 우리는 동물에게 인간의 모든 심리를 적용하게 된다. 그러나 우리가 의미하는 마음이나 지성이라는 것을 동물은 이따금 흔적만을 보여준다는 점도 똑같이 명백하다. 동물은 부를 축적하지 않는 것처럼 지식도 축적하지 않는다. 지식의 축적은 언어 없이는 불가능하다. 인간은 언어와 같은 것을 발명해냈을 때 차츰 하등한 종에서 벗어날 수 있었다. 동물의 언어는 쾌락이나 고통, 또는 공포나 의심을 표출하는 다양한 외침에 지나지 않는다. 동물은 적절한 의미에 맞게끔 생각할 수 없다. 생각하는 바를 일컫는 말, 즉 언어를 갖고 있지 않기 때문이다. 이 점에 관해서는 또 다른 장에서 몇 마디 더 보태겠다. 동물이 지식을 향한 첫걸음을 드러내는 한 가지 특성은 바로 호기심이다. 간혹 호기심의 정도가 다를지언정 거의 모든 동물이 호기심을 드러내지만, 여기에는 또 뒤에 도사리고 있을지도 모를 위험성에 대한 본능적인 느낌도 있다. 동물은 심지어 때로는 이타적인 느낌과 같은 것을 드러내기도 한다. 내게 편지를 보낸 이는 카나리아를 한 마리 갖고 있었는데 얼마나 장수했던지 결국 몸이 너무 쇠약해져서 그녀가 주는 씨앗을 쪼아 먹을 수도 없을 정도가 되자 그 카나리아의 자손인 다른 새들이 모이를 먹여주었다고 한다. 다윈은 자연 상태에서 동료들이 주는 모이를 먹는 눈먼 새들의 사례를 인용한다. 그러한 행동이 본능 이상의 것을 보여준다는 것은 아마도 성급한 결론이 될 것이다. 나는 우리 인간이 하는 식으로 동물에게 처벌을 이용하는 개념이 있다고 좀처럼 생각하지 않는다. 비록 어미 고양이는 새끼들이 어미의 꼬리를 너무 오랫동안 갖고 놀면 새끼들을 발로 찰싹 때릴 것이고, 어미 암탉은 병아리들이 싸우기 시작하면 병아리들을 따로 떼어놓을 것이며, 때로는 "얘들아, 다신 그러지 마"라고 말하는 듯 한 마리나 아니면 두 마리 모두의 머리를 콕콕 쪼기도 할 것이다. 수탉도 암탉 두 마리가 싸우고 있을 때 똑같은 방식으로 따로 떼어놓을 것이다. 표면적으로 이는 인간이 하는 행동과 아주 비슷해 보인다. 하지만 우리가 그것을 인간의 의미에 맞춰 새끼 고양이들이나 병아리들에게 더 나은 예의범절을 가르치겠다는 목적을 가진 처벌이라거나 훈육이라고 말할 수 있을까? 고양이는 짜증나고 귀찮은 상황을 없애버리는 게 목적이고, 수탉과 어미 암탉은 가족 구성원의 부상을 방지하려고 간섭한다. 즉, 그들은 모두 부성애와 모성애라는 보호본능을 드러내고 있는 것이다. 윤리적 고려 이상을 암시하는 것들을 하등동물은 할 수가 없다. 다윈이 언급한 개코원숭이의 행동, 말하자면 개코원숭이를 할퀸 고양이의 발을 살펴본 뒤 의도적으로 발톱을 물어뜯었다는 것은 좀 더 고차원적인 다른 종의 행위에 속한다고 나는 믿는다.

하등한 종의 삶을 형성하는 요소를 완전하게 들자면 본능, (의심할 바 없이 본능적인) 모방, 경험, 이 세 가지 조건을 포함한다. 당연히 본능이 주요

소이며, 동물이나 사람은 본능에 의해 가르침이나 경험 없이도 자발적인 행동을 촉발한다. 모든 동물은 모방의 존재이며, 사람도 조금도 다를 바 없다. 일전에 지난 2년간 런던에서 지냈던 한 여성이 나를 찾아온 적이 있다. 그녀의 말투가 그 사실을 드러내었다. 그녀는 완전히 무의식적으로 영국인 특유의 말투에 빠져 있었다. 남부에서 몇 년 살면 남부 뉴잉글랜드 사람의 억양을 따라 한다. 반대의 경우도 마찬가지다. 당연히 어린아이는 나이 든 사람보다 모방을 더 잘한다. 아이들은 부모를 모방하며, 젊은 작가는 그가 제일 좋아하는 저자를 모방한다.

밀접하게 연관된 서로 다른 종의 동물은 서로를 모방할 것이다. 한 여성 작가가 내게 편지를 보내왔다. 원숭이와 함께 우리에 사는 토끼를 한 마리 가지고 있는데, 여러 면에서 원숭이의 방식에 빠져 있다는 것이었다. 어떤 모습일지 눈에 선했다. 고양이들과 함께 자란 개들은 고양이가 발을 핥는다든지 귀와 얼굴을 발로 닦는 습관을 습득하는 것으로 알려져 있다. 개들과 함께 자란 늑대들은 짖는 법을 배우며, 주인이 웃을 때 입을 헤 벌리듯 개가 마치 웃으려는 것처럼 입을 헤 벌리는 모습을 보지 않은 이가 있을까? 먹이를 두고 자세를 바로 하고 앉는 것을 배워온 고양이의 새끼들은 어미를 모방하는 것으로 알려져 있다. 다윈은 어미 고양이가 주둥이가 좁은 우유병에 발을 넣은 뒤 발에 묻은 우유를 핥아 먹곤 하자 새끼 고양이들도 곧 똑같은 재주를 부리더라는 이야기를 전한다. 그러한 모든 경우를 두고 성급한 관찰자들은 어미가 새끼에게 가르쳤다고 말한다. 새끼가 배운 것은 확실하지만, 부모의 입장에서 가르치려는 노력은 전혀 없었다. 무의식적인 모방이 그 모든 것을 한 것이었다. 우리의 "근대 자연 연구파"는 늙은 암퇘지가 새끼 돼지들에게 밭에서 따라올 때 코로 땅을 파서 먹을 것을 찾으라고 가르친다고 할 것이다. 암퇘지가 하는 식으로 말이다. 하지만 만약 새끼가 없는 어미라면 코로 땅을 파지 않을 것인가? 또 만약 어미가 없는 새끼 돼지라면 코로 땅을 파지 않을 것인가? 동물의 삶과 종의 지속성에 필요한 모든 행위는 본능적인 것이다. 동물은 가르침을 받을 필요가 없으며 모방으로 습득되지도 않는다. 새는 둥지를 짓거나 나는 법에 대해 가르침을 받을 필요가 없으며, 비버는 댐이나 집을 짓는 법을, 수달이나 물개는 헤엄치는 법을, 포유류 새끼는 젖을 빠는 법을, 거미는 거미줄을 치는 법을, 애벌레는 고치를 짜는 법을 배울 필요가 없다. 자연은 이러한 것들을 천운에 맡기지 않는다. 생명유지에 필수적이기 때문이다. 동물이 모방으로 습득하는 것들은 살아가는 데 있어 부차적으로 중요한 것이다. 송아지나 어린 양, 수망아지는 네 발로 일어설 수 있게 되는 순간 첫 번째 충동이 어미의 젖통을 찾는 일이다. 이 중요한 걸음을 내딛는 데에는 가르침이나 경험을 필요로 하지 않는다.

서로 다른 종의 새들이 각기 자신들만의 특유의 노래를 모방으로 어디까지 습득하는지에 관한 문제는 아직 완전히 해결되지 않았다. 모방이 크게 관계가 있다는 것은 의심할 여지가 없다. 새가 살아가는 데 있어 노래는 비교적 중요하지 않다. 자신들과 같은 종류가 부르는 노래를 한 번도 들어본 적이 없는 곳에서 갇힌 상태에서 자란 새들은 적당한 연령이 되면 노래를 부르지만, 부모가 부른 노래와 항상 똑같은 것은 아니다. 프린스턴대학의 스콧 씨는 자신이 기르는 찌르레기들로 이 사실을 입증했다. 찌르레기들은 적당한 연령에 달하자 노래를 불렀으나 일반적인 찌르레기의 노래가 아니었다. 카나리아와 함께 자란 집참새는 카나리아처럼 노래 부르는 것을 배운다는 사례가 입증되었다는 이야기를 들었다. "데인스 배링턴* 님께서는 홍방울새 새끼 세 마리를 서로 다른 양부모인 종다리, 숲종다리, 논종다리 혹은 밭종다리가 있는 곳에 두었다. 새끼들은 모방을 통해 각자 양부모의 노래를 따라 불렀다." 새장에 가둬 키운 오색방울새들이 아름답게 지저귀는 소리를 나도 직접 들은 적이 있지만, 일반적인 오색방울새의 노래는 아니었다. 정확히 어떤 새라고 말할 수는 없지만, 분명 참새과의 작은 새가 내는 노래였다. 나는 또한 갈색지빠귀와 완벽하게 똑같이 부르는 개똥지빠귀의 노래도 들은 적이 있다. 틀림없이 모방에 의한 것이었다. 또한, 어떤 개똥지빠귀가 메추라기가 외치는 소리를 약간 수정해서 자신만의 노래로 부르는 것을 들은 적도 있다. 하지만 개똥지빠귀가 갈색지빠귀처럼 둥지를 짓는다는 이야기나, 찌르레기가 개똥지빠귀처럼 둥지를 짓는다는 이야기나, 물총새가 나무에서 애벌레를 콕콕 쫀다는 이야기는 들어본 바가 없다. 암탉이 자신이 부화시킨 오리들을 물에 들어가지 않게 할 수 없듯이, 오리도 자신이 부화시킨 병아리들을 구슬려 물로 들어가게 할 수는 없다. 참새나 휘파람새, 개고마리가 부화시키고 키운 갈색머리흑조는 양부모와 똑같이 노래 부르지 않는다. 왜 그럴까? 부모가 가르치려고 하지 않아서일까? 나는 어린 새들이 가끔씩 자신 없는 소리로 낮게 지저귀는 식을 빼고는 다음 계절에 되돌아올 때까지 노래를 부른다는 어떤 증거도 갖고 있지 않다. 거기다 새들은 날개가 같은 새들끼리 모인다. 즉, 개똥지빠귀는 개똥지빠귀끼리, 찌르레기는 찌르레기끼리 모이며, 각 새들은 저마다 자기 종의 노래를 부른다. 쌀먹이새의 노래는 지역마다 다르지만 같은 지역에서는 언제나 똑같이 부른다. 나는 새장에 가둔 종다리를 한 마리 가진 적이 있었는데, 그 종다리는 내 이웃에 있는 거의 모든 새들의 노래를 흉내 냈다.

*Daines Barrington(1727~1800). 영국의 법률가, 골동품 수집자, 자연주의자. 어린 새들의 노래 학습에 대한 개념과 과학적 실험을 포함하여 자연과학과 관련된 다양한 주제에 관한 글을 썼다.

『로키산맥의 새들』의 저자인 린더 S. 카이저 씨는 갓 난 새끼였을 때 둥지에서 데려와 새장에서 기른 다양한 새들을 갖고 한 실험 결과를 잡지 「숲과 개울」에서 들려준다. 들종다리, 붉은어깨검정새, 검은새, 갈색지빠귀, 큰어치, 숲지빠귀, 고양이소리새, 쇠부리딱따구리, 딱따구리와 그 밖의 몇몇 새들이었다. 그 새들이 부모에게서 가르침을 받았을까? 천만의 말씀이다. 그런데도 적정한 연령이 되자 새들은 야생에 사는 동무들처럼 날고 횃대에 앉아 외치고 지저귀었다. 개똥지빠귀들과 붉은어깨검정새들만 빼고는 말이다. 이 두 부류의 새는 자신들의 종의 노래를 부르지 않고, 사람이 내는 소리나 그 외 다른 소리들을 기이하게 모방한 화음을 내었다. 그리고 큰어치는 "야생의 어치들이 목구멍을 울리며 연속적으로 짧게 내는 듣기 좋은 소리"로 노래 부르는 법을 전혀 배우지 못했다. 비록 크게 외치는 소리는 똑바로 내긴 했지만 말이다. 카이저 씨의 실험은 흥미롭고도 가치 있는 것이었으나, 자유롭게 풀어놓은 뒤 노출된 장소에 앉아 있는 어치의 행동에 관한 해석에서는 명민하지 못했다. 그는 이 실험을 통해 본능에 얼마나 의존할 수 없는지, 또 부모의 가르침이 새에게 얼마나 중요한지를 보여준다고 생각했다. 그는 새장 속에서 인위적인 삶을 사는 새는 본능이 저하된다는 것을 볼 수 없었던 것일까? 거기다 또 습득된 습성이 타고난 성향을 대체한다는 것도 볼 수 없었던 것일까? 큰어치는 새장 속에서 두려워하지 않는 법을 배워왔는데, 왜 새장 밖에서는 두려워하는 걸까? 이런 생각을 하다 보니 한 기고가로부터 받은 편지가 떠오른다. 편지를 보낸 이는 총을 두려워하지 않는 길들여진 까마귀를 한 마리 갖고 있었다. 그 결과, 그는 늙은 까마귀들이 새끼들에게 총포에 대한 두려움을 심어준다고 결론지었다! 포수를 두려워하지 않도록 배웠다면, 까마귀가 왜 총을 두려워해야 하는가?

늦저녁에 새끼 박새가 나무 구멍의 둥지에서 곧장 배나무로 날아가는 모습을 본 적이 있다. 새끼는 나무줄기 가까이에 앉아 있었으며, 다음 날 아침까지 부모가 돌보지 않은 채로 있었다. 하지만 필시 부모는 새끼가 둥지를 떠나기 전 어떻게 날아야 하는지 또 어디를 횃대로 삼아야 하는지에 대해 상세하게 지시를 내린 게 틀림없었다!

동물은 제한된 방식이긴 하나 경험으로 배우는 것만큼은 매우 확실하다. 그럼에도 나이 든 새들이 어린 새들보다 둥지를 더 잘 짓는다거나 노래를 더 잘 부른다는 사실을 증명하는 것은 어렵다. 더 잘하는 게 당연해 보일지라도 말이다.

같은 종이 만든 둥지들은 우수성의 정도가 거의 다르지 않다. 요컨대, 가장 뛰어난 것은 봄에 첫 번째로 지은 둥지다. 두 번째로 지은 둥지는 어떤 종이든 더욱 서둘러 만들어 불완전한 공사가 될 가능성이 높다. 어떤 종들은 허구한 날 형편없는 둥지를 만든다. 뻐꾸기와 비둘기가 그렇다. 찌르레기, 지빠귀, 멋쟁이새, 휘파람새, 벌새는 훌륭한 둥지 건축가들로 이 새들에게서는 질이 낮은 둥지 표본을 찾을 수가 없다. 이런 면에서 본다면 곤충들 사이에서와 마찬가지로 새들 사이에서도 아마 향상이란 것은 없을 것이다.

나는 야생의 새들의 노래가 향상된다는 증거를 갖고 있지 않다. 동무들보다 현저하게 노래를 못 부르는 개고마리나 멋쟁이새, 지빠귀, 휘파람새의 노래를 들어본 사람은 없을 것이다. 그들의 노래는 다 거기서 거기다. 같은 종들 사이에서 최고의 명가수가 부르는 노래를 듣게 되는 아주 드문 경우를 빼고는 말이다. 하지만 그 가왕의 노래가 자연적인 것인지 혹은 습득한 것인지를 누가 알 수 있겠는가?

나는 우리가 새들의 이동에 관해 배운 어떤 것이라도 알아낼 방도를 갖고 있다고 보지 않는다.

인위적인 조건에서 길러진 어린 수컷들은 노래를 제대로 부르기 전에 오랜 시간 연습하는 모습이 관찰되었다. 이는 야생의 새들도 똑같겠지만, 증거는 없다. 새나 동물이 경험을 통해 배운 것은 훨씬 더 노련하다. 늙은 송어조차도 새끼 송어보다는 낚싯바늘에 대해 더 많은 것을 알고 있지 않은가? 어떤 종류의 새든 총에 맞아 본 경험이 없더라도 사냥을 많이 당해 본 새는 더욱 야생적이 된다. 오리나 뇌조, 메추라기 사냥꾼에게 그렇지 않은지 한번 물어보라. 총에 날개를 자주 맞은 곳에서 목도리뇌조는 나선형으로 움직이며 날아가는 법을 배운다. 자주 덫에 갇히거나 사냥을 당하는 지역에서 여우는 얼마나 조심조심 경계하는지 모른다! 마멋조차도 자주 총에 맞는 농가들에서는 아주 야생적이 되며, 이 야생성은 새끼들에게까지 미친다. 시어도어 루스벨트 대통령은 『황야 사냥꾼』에서 로키산맥의 대형 사냥감에 대해서도 같은 말을 한다. 영양과 사슴은 몇 차례 총을 발사할 때까지 가까이에서 몸을 숨긴 채 작은 기를 흔드는 사냥꾼의 미끼에 걸려들 수 있다. 그런 다음 그들은 속임수를 간파한다. "한번 불에 덴 아이는 불을 두려워한다." 동물은 이런 식으로 경험에 의해 얻는다. 즉, 하지 말아야 할 것을 배우는 것이다. 우리가 아는 한, 동물은 긍정적인 지식의 축적을 거의 이루지 않거나 아니면 아예 진전을 보이지 않는다. 새와 짐승은 스스로 어느 정도 환경에 적응할 테지만, 식물과 나무 역시도 그럴 것이다. 자메이카에서 쥐들은 몽구스에게서 달아나려고 나무에 둥지를 트는 법을 배웠지만, 이것은 오로지 자기 보존 본능이 거둔 쾌거일 뿐이다. 몽구스는 아직 나무에 오르는 법을 배우지 못했다. 그 필요성에 대한 압박이 아직은 그다지 크지 않기 때문이다. 홍수에 시달리는 지역에서 뜸부기과의 새인 쇠물닭은 종종 나무에 둥지를 튼다고 한다. 모든 동물은 필요성의 압박 하에 습성을 바꿀 것이다. 사람은 이러한 압박 없이도 습성을 바꾼다. 아가일 공작*은 흰머리독수리가 개울에서 물고기를 잡는 광경을 보았다. 흔치 않은 행동이었다. 독수리는 틀림없이 몹시 굶주렸을 것이며, 자신에게 공물로 바쳐질 물수리가 근처에 없었을 것이다.

로마네스는 쥐들이 꼬리로 병에서 반액체의 음식물을 꺼내 먹는다는 사실을 알게 되었다. 고양이가 발로 병에 든 우유를 찍어내듯 말이다. 하지만 쥐나 고양이는 지금까지 목적을 달성하기 위해 어떤 종류의 도구도 사용하는 진전을 보이지 않았으며, 통을 엎지르지도 않았다. 동물은 사냥감을 확보하기 위해 은폐하는 것이 다반사지만 사람이 하는 식의 속임수를 쓰지는 않는다. 동물은 미끼를 이용하거나 위장하거나 덫을 놓거나 독을 타지 않는다.

물론 전체적으로 볼 때 자연의 다양성과 적응성에는 한계가 없지만, 개개의 종은 극복할 수 없는 한계로 인해 제약받는다. 검은노래지빠귀 무리는 지빠귀와 흡사하지만 물속이라든가 물가에서 산다. 검은노래지빠귀가 들판이나 숲으로 가 나무열매와 땅벌레를 먹고 살며 다른 지빠귀들처럼 나무에서 둥지를 튼 적이 있는가? 모든 새나 짐승도 마찬가지다. 그들은 끊임없이 변화를 가하지만 살아 있는 동안 변화를 가하지는 않으며, 다윈이 보여준 것처럼 자연선택을 통해 축적된 이러한 변이의 총합은 오랜 시간에 걸쳐 새로운 종을 낳는다.

이미 말했다시피, 가축은 야생의 동물보다 더욱 변화를 가한다. 농부와 가금류 사육자라면 모두 일부 암탉들이 다른 암탉들보다 병아리들을 더욱 어미답게 더욱 잘 돌보며. 한배에서 태어난 병아리들을 훨씬 더 많이 양육한다는 사실을 알고 있다. 암퇘지의 경우도 마찬가지다. 일부 암퇘지들은 자신

*1701년 스코틀랜드에서 시작된 귀족 계급 칭호. 캠벨Campbell 가문이 작위를 가지고 있다.

들의 새끼 돼지를 먹어치우며, 우리에 갇힌 야생동물은 종종 새끼들을 죽여 버린다. 일부 암양들은 새끼 양을 낳지 않으며, 때로는 소도 송아지를 낳지 않는다.(그러한 경우에는 본능적으로 도착적인 증세를 보이거나 사기가 떨어진 모습을 보인다.) 이와 유사한 것이 이따금 가축들 사이에서 발생하는 기이한 친목으로, 암소와 함께 지내는 양이라든가 말과 함께 지내는 거위, 또는 새끼 고양이들을 자식으로 받아들이는 암탉의 경우에서 볼 수 있다. 자연 상태에서는 이렇듯 특이한 애착이 생겨나지 않을 것이다. 동물의 삶이 인간의 삶과 접촉할 때 본능은 다소 꺾일 가능성이 있다.

야생생물을 통해 우리는 때때로 하나의 본능이 또 다른 본능을 이겨내는 모습을 보게 된다. 두려움에 몰린 새는 둥지를 버리거나, 이동의 본능을 가진 한 쌍의 제비는 아직 깃털도 다 나지 않은 새끼를 버린다.

수많은 어린 새들은 날 수 있기 전에 둥지를 떠남으로써 사고를 당한다. 그러한 경우, 내 생각에 그들은 부모의 가르침을 거역하는 것 같다! 나는 본능에 잘못이 있다거나 하나의 본능이 또 다른 본능을 이겨낸다고 믿는 게 더 쉽다는 것을 안다. 무언가가 어린 새들을 불안하게 하거나 겁먹게 하였으며, 위험에 대한 두려움 때문에 날 수 있을 정도로 날개가 튼튼해지기도 전에 비행을 시도하도록 이끈 것이다. 한번은 내가 넓적날개말똥가리의 둥지까지 기어 올라가자 새끼 말똥가리가 소스라치게 놀라면서 공중으로 풀쩍 날아오르더니 불과 몇 미터 떨어진 땅바닥으로 떨어졌다.

결국 자연적 충동인 본능이 가장 중요한 문제이다. 본능은 우리 야생의 이웃들의 삶에서 적어도 열에 아홉일 정도로 거의 전부를 구성한다. 그들의 삶을 형성하고 영속시키는 데 있어 두려움은 본능과 얼마나 큰 관련이 있는지 모른다! 다윈은 "어떤 특정한 적에 대한 두려움은 분명 본능적인 성질"이라고 말한다. 개를 한 번도 본 적이 없이 상자에 담긴 새끼 고양이들은 심지어 눈을 뜨기도 전인데도 방금 막 주먹을 날린 개에게 가까이에서 하악질을 하며 등을 곧추세울 거라고 한 권위자는 말하지만 나는 이 말이 별로 미덥지가 않다. 우리 아들이 기르는 회색큰다람쥐는 밤을 본 적도 없고 "숲의 학교"에서 밤에 관해 배운 것도 없는데도 밤을 조금 주자 흥분한 나머지 기뻐 날뛰었다. 발로 밤을 열심히 굴리고 끌어당기고 찍찍거리며 자신을 둘러싼 주변을 위협적으로 쳐다보았다. 사람도 먹어도 좋을 음식이라는 것을 똑같은 방식으로 알까? 아기는 먹으려는 본능만 있을 뿐이며, 그래서 무엇이든지 입안에 넣는 것이다.

칠면조의 본능적인 야생성은 새끼에게서 얼마나 불쑥 튀어나오는지 모른다! 새끼를 품고 있는 동안 어미가 위험신호를 보내면 새끼는 어미 밑에서 뛰쳐나가 풀숲에 숨는다. 왜일까? 어미에게 날아갈 기회를 주고 적을 꾀어내기 위한 것이다. 내 생각에는 병아리들도 똑같을 것이다. 암탉 밑에서 부화된 새끼 자고새들은 즉시 도망친다. 가금류로 길러진 영국의 꿩들은 자연 상태에서만큼이나 야생적이다. 뉴욕의 동물원에서 당닭 밑에서 부화한 일부 캘리포니아메추리는 첫 주 내내 대리모가 외치는 소리에는 아랑곳하지 않지만, 대리모가 경고음을 내면 즉시 땅에 바짝 엎드린다. 이는 가금류가 내는 경고음이 모든 종이 이해할 수 있는 일종의 보편적인 언어라는 사실을 보여준다. 야생의 새에게 두려움을 불러일으키면 언제든 이를 증명할 수 있다. 어떻게 다른 새들이 모두 경고음을 포착하는지 말이다! 찰스 세인트 존*은 스코틀랜드에서 수사슴의 뒤를 몰래 밟고 있을 때 수사슴이 수뇌조의 경고음을 들으면 풀쩍 뛰며 달아난다고 한다. 야생동물에게는 나머지

*Charles St. John(1809~1856). 영국의 동식물 연구자로 수렵, 낚시, 산악 등반 등 야외 스포츠를 즐겼다.

그 어떤 언어를 이해하는 것보다 서로의 위험신호를 이해하는 것이 더욱 중요하다는 사실을 알 수 있다.

동물이 어느 정도의 이성을 갖고 있는지, 또는 우리가 이성이라고 부르는 것을 보여주는 기미가 어느 정도 있는지는 동물심리학자들 사이에서 논란의 여지가 많은 문제이며, 이 주제에 관해서는 뒤에 더 말할 것이다. 개들은 의심할 바 없이 간간이 이성을 갖고 있다는 것을 보여준다. 코끼리나 원숭이처럼 가축화된 다른 동물들도 마찬가지다. 사람들은 흔히 다윈의 결론에 의문을 제기하고 싶어 하지 않는다. 그럼에도 그가 인용한 우리에 갇힌 곰 일화는 내 판단으로는 유체정역학靜力學 법칙*에 관한 어떤 추론도 보여주지 못한다. 곰은 우리 앞에 있는 물을 발로 건드리는데 이는 물의 흐름을 야기하기 위함이며 이는 또 그곳에 놓여 있던 빵 조각을 가까이에 둥둥 떠오도록 하기 위해서라는 것이다. 곰은 천쪼가리여도 틀림없이 똑같은 식으로 발로 건드렸을 것이다. 막연하게 빵을 조금 가까이 끌어당기려고 하듯 말이다. 그러나 코끼리는 자신이 원하는 물체가 저 너머에 있어 그것을 코로 불 때, 그 물체가 자신의 힘이 미치지 않는 곳에 있으면 공기를 되튀게 해 물체를 자신 쪽으로 끌어온다. 이는 이성과 아주 흡사한 것을 보여준다.

본능은 일종의 타고난 이성이다. 증명이나 경험 없이 행동하는 이성인 것이다. 유기적 자연에서 생명의 원리는 모든 면에서 그 자체를 표현하고자 하며 영속성을 추구한다. 여러 표현의 정도와 이행의 정도는 식물계에서도 찾을 수 있으며, 동물계에서는 더욱 고차원의 다양한 표현과 이행의 정도를 찾을 수 있고, 인간에게서 가장 고차원적인 발달을 이룬다.

*유체의 각 부분이 정적 평형靜的平衡 상태에 있을 때, 즉 "움직이지 않는", 혹은 "흐르지 않는 유체"의 문제를 다루는 역학을 말한다.

사람과 오랫동안 관계를 맺어왔기에 가끔씩 미약하게나마 이성이 있다는 기미를 보이는 동물을 제외하고는, 동물이 우리처럼 복잡한 정신적 과정을 수행할 능력이 있다거나, 성찰의 행동과 인과관계에 의한 행동을 할 수 있다거나, 종합적으로 고찰할 능력이 있다거나 하는 등의 증거가 없다. 세상에는 아직도 여성을 홀어버이로 여기는 원시 부족이 있지 않은가. 어머니가 출산의 고통으로 괴로워할 때 아버지는 해산하려고 자리에 누워 느끼지도 못하는 아픔을 느끼는 척 가장한다. 자식과의 관계를 수립하기 위함이다. 동물들은 어떤 종의 수컷이라도, 또는 암컷이라도, 자손에 대한 욕망으로 인해 행동이 좌우되거나 영향을 받을 가능성이 전혀 없다. 또 구애 행위와 자손 사이의 관계에 관한 지식과 같은 것을 갖고 있을 리도 만무하다. 이러한 지식은 성찰에서 나오는 것이고, 성찰은 하등동물이 할 수 있는 것이 아니다. 그러나 나는 이 점에 관해 "동물은 무엇을 아는가?"라는 제목의 또 다른 장에서 추후에 더 이야기할 것이다. 여기서는 동물이 식물이나 나무만큼이나 절대적인 본성의 지배하에 있다는 점이나 혹은 본능, 타고난 성향, 성장 습관이라고 부르는 것의 지배하에 있다는 점에 관해서만 이야기할 것이다. 동물의 삶은 세 가지 필요 또는 욕구를 중심으로 돌아간다. 먹이에 대한 욕구, 안전에 대한 욕구, 자손에 대한 욕구가 그것이다. 동물의 모든 기지가 발달하는 것은 이러한 목적을 확보하는 데 있다. 사람이 그렇듯, 동물도 이 범위를 벗어나는 욕구는 없다. 일부 새들에게서 보이는 것처럼, 동물의 사회적 욕구와 아름다움에 대한 애호는 부차적인 것이다. 동물이 겨울을 나려고 먹이를 저장하는 것은 앞날을 곰곰이 생각해서가 아닌 게 분명하다. 장래를 준비하는 본능을 부여하고 생각하도록 하는 것은 본성이다. 어치는 참나무와 밤나무 열매들을 가져가 숨기는 성향이 있지만, 곤충들이 의도적으로 꽃에서 타가수정을 하는 것처럼 과연 이를 의도적으로 한다고 말할 수 있을까? 양은 등에 달린 털이 한겨울 추위로부터 자신들을 보호해 줄 거라는 생각을 눈곱만큼도 하지 않으며, 여우의 몸을 덮고 있는 털 역시 마찬가지다. 열대지방에서 양의 털은 3~4년 만에 다 자라 성장을 중단한다.

내가 아는 한 모든 하등동물은 처음 물속에 들어간 순간부터 헤엄을 친다. 가르침을 받을 필요가 없다. 본능의 문제이기 때문이다. 그것이 바로 그들의 삶의 지식에 우리가 기대해야 하는 것이다. 사람은 그렇지 않다. 사람은 다른 많은 것들이 그렇듯 수영도 배워야 한다. 동물의 사지가 그 즉시 물에 맞게 반응하는 것처럼 사람의 팔과 다리는 그 즉시 물에 올바로 반응하며 움직이도록 되어 있지 않다. 이성과 성찰의 힘이 사람을 마비시킨다. 즉, 두뇌가 몸을 가라앉게 하는 것이다. 동물이 그렇듯 물에 맡겨야 비로소 사지로 수영을 할 수 있다. 가라앉으려는 경향에 맞서 싸우는 것을 그만두는 순간 수평 자세를 취할 수 있으며, 동물이 그러하듯 수평 자세에서 팔다리를 내뻗으며 운동능력을 주변환경에 적용하면 당연히 헤엄칠 수 있게 된다. 아이들은 때로는 물속에 던져지는 순간 헤엄칠 수 있다고 알려져 있다. 아이들의 동물적 본능은 성찰의 힘에 방해받지 않기 때문이다. 이는 성인에게는 절대 일어나지 않는 일이다. 더욱이 인체에서 털이 없는 비중이 털북숭이 동물의 비중보다 훨씬 크기에 고양이나 개는 물 위에 떠 있는 반면 인체는 가라앉을 가능성이 있지 않을까? 사람은 직립자세와 더불어 헤엄치는 것은 반드시 습득해야만 하는 기술이다.

유럽의 뻐꾸기와 미국의 찌르레기처럼 "기생하는" 새들보다 의식적인 지성에 반대되는 것으로서 동물의 본능적인 행동을 잘 보여주는 예는 없다. 기생조류는 다른 새의 둥지에 알을 낳는다. 다윈은 이 본능이 어떻게 생겨났는지에 관해 추론하지만, 그 기원이 무엇이든, 그 새들 사이에서는 이제 몸에 밴 습관이 되었다. 더욱이 부화된 지 하루 이틀 지난, 아직 눈을 못 뜬 다른 새의 새끼가 본능적으로 같은 젖을 먹는 형제들을 둥지 밖으로 밀어내 떨어뜨리는 것은 기이하고도 모순되는 행동으로, 이는 식물계의 기생식물만큼이나 배우지 않고 자연히 터득한 것이다. 하지만 아메리카솔새는 자신의 둥지에서 낯선 찌르레기 알을 발견하면 둥지에 또 다른 바닥을 만들어 거기에 놓고 측면으로 굴려 파묻는다. 비록 어설프긴 하지만 감각과 판단력과 같은 것을 보여주는 것이다. 낯선 알을 밀어내 떨어뜨리는 것은 얼마나 쉽고 간단한 일인가! 나는 찌르레기가 자신의 알을 탁란하고 싶은 남의 둥지에서 알을 밖으로 밀어내 버리고 그 둥지를 차지한다고 알고 있다. 자, 시끄럽게 빽빽 울어대는 철부지 찌르레기의 굶주림을 채워주려고 필사적으로 생고생하는 어미 참새나 어미 휘파람새, 또는 어미 개고마리는 얼마나 어리석고 터무니없어 보이는가! 그들은 자신이 속고 있다는 사실을 짐작도 하지 못한다.

인간을 하등한 종에서 분리하는 선은 당연히 일직선이 아니다. 그것에는 여러 번 중단되고 구부러지고 움푹 들어간 자국이 있다. 인간과 비슷한 유인원들은, 말하자면, 인간의 영역으로 올라오는 선을 표시한다. 더구나 코끼리와 개는 특히 우리가 길들이면서 잘 알고 있듯이 인간의 영역을 침범한다.

인간은 서로 다른 적성을 갖고 태어났지만, 예술과 과학은 모두 배워야만 하는 것이다. 능숙한 기량은 연습에서 나온다. 인간은 자신의 거미줄을 치고 집을 짓고 노래를 부르고 식량을 알고 배를 젓고 길을 찾아가는 법을 배워야만 한다. 동물은 "처음부터" 아는 것들이다. 동물은 지식과 기술을 물려받는다. 인간은 개인적인 노력을 통해 습득해야만 한다. 인간이 물려받은 모든 것은 이러한 것들을 다양한 수준으로 수용하는 능력이다. 동물은 이성을 행사함이 없이도 이성적인 것들을 한다. 동물은 본성이 지능적인 만큼 지능적이다. 인간은 자신이 안다는 것이나 어떻게 아는지를 알지만, 동물은 자신이 안다는 것이나 어떻게 아는지를 알지 못한다. 인간의 지식은 다방면의 서로 다른 대상을 비추는 마음의 빛인 반면, 동물의 지식은 전혀 "빛"이라는 용어로 상징될 수 없다. 동물의 행동은 개별적인 깨달음이나 판단의 행위가 관련된 한 맹목적이다. 반드시 그렇게 행동해야 하기 때문에 자기도 모르게 행동하는 것이다. 새로운 조건에 직면하면 동물은 그 조건을 충족시킬 지략이 없다. 동물은 필요성에 의하여 조상들이 가르친 것을 알며, 특정한 것들을 하려고 갑작스러운 충동이 일 때만 배운 것을 알고 있다.

본능은 중대한 문제이며 종종 이성을 부끄럽게 만든다. 본능은 목적을 위한 수단에 맞추며, 실수를 거의 하지 않거나 아예 하지 않으며, 시간과 계절에 주목하며, 땅을 파고, 구멍을 뚫고, 실을 잣고, 둥지를 엮고, 꿰매어 맞추고, 짓고, 종이를 만들고, 피난처를 세우고, 하늘과 바다를 항해하고, 앞날에 대한 대비를 게을리하지 않고 절약하며, 적이 누구인지를 알고, 적보다 한 수 앞서고, 나침반 없이 대양과 대륙을 건너고, 인류의 거의 모든 기술과 교역과 직업을 예시하고, 연습 없이도 기량을 발휘하고, 경험 없이도 지혜롭다. 본능이 어떻게 생겨났으며 그 기원이 무엇인지 과연 누가 말할 수 있을까? 아마도 자연선택이 본능의 발달에 있어서 주된 동인이었을 것이다. 만일 자연선택이 고양이의 발톱과 여우의 냄새를 갈고 닦아 향상시켰다면, 왜 그들의 기지 또한 갈고 닦아 향상시키지 않았겠는가? 여우나 까마귀의 먼 조상들은 오늘날의 여우나 까마귀보다 틀림없이 덜 기민하고 덜 영특했을 것이다. 우리 시대의 동물의 본능적인 지성은 그들의 선조들의 가장 위대한 지성을 향한 변이의 총합이다. 인간이 축적된 경험의 결과를 언어와 책에 저장하듯 동물은 본능에 저장해온 것 같다. 다윈이 말했듯, 인간은 첫 시도에서는 모방하는 능력을 통해 돌도끼나 배를 만들 수 없다. "인간은 연습을 통해 자신이 하는 일을 배워야만 한다. 반면 비버는 댐이나 운하를 만들 수 있고, 새는 둥지를 지을 수 있으며, 거미도 마찬가지로 멋지게 거미줄을 칠 수 있다. 처음 시도할 때도 노련하고 능숙하게 말이다."

동물은 바로 그 순간 일어나는 상황을 활용할 때나, 어떤 새들이 자신들의 오래된 보금자리를 버리고 인간이 제공한 새로운 보금자리에 자리를 잡을 때 그렇듯 좋든 나쁘든 새로운 방식을 찾을 때, 본능과는 뚜렷이 구별되는 지성을 보여준다. 이러한 행동은 적어도 선택하는 능력이 있다는 것을 보여준다. 새와 짐승은 모두 스스로 새로운 식량 공급원을 재빨리 이용할 수 있다. 그들의 기지는 아마도 다른 어떤 방면보다도 이 방면에서 더욱 예리하고 활발할 것이다. 오클라호마에서 코요테들은 수박의 껍질을 긁어서 잘 익은 수박과 안 익은 수박을 분간하는 법을 배웠다고 한다. 만약 코요테들이 기지를 갖고 있지 않았다면, 아마 의지를 갖고 있었을 것이다. 먹는 것은 모든 생물의 관심을 집중시키는 한 가지이며, 먹이를 조달하는 것은 모두에게 대단히 훌륭한 교육 수단이었다.

나는 쥐나 다람쥐, 새처럼 숲에 사는 어떤 특정한 부류가 버섯을 먹는다는 사실에 주목했다. 만약 내가 버섯을 먹는다면 나는 독버섯과 식용버섯을 구별하는 법을 배워야만 한다. 버섯에 관한 문제에서는 다람쥐들이 틀림없이 갖고 있을 특별한 감각을 나는 갖고 있지 않다. 나의 이성이 모자란 곳에서 그들의 본능은 확신한다. 그들이 이러한 문제에서 실수를 저지르는지 아는 것은 무척 흥미로울 터이다. 가축은 먹이에 관해 때로 실수를 저지른다. 그들의 본능은 길들여졌고 따라서 결코 야생의 동물만큼 확신하지 못하기 때문이다. 양은 간혹 월계수와 고추나물을 먹는다고 한다. 그들에게 해로운 데도 말이다. 태평양 연안의 극서부 지방에서는 말들이 가끔 로코초*라고 부르는 잡초를 먹는다고 들었다. 이 잡초는 그들을 미쳐 날뛰게 만든다. 나중에 나는 버팔로와 버팔로 혈통의 가축은 절대 이 잡초를 먹지 않는다는 사실을 알게 되었다.

내가 언급한 하등동물 사이에서의 모방은 절대 가르침과 흡사한 것이 아니다. 아이는 산수를 모방으로 배우지 않는다. 가르친다는 것은 하나를 기억하게 하여 또 다른 하나를 행하도록 하는 것이다. 그것은 가르치는 이와 배우는 이 모두의 의식적인 노력의 결과이다. 다윈은 아이가 본능적으로 말을 하려는 경향을 갖고 있는 반면, 본능적으로 차를 달이거나 빵을 굽거나 글을 쓰려는 경향을 갖고 있지는 않다고 말한다. 아이는 앵무새가 그러하듯 모방에 의해 말을 하게 된다. 그런 다음 앵무새와 달리 말의 뜻을 배우게 된다.

나는 동물들이 새끼들에게 의식적으로 가르친다는 개념이 전혀 없다고 확신한다. 동물은 과거를 반추하지 않는 것처럼 앞날도 곰곰이 생각하지 않을까? 선조들에 대해 궁금해하지 않는 것처럼 후손들의 앞날에 대해서도 염려하지 않을까? 하등동물이 제 새끼들을 훈련시키는 것을 보았다고 생각하는 사람들은 의식적으로든 무의식적으로든 자신들이 관찰한 바에 무언가를 보탠다. 그들은 자신들이 본 것을 자신들의 생각이나 선입관으로 해석한다. 그렇기는 해도, 루스벨트 대통령처럼 숙련된 자연주의자이자 경험 많은 사냥꾼조차도 이 문제에 관해서는 나와 의견을 달리한다. 인용을 허락한 편지에서 그는 이렇게 말한다.

*미국 서남부에 많은 가축에 유독한 콩과식물.

나는 숲 속 친구들이 자손들에게 상당한 양의 무의식적인 가르침을 주고 있다는 사실에 대해 조금도 의심하지 않습니다. 인적이 드문 곳에서 사슴은 나를 빤히 쳐다봅니다. 지금 옐로스톤국립공원에서 그렇듯 아주 무심하게 말이지요. 반면, 사람들의 왕래가 잦은 곳, 그러니까 사슴이 사냥을 당하는 곳에서 새끼 사슴과 새끼 산양은 사람이 보이거나 사람 냄새가 나면 극도로 경계하고 겁을 먹지요. 아, 당연히 새끼 늑대나 새끼 보브캣과 같은 동물들도 그렇고요. 이는 틀림없이 새끼들이 걸음마를 떼기 시작한순간부터 부모들이 한순간도 경계심을 늦추지 않는 모습을 보며 모방하게 되고, 또 연상이나 모방에서 얻은 훈련을 통하여 모방하는 게 늘면서 사람의 냄새를 맡거나 사람이 있으면 연장자들이 드러내는 경계심을 공유하게 된다는 데서 기인하겠지요. 사람을 본 적이 없는 새끼 사슴은 사람 앞에서 본능적인 경계심을 느끼지 못하거나 적어도 아주 조금 느끼지요. 하지만 어미가 사람이 있을 때 극도의 경계심을 느낀다면, 새끼는 어미와 동행하면서 사람의 존재를 극도의 경계심과 연상시키는 법을 배우는 게 틀림없습니다. 사냥꾼을 본 적이 있는 스물한 번째 영양이 즉시 달아났기 때문에 사냥꾼을 한 번도 본 적이 없는 스무 마리의 영양마저 덩달아 즉시 달아나는 것은 부모가 가르친 것이라고 생각하지 않습니다. 간혹 사슴이나 영양은 낯선 것을 보고 의도적으로 경계하는 소리를 낼 때가 있습니다. 이 소리는 그 즉시 모든 사슴이나 영양으로 하여금 경계태세를 갖추게 합니다. 하지만 그들은 사냥꾼을 첫 번째로 본 사슴이나 영양의 입장에서 달아나거나 소스라치게 놀란 모습을 드러낸 만큼만 경계할 것입니다. 그들 입장에서 경계심을 표출하려는 의식적인 노력은 조금도 없이요.

게다가 나는 어떤 특정한 경우에는, 비록 드물긴 할지라도, 의식적으로 가르치려고 애쓰는 게 아닌가 하는 생각을 하게 됩니다. 나는 새를 보고 흥분해서 경솔하고도 어리석게 날뛰는 제 새끼를 호되게 벌하는 사냥개를 한 마리 알고 있습니다. 늑대나 여우처럼 똑똑한 짐승들 가운데는 야생의 상태에서 이와 유사한 일이 일어날 수 있습니다. 실제로 나는 늑대와 여우가 야생의 상태에서 그런 일을 한다는 믿을만한 근거를 몇 가지 갖고 있습니다. 즉, 덫과 같은 문제에서는 무의식적으로만이 아니라 의식적으로도 새끼들에게 가르치려 드는 일이 발생하지요.

아마 대통령과 나는 다른 그 무엇보다 같은 단어에 부여하는 의미가 더욱 다를 것이다. 이어지는 편지에서 그는 이렇게 말한다.

이 문제에 있어서 당신과 나의 가장 큰 차이점 중 하나는 용어라고 생각합니다. 내가 말하는 무의식적인 가르침이라는 것은 그야말로 단지 모방을 불러일으키는 방식으로 행동하는 것을 의미합니다.

모방은 두말할 필요도 없이 모든 문제를 푸는 열쇠이다. 동물은 자신의 예를 통해 무의식적으로 새끼에게 가르친다. 그 외에는 없다. 그러나 나는 이 주제에 대한 논의를 또 다른 장으로 남겨두겠다.

6장

동물의 의사소통

동물이 의식적으로 새끼를 훈련시키고 교육시킨다는 개념은 자연사를 쓰는 유럽의 작가들만 잠정적으로 고수해왔다. 다윈은 이 견해를 전혀 갖고 있지 않았던 것 같다. 월리스*는 한때 새들이 지저귀는 경우와 둥지를 지을 때에 한해 이 견해를 공유했지만 나중에 단념하고는 본능과 물려받은 습성에 기대었다. 일부 독일 작가들, 가령 브레엠, 뷔흐너, 뮐러**와 같은 작가들은 이 개념을 더욱 확고하게 고수했던 것으로 보인다. 그로스*** 교수는 동

*Alfred Russel Wallace(1823~1913). 영국의 박물학자, 진화론자. 맬서스의 『인구론』에 영향을 받았으며, 다윈의 연구가 심원함을 인정하고, 진화론에 관한 책인 『다위니즘』을 출간하였다. 생물 분포상의 경계선인 "월리스선線"을 그었다.

**Alfred Brehm(1829~1884). 독일의 동물학자, 자연 관찰자. 1847년 이래 아프리카 · 에스파냐 · 스칸디나비아 등 각지를 여행했으며 1867~75년 베를린 수족관을 세우고 관장이 되었다. 1877년 이래 서시베리아 · 다뉴브 지방 등지를 여행, 동물의 생태에 관하여 상세한 연구를 진행하였다.

Ludwig Büchner(1824~1899). 독일의 철학자, 의사, 생리학자. 1855년 『힘과 물질』에서 주장한 과학적 유물론 사상 때문에 추방되어 오로지 문필 활동에만 종사했다. 물질과 힘의 동일성을 주장하고 또 정신 · 의식을 뇌의 움직임, 운동의 총칭이라 간주하여 물질로 환원하고, 사회 발전에 생물학에 있어서의 생존경쟁과 진화의 법칙을 적용하여 사회 현상을 자연 현상으로 환원하는 등 극단적인 속류적 · 기계론적 입장을 취했다.

Fritz Müller(1821~1897). 독일의 생물학자. 1852년 브라질로 건너가 곤충과 동물에 관한 연구를 하였다. 초기의 다윈 신봉자였으며, 개체발생이 계통발생을 되풀이한다는 재연설을 주장하였다.

***Karl Groos(1861~1946). 독일의 철학자, 미학자. 튀빙겐대학교 등에서 미학과 교육학을 강의하였다. 감정이입 미학의 입장에서 "내적 모방"이라는 개념으로 미적 향수체험을 고찰하였다. 생물학적 진화론의 입장에서 예술의 발생론적 연구를 시도하여, 예술의 기원을 유희성에서 찾아 『동물의 유희』, 『인간의 유희』와 같은 책들을 썼다.

물의 유희의 중요성에 대해 아직 그들을 일깨우지 못한 상태였다. 앞서 언급한 작가들은 틀림없이 동물의 본능적 유희를 부모의 입장에서 새끼를 가르치려는 시도로 해석했을 것이다.

부모의 여러 예가 여러 면에서 새끼의 모방 본능을 자극한다는 것은 꽤나 분명하지만, 어떤 의미에서든 부모의 교육 목적은 동물 심리학 작가들이 고수하는 것과는 무관하다.

물론 그것은 모두 가르친다는 게 무엇을 의미하는지에 달려 있다. 우리가 의미하는 가르침이란 지식을 전달하는 것일까, 감정을 전달하는 것일까? 내 생각에는 전자를 의미하는 것 같다. 사람만이 지식을 전달한다. 하등동물은 느낌이나 감정을 전달한다. 그러므로 동물의 의사소통은 항상 현재를 언급하는 것이지 결코 과거나 미래를 언급하는 게 아니다.

새와 짐승이 서로 의사소통을 한다는 것에 대해 누가 의문을 가질 수 있겠는가? 그러나 그들이 지식을 전한다는 것, 즉 축적된 생각이나 정신적 개념과 같은 것을 전하기 위한 지식을 조금이라도 갖고 있다는 것은 엄밀한 의미에서 보면 또 다른 문제이다. 가르친다는 것은 여러 생각을 축적해 전달할 수 있는 능력을 함축한다. 동물은 잠재의식적인 자아가 지배한다. 사람은 의식적인 자아가 지배한다. 그리고 의식적인 자아만이 가르치거나 지식을 전달할 수 있다. 루스벨트 대통령이 편지에서 언급한 사슴과 영양의 사례는 감정의 소통만을 보여준다는 게 내 생각이다.

가르친다는 것은 성찰과 판단을 함축한다. 즉, 미래에 대한 사유와 염려를 함축하는 것이다. "젊은 세대는 이 지식이 필요할 거야. 그러니 지금 우리가 그들에게 이 지식을 전해주어야 해." 인간 부모는 말한다. 하지만 동물 부모는 의식적으로 전해줄 지식이 없다. 오로지 두려움이나 의심만 전해줄 수 있을 뿐이다. 훈련된 개들이나 일반적인 개들을 보면 이 사실을 거의 확인할 수 있다. 나는 암컷 사냥개가 새를 보고 흥분해서 날뛰는 새끼를 처벌했다는 대통령의 말을 충분히 믿을 수 있다. 암컷 사냥개는 자신도 똑같은 일을 저질렀을 때 처벌받았었을 것이다. 하지만 그러한 행동은 현재 화가 나 있다는 것을 표출하는 것 이상은 아니었으며, 어떤 의미에서든 사냥개가 새끼를 훈련시키고 가르치려고 했다는 증거는 없다.

그러나 사람에게 훈련을 받아본 적이 없는 동물의 경우, 가르침에 대한 모든 생각은 그야말로 가장 기초적인 것이어야 한다. 여우나 늑대는 새끼에게 덫과 같은 문제들에 관해 어떻게 가르칠 수 있을까? 덫이 앞에 있을 때에만 가능하다는 것은 틀림없다. 그런 다음 덫에 대한 두려움이 자연적인 본능을 통해 새끼에게 전해졌을 것이다. 즐거움이나 호기심과 마찬가지로 두려움 또한 짐승과 새 사이에 전염성이 있다. 사람 사이에 그러하듯 말이다. 새끼 여우나 새끼 늑대는 덫 앞에서 부모의 감정을 즉각적으로 공유한다. 야생의 생물에게는 위험성에 대한 재빠른 이해력을 갖는 것이 대단히 중요하며, 사실상 그들은 그것을 갖고 있다. 무리 지어 다니는 오리 중 야생적이고 의심 많은 오리 한 마리가 오리 사냥꾼의 야심 찬 계획을 종종 무너뜨릴 것이다. 그 한 마리의 의심이 모든 동무들에게 재빨리 전달될 것이기 때문이다. 그 오리 측에서 보자면 전달하려고 의식적으로 노력해서가 아니라 앞서 언급한 자연적인 전염의 법칙 때문이다. 새나 짐승이 자주 사냥당하는 곳에서는 두려움의 기운이 감도는 듯하며, 동무들은 직접 경험하지 못했던 위험성을 인식하게 된다.

동물에게 부족한 기지는 경계심이 채워준다. 야생의 동물이 과다하게 두려움을 갖는 것은 좋은 현상이다. 진짜 위험으로부터 곧잘 구해주기 때문이다. 하지만 그걸 어떻게 식별한단 말인가! 사람들은 풀숲에서 알을 품고 있는 암탉 주위에 짐마차의 바퀴 쇠나 쇠테 같은 것을 두면 여우로부터 암탉을 보호해줄 거라고 말한다.

동물은 일반적인 원칙을 두려워한다. 새롭고 이상한 것이라면 무엇이든지 의심을 촉발시킨다. 소 떼나 말 떼와 같은 동물들 사이에서 두려움은 큰 불과도 같이 삽시간에 공포와 분노가 된다. 서부에 사는 소몰이꾼들은 밤에 아주 사소한 것이라도 소 떼들 사이에서 불씨를 일으켜 소 떼 전체를 맹렬히 우르르 몰려다니게 한다는 것을 알고 있다. 각 동물이 서로를 흥분시키고, 무리 사이에서 배가된 두려움은 끔찍한 것이 된다. 사람들 사이의 공포심과 그다지 다르지 않다.

이런 논의를 할 때는 가능한 한 그들의 논리적 감각에 엄밀하게 부합하는 단어를 사용하자. 자연사에서 현재의 오해의 대부분은 다른 문제에서와 마찬가지로 부정확하고 부주의한 단어의 사용에서 발생한다. 우리가 가르침과 훈련과 교육이라는 단어를 말할 때, 이 사실들이 가리키는 것은 본능적인 모방이거나 무의식적인 의사소통이다.

모든 종류의 새끼는 부모의 보살핌을 박탈당했을 때보다 보살핌을 받았을 때가 명백히 더욱 잘 자라고 더욱 급속도로 발달한다. 그렇지 않은 경우가 이상한 것이다. 사람이든 새든 짐승이든 어미의 자리를 채울 수 있는 것은 없다. 어미는 필요한 것을 대주고 보호해준다. 새끼는 자연적인 모방 본능을 통해 어미에게서 재빨리 배운다. 새끼들은 어미의 두려움을 공유하고, 어미의 뒤를 따르며, 어미의 보호에 기댄다. 그것이 자연의 이치이다. 어린아이가 인간 부모에게서 훈련을 받는 식으로 새끼들이 훈련을 받는 것은 아니다. 새끼들은 전혀 훈련을 받지 못한다. 하지만 새끼들의 자연적인 본능은 어미가 없을 때보다는 어미와 함께 있을 때가 더욱 민첩하고 확실하게 작동하는 게 틀림없다. 새끼 물총새나 새끼 물수리는 적절한 때가 되면 물고기를 잡으려고 잠수하거나, 새끼 회색개구리매는 쥐와 새를 잡거나, 새끼 여우나 새끼 늑대 혹은 새끼 미국너구리는 부모의 본보기 없이도 적절한 먹이를 사냥한다는 것은 조금도 의심할 바 없는 사실이다. 하지만 그들은 이 모든 것을 자연의 이치가 방해받지 않는 것보다는 자연의 이치가 통할 때 좀 더 일찍 더 잘할 것이다.

일전에 노란배딱따구리 한 마리가 썩어가는 너도밤나무에 앉아 애벌레를 찾으려고 구멍을 쪼는 모습을 보았다. 이때 다 자란 어린 노란배딱따구리 두 마리가 뒤따라와서는 근처에 앉더니 부모가 구멍을 파는 곳으로 쭈뼛쭈뼛 다가갔다. 성급한 관찰자는 부모가 새끼에게 애벌레를 사냥하는 법을 가르치고 있었다고 말할 것이다. 그러나 나는 그 일화를 다르게 해석한다. 부모새는 새끼가 안중에도 없었다. 새끼들이 아주 가까이 다가오자 부모새는 새끼들을 쫓아버렸다. 이내 부모새가 나무를 떠나자 새끼 중 한 마리가 부모가 뚫어놓은 구멍을 찬찬히 살펴보고는 자신이 조금 더 구멍을 팠다. 이와 같은 부모의 본보기는 이런 본보기가 없을 때보다 새끼로 하여금 좀 더 일찍 애벌레를 사냥하도록 자극할지는 몰라도, 이것은 단지 추측에 불과하다. 증거도 없으며, 증명할 수 있는 어떤 것도 없다.

어미 새나 어미 짐승은 모성애적 의무심에서 가르쳐야 할 필요가 없다. 어미가 가진 본능이 있기 때문이다. 종의 지속성에 있어 본능에 따라야 하는 것은 대단히 중요하다. 가르침이나 습득된 지식의 문제일 경우, 얼마나 불안정해질 것인가!

가르친다는 생각은 진일보한 생각으로 사유 속에서 반추할 능력이 있는 존재에게서만 나올 수 있는 것이며, 그렇기에 추상적인 개념을 형성할 수 있다. 말하자면, 특정한 구체적 대상에서 분리되어 자유로이 떠다니는 개념인 것이다.

예를 들어, 여우나 늑대가 미래를 곰곰이 생각하고 과거를 곱씹을 수 있다면 덫이나 사냥개에 관한 문제에서 새끼에게 가르칠 필요성을 느낄 것이다. 언어 없이도 그러한 것이 가능하다면 말이다. 어미 고양이가 새끼 고양이에게 살아있는 쥐를 가져다줄 때, 그것은 쥐를 다루는 기술을 가르쳐주고자 하는 마음에서 나온 게 아니라 단지 새끼에게 먹이를 주려는 의도이다. 새끼 고양이는 유전을 통해 이미 쥐에 대해 알고 있다. 암탉이 앞장서서 병아리들을 이끌고 가 땅을 긁어 파는 것도 마찬가지로 딱 한 가지 목적을 위해서다. 바로 먹이를 마련해주기 위해서다. 만약 암탉이 닭장에 갇혀있다면 병아리들은 나가서 곧장 땅을 긁어 파 적절한 곤충 먹이를 냉큼 낚아챌 것이다.

어미의 보살핌과 보호는 대단히 중요하지만 물려받은 본능을 대신하지는 못한다. 새로 부화한 병아리들은 자신들만 남겨졌을 때 먹어도 되는 곤충과 먹으면 안 되는 곤충의 차이를 알지 못하지만 얼마 가지 않아 배운다는 사실이 밝혀졌다. 그러한 문제에서 어미 닭은 틀림없이 병아리들에게 가르칠 것이다.

"야생의 친구들"에 관한 책을 출간한 이후 작가인 카이저 씨는 잡지 「숲과 개울」에서 동물들이 아주 기이한 방식으로 새끼들을 훈련시킨다는 개념을 밀어붙인다. 이 예리한 목격자이자 "거짓 자연사" 폭로자는 숲 속에 있는 자신의 오두막 주위에서 본 것들을 기록했다. 여기 그중 몇 가지가 있다. 그가 느닷없이 오두막 문에 나타나자 늙은 까마귀가 황급히 날아가더니 다시 돌아와 새끼들을 콕콕 쪼는 모습을 보았다. 새끼들이 잽싸게 따라오지 않았기 때문이다. 그는 암컷 토히새가 두 번째 새끼를 품고 있는 동안 수컷 토히새가 첫 번째 새끼를 "새 유원지"로 이끌고 가는 모습을 보았으며(아마도 그가 의미하고자 했던 것은 "새 유아원"이나 "새 아기방"이었을 것이다), 새들 중 한 마리가 아기 시절에 살던 곳을 다시 한 번 보려고 두리번거리며 돌아왔을 때, 그는 아비 새가 그 새를 덮쳐 "홱 낚아채더니 다시 유원지로 데리고 가는" 모습을 보았다.

그는 제비들이 새끼들을 울타리와 전선줄에 모아 놓고 나는 법을 가르치는 모습을 보았다. 제비는 간격을 두고 (내 짐작에는 명령에 따라) 새끼들과 함께 공중으로 박차 오르더니 급강하하며 빙글빙글 돌았다. 그는 14년간 자신의 집 앞마당에 왔던 노래참새가 한 살배기 새끼에게 노래를 가르치는 모습을 보았다.(그는 노래참새에게 이름을 붙여주었기에 자신의 새라는 것을 알았다고 말하는 걸 생략했다.) 은둔자적 경향이 있는 이 참새는 "숲에서의 삶을 위해 들판을 버리고" 싶었으나 그의 "아내가 동의하지 않았다." 깃털 없는 두 발 동물들은 아내 때문에 사회생활을 망친 똑같은 경험을 갖고 있다. 수수께끼는 이 "달인" 관찰자가 부부 사이에 존재하는 이러한 사정을 어떻게 알았는가가 아닐까? 아내 새가 그에게 말했을까? 아니면 남편 새가? "은둔자"는 자신을 찾아오는 방문객들을 종종 "숲지빠귀 노래교실"에 데려가는데, 그곳에서는 "새들이 수업을 빼먹으면서 하나씩 빠져나간다."

그는 나이 든 수탉이 어린 수탉에게 우는 법을 가르치는 것을 보았다! 처음에 나이 든 수탉은 주로 아침에 울었지만, 계절이 지나면서 어린 수탉에게 "알맞은 것"을 보여주려고 간격을 짧게 두고 온종일 울어댔다. "멀리 떨어져 있어서 소리가 들리지 않는 어린 닭들은 우는 법을 배우지 못할 것이다." 그는 나이 든 뇌조가 가을에 새끼에게 딱딱 소리 내는 법을 가르치는 소리를 들었다. 비록 새끼가 이 수업에 참석한 것을 자기가 직접 보았다고 말하는 것을 잊어버리기는 했지만 말이다. 그는 두 살배기 딸 노래참새가 둥지를 지을 때 어미 노래참새가 옆에서 도와주는 모습을 보았다. 그는 어미 고양이가 새끼들에게 귀로 이야기하는 모습을 발견했다. 귀를 앞쪽으로 쫑긋하면 "그래"라는 뜻이고, 뒤쪽으로 납작하게 젖히면 "안 돼"라는 뜻이라는 것이었다. 그리하여 어미는 새끼들에게 다가오고 있는 마차의 소리를 듣고 푸줏간 수레인지 아닌지를 이야기할 수 있었으며, 그리하여 군이 내다보는 수고를 덜어준다는 것이었다.

이런 식으로 야생의 동물과 집에서 기르는 동물에 대한 목록이 길게 이어진다. 처음에 나는 이 작가가 도가 지나친 다른 "관찰자"를 넌지시 조롱하는 게 아닌가 싶었다. 하지만 그가 쓴 글을 주의 깊게 읽고 나서 나는 그가 "거짓 자연사"를 폭로하는 가치 있는 임무에 진지하게 개입되어 있음을 알았다.

새들의 지저귐, 수탉들의 울음, 뇌조의 딱딱거리는 소리는 2차성징이다. 그것들은 생물의 생태에 반드시 필요한 것은 아니며, 자기보존과 번식이라는 한층 중요한 본능보다 모방에 의해 더욱 영향을 받을 것이다. 그럼에도 새들은 지저귀고 수탉들은 울고 칠면조들은 고르륵고르륵 소리를 낼 거라는 증거가 압도적이다. 비록 이러한 소리들을 들어본 적이 없을지라도 말이다. 그리고 틀림없이 뇌조와 딱따구리는 동일한 성적 본능의 충동으로 말미암아 딱딱거릴 것이다.

나는 자연사의 여러 사실을 제멋대로 왜곡한 "은둔자"를 힐난하고 싶지 않다. 그는 자신이 본 것은 무엇이든 자신의 공상대로 해석하는 사람 중 하나이다. 그는 사심 없는 객관적인 관찰을 할 수가 없다. 진정한 의미에서의 관찰을 전혀 할 수 없다는 뜻이다. 서로 귀로 신호를 보내는 동물은 없다. 귀의 움직임은 눈의 움직임을 따른다. 동물이 어떤 대상이 있는 곳이나 소리의 방향에 주의를 기울이면 귀가 앞쪽으로 향하게 된다. 긴장이 풀어지면

귀는 내려온다. 그러나 고양이의 경우, 말이 보통 느긋할 때 그러는 것처럼 귀가 습관적으로 곧추선다. 고양이들은 화가 났거나 겁이 났을 때 다른 많은 동물들이 그러하듯 귀를 납작하게 한다.

동물의 삶에서 동물이 서로 의사소통하는 수단을 갖고 있다는 것과 같은 어떤 것들은 나를 미심쩍게 만든다. 특히 군생하는 동물의 경우 의사소통의 수단이라는 것은 우리가 의미하는 언어와는 완전히 별개이다. 그것은 잠재의식 상태를 교환하거나 조합하는 것과 같으며, 인간들 사이의 텔레파시와 유사하다고 할 수 있다. 새 떼들이 한 몸인 듯 공중을 선회하는 모습을 관찰해보라. 여럿이 아니라 단 한 마리의 모습인 것처럼, 흉내 내기 어려울 정도의 통일성과 정확성을 갖고 햇빛 속에서 방향을 틀며 휙휙 움직인다. 우리는 도요새나 물떼새와 같이 바닷가에 사는 새 떼가 하나의 몸처럼 행동하는 모습을 볼 수 있다. 그들은 은빛으로 하나가 되어 태양을 향한다. 그런 뒤 구경꾼에게 어두운 뒷모습을 보이면서 해안이나 구름 속으로 거의 사라지다시피 한다. 그 모습은 마치 공동의 마음이나 정신을 공유하는 것처럼 보이며, 한 마리가 느끼는 것을 같은 순간에 모두가 느끼는 것처럼 보인다.

플로리다에서 숭어 떼들이 꼬리 끝처럼 보이는 것을 갖고 수면에서 요동치며 뛰어오르는 모습을 여러 차례 보았다. 무수히 많은 물고기가 꼬리나 등으로 넓은 면적을 휘저으며 파문을 일으키고 있었다. 그러다 내가 보고 있는 동안 느닷없이 한 마리가 첨벙하더니 모든 물고기가 물속에 뛰어들었다. 그것은 또다시 하나의 몸처럼 행동하는 무리였다. 수백 수천의 꼬리가 모두 같은 순간에 물을 철썩 치고는 사라졌다.

여행비둘기*들이 수백만을 헤아렸을 때, 그 거대한 종족은 대륙의 한쪽 끝에서 다른 끝으로 이동하곤 했다. 나는 1875년 봄 허드슨강 계곡 위로 그들이 비행하는 모습을 마지막으로 보았다. 그들은 온종일 하늘을 가로지르며 줄지어 이동했다. 하나의 목적이 모든 새에게 날갯짓을 하도록 하는 것 같았다. 마치 모두가 같은 지점으로 이동하라는 지시를 받은 것처럼. 여행비둘기들은 숲 속에 너도밤나무 열매가 있을 때에만 왔었다. 그 새들은 너도밤나무 열매가 1년에 한 번 열린다는 사실을 어떻게 알았을까? 보통 대오에서 벗어난 몇몇 무리가 무수한 푸른 새 떼들보다 며칠 앞서 보인다. 이 새들은 정찰병이었던 걸까? 그래서 너도밤나무 열매에 대한 소식을 갖고 돌아간 것일까? 만약 그렇다면, 그들은 어떻게 정보를 전달하고 그 거대한 군단 전체를 움직이게 했을까?

쥐, 회색큰다람쥐, 북극의 순록처럼 때때로 한 나라의 일부에서 대대적으로 발생하는 네발 달린 동물의 이동도 비슷한 성격을 띤 것으로 보인다. 어떻게 모든 개체가 공통의 목적을 공유하게 되는 걸까? 지도자도 없고 글로 쓰여지거나 언어로 이야기하지도 않으면서 이동하려고 하는 인간 군단은 혼란에 빠진 무질서한 군중이 된다. 동물은 그렇지 않다. 동물들 사이에는 사람들 사이에 존재하지 않는 정신의 공동체가 있는 것 같다. 커다란 위험에 대한 압박감이 정신과 감정의 공동체를 어느 정도 발달시키는 것으로 보인다. 극심하게 흥분하는 상황이 되면 우리는 다소 동물적인 상태로 되돌아가 본능에 지배당한다. 그러한 정신의 공동체를 텔레파시라고 해도 무방할 것 같다. 멀리 떨어져 있는 친구에게 자신의 느낌을 전하려고 정신적 또는 감정적 상태를 투사하는 능력 말이다. 그 능력은 머나먼 동물 조상으로부터 계속 이어진 것이다. 하지만 아무리 조상으로부터 이어져 왔을지라도,

*passenger pigeon. 북아메리카에서 가장 흔한 새 중 하나였으며, 철새비둘기 또는 나그네비둘기 등의 이름으로 불렸다. 1800년대까지만 해도 북아메리카대륙에 약 50억 마리가 서식했으나 1800년대 후반 이후 개체 수가 급격히 감소했고, 1914년 마지막 여행비둘기가 죽은 뒤 완전히 멸종했다.

새들과 네발 달린 동물들이 가진 서로의 상태에 대한 민감함이라든가 일상적으로 닥치는 위험, 먹이 공급, 어떠한 상황에서도 집을 찾아내는 감각은 우리 인간이 가진 능력에 비하면 아주 초보적일 뿐이라는 것을 가리킨다.

일부 관찰자들은 이러한 것들에 대해 새 떼들에게 지도자가 있으며, 지도자들이 신호나 울음소리로 놀라운 선회동작을 이끈다는 논리로 설명한다. 이는 물론 너무 빠르고 너무 미세해서 우리가 눈으로 보거나 귀로 듣는 것은 불가능하다며 말이다. 아마도 그들은 동일한 이론에 따라 물고기 떼의 이동과 다수의 육상동물의 동시적 이동을 설명할 것이다. 나는 이러한 설명을 받아들일 수 없다. 새 떼가 선회동작을 하는 데 필요한 신호나 울음소리를 갖고 있다는 것은 참으로 믿기 어렵다. "자, 이번엔 오른쪽으로, 이번엔 왼쪽으로, 이번엔 올라갑니다, 이번엔 급강하합니다." 이러한 것을 어떻게 개개의 개체가 즉각 이해할 수 있으며, 또 수많은 야생 비둘기들이 어떻게 대장이라든가 신호를 가질 수 있겠는가. 그보다는 무리 짓는 본능으로부터—이해하기는 좀 힘들지만 똑같이 강력한—어떤 다른 본능이나 능력이 발달하여 새 떼 구성원 하나하나가 서로 완벽하게 일치하여 하나의 목적과 욕망이 모두의 목적과 욕망이 된 것이라고 믿는다. 이러한 상태의 것들과 유사한 것은 군대조직밖에 없다. 새 떼 구성원 간의 관계는 자발적으로 동일한 잠재의식 또는 초자연적인 상태를 공유하는 생물 구성원 간의 관계로, 숨겨진 동일한 영향력에 의거해 행동하며, 이는 사람들 사이에서는 절대 일어날 수 없는 방식과 정도이다.

광활하게 펼쳐진 나라를 가로질러 집을 찾아가는 동물의 힘이나 능력은 앞서 언급한 무리 짓는 정신만큼이나 우리에게는 도저히 이해할 수 없는 수수께끼이다. 벌의 벌집은 명백히 집단적인 목적과 계획을 갖고 있다. 이는 하나의 개체나 각각의 개체군에서 나올 수 없는 것이며 외적인 의사소통 없이도 모두가 이해하는 것이다.

언어를 크게 왜곡함이 없이 소위 "숲의 학교"라고 부를 수 있는 것이 있을까? 그런 의미에서라면 놀이터가 학교다. 규칙이나 방법 또는 감독이 없는 놀이터가 "숲의 학교"인 것이다. 놀이터는 규칙 따위는 무시하는 무의식적인 학교 혹은 체육관으로 전적으로 본능적이다. 모든 동물의 새끼들은 놀면서 일정 정도의 훈련과 훈육을 받는데, 이는 앞으로 살아가는 데 도움을 준다. 하지만 이 학교는 부모가 가끔 참여하긴 할지라도 부모가 이끌어 가거나 주도하지 않는다. 자발적이고 무계획적이며, 규칙이나 체계도 없다. 그러나 모든 경우에서 특정한 새나 동물의 미래의 생존경쟁 노선을 따른다. 우리 집에서 길렀던 새끼 회색개구리매는 갈고리 모양의 발톱으로 나뭇잎이나 나무껍질 쪼가리를 툭툭 치면서 놀곤 했다. 새끼 고양이들은 공이나 작고 동그란 것, 혹은 나뭇가지 같은 것을 마치 쥐인 것마냥 갖고 논다. 개들은 서로 쫓아다니며 몸싸움을 벌인다. 오리들은 물속에 뛰어들어 즐겁게 논다. 비둘기들은 마치 매에게서 달아나려는 듯 공중에서 빙글빙글 돌며 휙휙 날아다닌다. 새들도 같은 방식으로 서로 뒤쫓으며 잽싸게 휙휙 날아다닌다. 곰들은 씨름을 벌이며 주먹으로 친다. 닭들은 모의 전투를 벌이며, 수망아지들은 풀쩍풀쩍 뛰어다닌다. 새끼 사슴들도 아마 같을 것이다. 다람쥐들은 나무에서 술래잡기 놀이를 하는 것처럼 논다. 양들은 서로 머리를 들이받고 바위 주변을 깡충깡충 뛰어다닌다.

사실상 인간의 여러 놀이를 포함하여 거의 모든 놀이는 모의 전투의 형태를 취하며, 그 정도는 미래에 대한 교육까지 포함된다. 육식동물 사이에서 역시 추격전의 형태가 벌어진다. 당연히 그 근원과 동기는 교육이 아니라 쾌락이다. 여기서 다시, 눈곱만큼의 생각도 없이 하는 행동 속에 자신의 목적을 숨기는 힘인 본성의 영특함이 드러난다. 고양이와 새끼 고양이는 살아있는 쥐를 갖고 논다. 어떤 사람들이 추측하듯 잔혹성에 몰두해서가 아니라 추격의 쾌락에 몰두해 무의식적으로 포획하는 쾌거를 연습하는 것이다. 고양이는 살아있는 새를 갖고 노는 경우가 드물다. 재포획하는 게 더욱 힘들기도 하고 못 잡을 수도 있기 때문이다. 만약 정말로 그럴 수만 있다면, 월척을 반복해서 잡고 싶어 하지 않는 낚시꾼이 어디 있겠는가. 하지만 그런 마음은 잔인함에서 나오는 것이 아니라 낚시의 기술을 연마하는 즐거움에서 나오는 게 아닐까? 동물의 놀이의 중요성에 대한 주제를 더 파고들고 싶다면 칼 그루스 교수의 『동물의 유희』를 읽어보기를 권한다.

비평가 한 분이 내게 나의 작은 농장을 기준으로 모든 것을 판단한다며—동물의 생태에서 사실이 아닌 것은 어디에서도 사실이 아니라는 나의 생각을—비난했다. 불행히도 우리 농장은 아주 작다. 20에이커도 되지 않기에 그곳에서의 동물의 생태는 매우 제한적이다. 심지어 농장에서 호저도 본 적이 없다. 하지만 농장에는 굴러 내려갈 수 있는 언덕이 있어서 행여 호저가 오게 되면 굴러 내려가는 종류의 놀이를 하고 싶은 기분이 들 것이다.[1] 그곳에는 주머니쥐 몇 마리와 마멋 한두 마리, 이따금 스컹크도 보이고 또 붉은날다람쥐들과 토끼들도 보이며, 여러 종류의 지저귀는 새들도 있다. 여우들도 가끔 농장을 가로지른다. 또한 나는 우리 사과나무 중 한 그루에서 물고기를 먹어치우고 있는 흰머리독수리를 적어도 한 번은 본 적이 있다. 봄철과 가을철에는 들오리들, 거위들, 백조들이 우리 농장 위의 하늘을 가로지른다. 메추라기와 뇌조가 우리 부지를 침범하며, 적어도 둥지를 트는 시기에

1. 256페이지를 참고하라.

는 까마귀들도 부지기수로 날아온다.

하지만 나는 몇 번이나 우리 목초지 담장을 타고 넘어가 저 멀리 들판을 돌아다니곤 했다. 오래전에 아시아를 여행할 때 두 시간 동안 돌아다닌 적이 있다. 당연히 깜짝 놀랄만한 발견을 경험할 거라 기대했지만 그렇지 않았다. 실제로 더욱 멀리 여행하며 자연을 관찰할수록 나는 야생동물이 모든 나라에서 다 똑같이 행동한다는 것을 더욱더 확신하게 되었다. 비슷한 조건에서는 말이다. 10에이커의 농장에서 새나 짐승을 충실하게 관찰하다 보면 배운 것을 잊어버리지도 않고, 더 멀리 여행가고 싶은 필요도 없어진다. 자주 사냥당하는 곳에서 동물은 그렇지 않은 곳보다 당연히 더욱 야생적이고 더욱 영리하게 된다. 옐로스톤국립공원에서 우리는 엘크, 사슴, 산양이 유별나게 사람을 두려워하지 않는다는 사실을 알았다. 여름에는 곰들이 그곳을 커다란 호텔로 삼는다고 들었다. 기러기들과 오리들도 역시 유순했다. 붉은꼬리말똥가리는 길가에 홀로 서 있는 커다란 죽은 나무에 둥지를 틀고 있었다. 우리와 함께 있으면 그 붉은꼬리말똥가리는 울창한 숲 속의 나무속에 둥지를 숨겨버릴 것이다. 농부들이 분별없이 사냥해서 죽이기 때문이다. 그러나 쿠거나 코요테, 보브캣은 사냥당하는 다른 장소에서와 마찬가지로 국립공원에서도 유순하지 않았다.

실제로 만약 우리 농장에 엘크와 사슴, 카리부, 무스, 곰, 살쾡이, 비버, 수달, 호저 같은 동물이 있다면 같은 조건 하의 다른 지역에서 하는 것과 똑같이 행동하도록 기대해야 마땅하다. 만약 내가 그들을 괴롭히고 못살게 굴지 않는다면 그들은 사람을 두려워하지 않고 유순할 것이다. 만약 내가 그들을 괴롭히고 못살게 군다면 그들은 거칠고 난폭해질 것이다. 어쨌든 두 경우 모두 기질에 어긋나는 짓을 하지는 않을 것이다.

여러분이 갖고 있는 동양의 자연사에 대한 지식은 서양에서도 도움이 될 것이다. 에머슨은 냄비를 닦지 않거나 아기의 엉덩이를 때리지 않는 나라는 없다고 한다. 즉, 개가 개가 아니거나 여우가 여우가 아니거나, 또는 토끼가 사납거나 늑대가 양처럼 순한 나라는 없다는 것이다. 로키산맥에서 호저는 캣스킬산맥에서와 똑같이 행동한다. 태평양 연안의 산비탈에 사는 사슴, 무스, 흑곰, 비버는 대서양 연안의 산비탈에 사는 사슴, 무스, 흑곰, 비버의 습성이라든가 특성과 거의 동일하다.

로키산맥 서쪽의 태평양 연안 일대인 서부의 새들을 관찰해보니, 내 판단이 딱 한 번 틀렸었다. 서부의 들종다리는 새로운 노래를 불렀다. 어디서 어떻게 그런 노래를 갖게 되었는지는 수수께끼다. 광활하고, 평탄하고, 꽃이 흐드러지고, 한 그루의 나무도 없고, 잔물결이 이는 듯한 나지막한 산의 선물인 것만 같았다. 하지만 제비의 지저귐은 낯익었으며, 개똥지빠귀와 굴뚝새, 쇠부리딱따구리의 울음소리 역시 익숙했다. 한편 와이오밍에서 보고 들었던 마멋의 소리는 내 고향 언덕에서 들을 법한 "찍찍" 소리를 냈다. 독수리는 세계 어디서나 독수리이다. 어린 시절 어느 가을날, 집에서 기르는 어린 양 한 마리를 동반한 채 언덕 꼭대기에서 풀을 뜯어먹고 있던 새끼 소 떼의 등 위로 독수리 한 마리가 발톱을 활짝 펼친 채 내려오는 모습을 보았다. 독수리의 목적은 소 떼들로부터 양 한 마리를 분리시키거나 그들 모두를 깜짝 놀래켜 허둥지둥 달아나게 하기 위함인 것 같았다. 하지만 어떤 결과도 달성하지 못했다. 옐로스톤국립공원에서 루스벨트 대통령과 존 피처 시장은 검독수리 한 마리가 한 살배기가 포함된 엘크 떼에게 동일한 전술을 시도하는 모습을 목격했다. 독수리는 분명 한 살배기 엘크에게 시선을 고정시키고 있었다. 비록 나이 든 엘크 중 한 마리를 절벽 아래로 몰아냈을지라도 상당히 만족했겠지만 말이다. 어쨌든 독수리의 저녁식사 운은 똑같이 좋았을 것이다.

새들에게는 네 발 달린 동물보다 훨씬 더 인간스러운 특징이 한 가지 있다. 바로 짝짓기를 위한 구애의 관행이다. 내가 아는 한 모든 수컷 새들은 암컷에게 구애하며 암컷을 즐겁게 해주어 환심을 사고자 한다. 네 발 달린 동물들은 그렇게 하지 않는다. 네 발 달린 동물들 사이에서는 구애의 시기가 없으며, 새들 사이에서와 같은 짝짓기나 교미를 하지 않는다. 수컷은 암컷을 차지하려고 싸움을 벌인다. 세심한 배려심을 갖고 암컷의 마음을 얻으려고 하지 않는다. 이러한 규칙에 예외가 있는지 나는 잘 모르겠다. 새들 사이에는 "낭만적 사랑"이라고 부르는 무언가가 있는 것 같다. 짝지을 대상의 선택은 언제나 암컷에게 달려있는 것으로 보인다.[2] 한편 포유류 사이에서는 암컷이 전혀 선호도를 보이지 않는다.

우리나라에 서식하는 새들 가운데 짝짓기 상대를 찾기 전이나 구애하러 다니는 시기에 내가 아는 가장 예쁜 것은 "오색방울새 봄맞이 음악축제"로, 비가 오거나 해가 비치거나 상관없이 수시로 며칠 동안 지속된다. 4월이나 5월이 되면 광대한 지역에서 온 모든 오색방울새들이 느릅나무나 단풍나무 꼭대기에 모여 장기간의 음악축제에 합류한다. 축제는 암컷들의 환심을 사기 위한 수컷들 사이의 경연일까, 아니면 삶과 사랑의 계절이 다시 돌아와 종족 전체가 그 반가움을 자발적으로 표현하는 것일까? 새들은 곧이어 짝을 짓는데, 합창은 틀림없이 그 행사와 어떤 관계가 있을 것이다.

흔히 하등동물에게 있다고 말해지는 또 다른 인간스러운 관행이 있다. 이는 내가 반드시 잠시 생각해 보아야 하는 것으로, 특정한 상황 하에서 새끼들을 독살하는 관행이다. 사람들은 종종 새장에 갇힌 어린 새가 며칠 동

---

2. 인도와 호주에 사는 특정한 새들의 경우는 제외하자.

안 부모새가 주는 모이를 먹고 난 뒤 독살당했다는 소리를 듣는다. 혹은 포획된 새끼를 어미가 자유롭게 풀어줄 수 없다는 사실을 알게 되면 새끼를 독살한다는 이야기를 듣는다. 그러한 이야기들은 대중들, 특히 젊은이들에게 신빙성을 얻는다. 그러한 이야기들을 믿을만하게 만들기 위해서는 "숲 속의 약국 학교"도 있다는 것을 가정해야 한다.

자연 서적을 여러 편 쓴 작가이기도 한 친구는 이런 글을 썼다.

이러한 독살 이야기 중에서 최악은 독의 최대의 효과 및 목적에 대하여 은연중에 진가를 인정하는 것이다. 예를 들어, 여우가 찾을 거라 예상하여 놓아둔 중독된 고기가 바로 그 여우를 죽일 목적(혹은 어떤 다른 여우를 죽일 목적)이란 것을 여우는 충분히 이해하고 있으며, 게다가 여우는 또 다른 동물에게도 그러한 목적을 적용시킬 수 있다는 것이다. 가뜩이나 여우는 죽음의 본질을 이해한다고 한다. 즉, 죽음은 "슬픔을 그치게" 하며, 그나마 새끼를 위해서는 포획되어 있느니 차라리 죽는 게 더 낫다고 이해한다는 것이다. 어미 여우는 어떻게 이 모든 지식을 얻었을까? 소위 진실이라고 여겨지는 경험은 어디서 얻었을까? 전적으로 동물의 문제에서 벗어나 어떻게 그토록 뛰어나고 선견지명이 있는 판단을 내리게 되었으며, 어떻게 그토록 순전히 철학적이고 인간적인 윤리를 갖게 되었을까? 그것은 모든 자연법칙의 본능과 규범을 위반하는 것으로, 온갖 위험을 무릅쓰고 삶을 보존하기 위한 것이다. 이것은 그야말로 "살해"에 관해 인간이 생각하는 것이다. 동물은 먹이나 경쟁, 또는 포식성 기질로 인한 맹목적인 흉포함으로 인해 서로를 죽인다. 하지만 동물이 이면의 숨은 목적을 위해 "살해를 저지른다"는 증거는 티끌만큼도 없다. 동물이 죽음이나 혹은 죽음의 본질이라고 부르는 것을 적절한 의미로 이해하는지 의문이다.

모든 이야기를 쉽게 잘 믿는 자연작가 때문에 웃음보가 터진 경우도 있다. 한 낚시꾼이 그에게 들려주었다는 믿기지 않는 이야기 때문이다. 이야기인즉슨, 여우가 자신의 꼬리를 미끼로 이용하여 게를 잡는다는 것이었다. 또 나는 조지 로마네스의 책에서 올레 보르히*가 노르웨이에서 여우 한 마리가 해안가 바위틈에서 바로 이렇게 잡는 모습을 직접 보았다고 쓴 것을 인용한 것도 읽었다.[3] 사람들은 그러한 진술을 받아들이기 전에 올레에게 자세히 따져 묻고 싶을 것이다. 사람들은 또 그럼 여우가 물속에 꼬리를 넣듯 불길 속에도 꼬리를 넣을 거라 예상할 것이다. 꼬리가 흠뻑 젖으면 여우는 속도에 상당히 문제가 생긴다. 로마네스가 입증했듯, 쥐들이 먹고 싶은 반액체의 유동식이 들어있는 병에 꼬리를 집어넣은 뒤 꼬리를 핥아 먹는 것은 틀림없는 사실이다. 하지만 쥐의 꼬리는 여우의 꼬리와 달리 솔이 아니며 어떤 의미에서든 장식품도 아니다. 여우와 게의 이야기가 함축하는 바를 생각해보라! 여우는 전적으로 육상동물이며, 후각이나 시각을 쫓아 육지생물을 잡아먹고 산다.

여우는 보통 깊은 바닷속에 사는 게를 볼 수도 없고 냄새를 맡을 수도 없다. 그런데 게와 같은 것들이 그곳에 있다는 것을 어떻게 알까? 미끼나 낚싯줄 혹은 낚시로 잡을 수 있다는 것을 어떻게 알까? 언제 어떻게 이러한 경험을 얻었을까? 이러한 지식은 오로지 인간에게만 속하는 것이다. 오로지 인간만이 가능한 추론의 과정을 통해 나오는 것이다. 육생동물 중 인간만이

*Ole Borch(1626~1690). 덴마크의 과학자, 의사, 시인. 덴마크의 "실험과학의 아버지"라 불리며, 유럽 지역을 여행하면서 쓴 일기는 17세기 유럽의 과학 환경을 잘 보여주는 중요한 문서이다.

3.1783년 런던에서 출판된 『지리적 · 역사적 · 상업적 원리와 세계 여러 국가의 현황』이라는 제목의 책에는 자연사에 관한 여러 놀라운 이야기가 기록되어 있는데 그중에는 노르웨이에 사는 흰여우와 붉은여우에 관한 이러한 이야기가 있다. "그들은 물속에 꼬리를 담가 해안으로 게를 끌어당겨 게를 잡는 독특한 방법을 갖고 있다."

덫을 놓고 물고기를 잡는다. 약간 미심쩍은 권위자에 의하면, 아귀라고 불리는 물고기는 머리 위에 달린 촉수로 작은 물고기를 꾀어 잡아먹는다고 한다. 하지만 어떤 유능한 관찰자도 육생동물이 그렇게 한다는 것을 기록한 적이 없다. 자, 그럼 다시, 게는 여우의 꼬리와 같은 털뭉치를 붙잡을 수 있을까? 설령 꼬리를 물속 아주 깊숙이 밀어 넣을 수 있다 쳐도, 그것은 불가능하다. 게들은 뜰채로 잡을 수 없으며 보통 2.5미터 내지는 3미터 깊이의 바닷속에서 잡힌다. 낚싯줄에 살점을 미끼로 묶어 게들을 잡을 수는 있지만, 살점을 먹고 있을 때까지는 수면 위로 들어 올릴 수 없으며, 거기다 게들을 건져 올리는 그물도 필요하다. 전반적으로 이 이야기는 자연사에서 여태껏 신빙성을 얻었던 이야기 중에서 가장 터무니없는 것 중 하나이다.

훌륭한 관찰자는 아마 훌륭한 시인만큼이나 드물 것이다. 있는 그대로의 진실을 받아들이는 눈, 오직 진실만을 받아들이는 눈으로 정확하게 본다는 것은 실로 얼마나 진귀한 일인가! 그래서 자신들이 본 것을 정확히 말할 수 있거나 아는 사람이 극히 적은 것이다. 즉, 관찰한 사실로부터 올바른 추론을 끌어낼 수 있는 사람은 극히 적으며, 자신들이 본 것을 자신들의 생각과 선입견으로 해석하지 않는 사람은 극히 적다. 오직 과학적인 습성이 몸에 밴 사람만이 사물을 있는 그대로 기록할 수 있다. 우리 중 대부분은 우리 주위에 있는 야생동물을 관찰하면서 있는 그대로의 사실보다 더 많이 보거나 덜 보게 된다. 정신이 딴 데 팔려 있거나 둔하거나 무디었을 때 관심 부족으로 인해 덜 보게 되는데, 이는 대부분의 시골 사람들에게 해당한다. 우리는 우리 인간의 경험에 비추어 주위에 있는 야생생물의 삶을 해석할 때 있는 그대로의 사실보다 더욱 많은 것을 보며, 새와 짐승에게 인간의 동기와 방식을 귀속시킨다. 이는 자연을 연구하겠다는 부푼 꿈을 안고 시골로 소풍가는 열성적인 도시 사람들에게서 흔히 볼 수 있다.

우리 시대에 자연을 감상적으로 다루는 경향은 주로 자연을 영적으로 대하거나 악마로 묘사하는 오래된 경향을 대신해왔다. 그것은 또 다른 형태의 의인화로 우리에게 악한 화근을 덜 남기긴 하지만 똑같이 우리 주위에 있는 생명에 대한 분명한 이해의 방식이기도 하다.

7장

에둘러 가는 길

새의 둥지보다 더 좋은 야생의 유형이나 전형은 없다. 땅의 일부나 바위, 또는 나뭇가지에 놓여있는 둥지는 다 지어졌는데도 마치 여전히 점점 자라는 것 같다. 둥지는 아주 조잡하고 아주 불규칙적으로 짓기 시작해서 아주 섬세하게 대칭적으로 끝마친다. 인간의 손이 하는 작업과 아주 다르면서도 결과는 인간의 손을 뛰어넘는 기술을 선보인다. 알을 받치고 있는 것을 보면 얼마나 기쁘고 얼마나 많은 생각이 드는지 모른다!

새는 목적을 달성하기 위한 수단에 적응하는데, 이는 인간의 방식과는 크게 다르다. 새는 가치나 목적을 알지 못한다. 우리는 그것이 번식 본능에 의해 촉발된다는 것을 알고 있다. 가을에 딱따구리가 말라붙은 커다란 나뭇가지에 굴을 파는 것을 보고 우리는 딱따구리가 자기보존의 본능으로 그곳에 굴을 팠다는 것을 안다. 그러나 새들은 아무런 지식 없이 본성이 시키는 대로 복종한 것이다.

새의 둥지는 계획해서 지은 것 같긴 하지만 그럼에도 거의 되는 대로 아무렇게나 지은 것 같아 보인다. 즉, 결과는 일종의 미친 짓으로 보이지만 그 안에는 체계가 있다. 딱따구리가 보금자리로 파는 구멍은 표면상으로는 완벽한 원형이며, 대부분 둥지의 가장자리는 컵의 가장자리와 똑같다고 보면 된다. 원형과 구체는 자연 속에 존재한다. 즉, 그것들은 모체 형태이고 다른 모든 형태를 수용한다. 그것들은 수월하게 달성할 수 있으며, 자연발생적이면서도 필연적이다. 새는 자신의 가슴둘레에 맞추어 둥지를 설계한다. 즉, 그 안에서 빙글빙글 돌며 방향을 바꾸기 때문에 당연히 그 결과로서 원형이라는 특성이 생긴다. 각도와 직선, 자로 잰 듯한 정확함은 인간이 하는 작업의 특성이며 자연 유기체에서는 거의 접할 수가 없다.

자연은 에둘러 가는 길로 목적지에 도달한다. 즉, 자연은 어슬렁어슬렁거리며, 정처 없이 이리저리 거닐고, 가는 길에 노닥거린다. 기필코 "도착은 하지만", 언제나 닥치는 대로, 주저하며, 실험하는 식이다. 개미나 귀뚜라미, 또는 두더지나 족제비의 땅속 굴을 따라가 보라. 또는 땅 위에서 동물이 지나다니는 길이나 줄지어 이동하는 경로를 따라가 보라. 어떻게 방향을 바꾸고 주춤거리는지를 보면, 얼마나 제멋대로이고 결단력이 없는지 모른다! 똑바로 줄지어 가는 일은 어림도 없어 보인다.

찌르레기는 종종 둥지에 실을 엮어 놓는다. 내려앉는 곳인 가장자리 부분을 더욱 튼튼하게 하려고 때로는 실을 묶고 휘감치지만 항상 어린아이가 하듯 무작정 되는대로 하는 식이라 누구나 예상할 수 있듯 얼기설기 어설프다. 실은 덩어리로 뭉쳐 있거나 얽혀 있거나 끝이 늘어진 채 매달려 있거나 나뭇가지 주위에 걸려 있다. 실을 엮는 것과 짜 넣는 것은 효과적이며, 전체 둥지는 배우지 않고 자연히 터득한 경이로운 솜씨의 극치이다. 얼마나 난잡한지, 얼마나 기분 좋게 불규칙한지, 얼마나 명백한 야생 자연의 작품인지 모른다!

때때로 새의 본능은 굼뜨고, 새의 알은 둥지가 마련되기도 전에 발육이 이루어진다. 그러한 경우, 당연히 알을 잃는다. 숲 속 이끼 낀 비탈에서 흑백아메리카솔새의 둥지를 발견한 적이 있다. 둥지 속에는 솔새의 알이 있었다. 솔새는 둥지를 틀 곳을 파 그 안에 알을 떨어뜨린 다음 계속해서 둥지를 짓고 있었다. 본능이 항상 오류가 없는 것은 아니다. 자연은 낭비벽이 심하며, 아낌없이 퍼붓는다. 그래도 하나를 잃으면 다른 하나를 얻는다. 프랭크 채프먼* 씨가 말한 꼬마해오라기도 마찬가지다. 늪에 사는 긴부리흰둥굴뚝새가 꼬마해오라기의 다섯 알 중 두 알에 구멍을 내버렸다. 둥지로 돌아와 알 두 개에 구멍이 난 것을 발견한 꼬마해오라기는 어떤 감정도 드러내지 않고 시끄럽게 울지도 않은 채 의도적으로 알들을 먹어치우기 시작했다. 다 먹고 나자, 꼬마해오라기는 빈 껍질을 둥지에서 떨어뜨렸다. 그 과정에서 더러워진 지푸라기들도 함께 떨어뜨렸으며 부리를 깨끗이 닦고는 계속해서 알을 품었다. 이것이 불행한 사고를 좋게 활용하는 알-껍질 속 자연이었다. 알은 새가 될 것이 아니라면, 먹이가 될 것이다. 먹이가 될 것이 아니라면, 거름이 될 것이다.

거의 모든 새들 사이에서 암컷은 적극적인 동업자이다. 암컷은 실무를 담당한다. 둥지의 장소를 선택하며, 보통 다른 누구의 도움도 받지 않고 둥지를 짓는다. 수컷의 삶은 새끼가 부화할 때까지는 거의 휴가나 소풍이나 마찬가지다. 부화를 마쳐야 수컷의 진짜 보살핌이 시작되는데, 그의 역할이 새끼들에게 먹이를 물어다 주는 것이기 때문이다. 암컷 여새가 둥지를 짓느라 정신이 없을 때 수컷 여새가 암컷 옆에 있는 모습을 볼 수는 있지만, 내가 관찰한 한에 있어서는 절대로 돕지는 않는다. 어느 봄날, 나는 숲 속 내 오두막에서 멀리 떨어져 있지 않은 곳에서 피비새가 둥지를 짓는 모습을 큰 관심을 갖고 관찰했다. 수컷은 만족스러운 듯 구경하고 있었지만 도와주지는 않았다. 수컷은 거의 대부분의 시간을 작은 샘 근처에 있는 모예화** 줄기에 앉아 있었다. 그곳은 피비새가 둥지를 단단히 굳힐 진흙을 구하러 가는 곳이

*Frank M. Chapman(1864~1945). 미국의 조류학자. 여러 종류의 조류학 관련 서적을 집필했다.

**쌍떡잎식물 통화식물목 현삼과의 한 속. 수술대에 털이 빽빽이 나기 때문에 모예화라고 한다.

었다. 이른 아침에 암컷은 1~2분 간격으로 들락날락했다. 수컷은 꼬리를 휙휙 치며 격려하는 소리를 냈다. 암컷이 진흙을 물고 언덕을 올라가기 시작할 때 수컷이 도중에 동행했다. 몹시 가파른 언덕배기를 넘어가도록 도와주려는 것이었다. 그런 다음 수컷은 자기 자리로 다시 돌아와 지켜보며 암컷에게 다시 돌아오라고 재촉했다. 대략 한 시간 이상 나는 새의 생태에서 일어나는 이 하찮은 놀이를 목격했다. 암컷의 역할은 대단히 중요했으며 수컷의 역할은 그만큼 부차적이었다. 그러한 것들 속에는 레스터 워드* 교수가 『순수 사회학』에서 제시한 주장에 신빙성을 더해주는 것들이 있다. 즉, 두 성의 자연진화에 있어서 여성이 우선이고 남성은 그다음이라는 것, 말이다. 이를테면 남성이 여성의 갈비뼈에서 만들어졌지 여성이 남성의 갈비뼈에서 만들어진 게 아니라는 것, 말이다.

우리나라에 서식하는 깝작도요새와 호주에 서식하는 몇몇 새들은 앞서 언급한 두 성의 위치가 반대이다. 암컷들이 외견도 아름답고 빛깔도 화려하며 구애를 하는 반면, 수컷들은 알을 품는다. 또한 몇몇 경우에는 암컷이 훨씬 더 남성적이며 시끄럽고 호전적이다. 딱따구리, 박새, 제비처럼 우리가 흔히 보는 새들은 양쪽 성이 다 둥지를 짓는 일에 참여한다.

한 쌍의 숲지빠귀가 둥지를 짓는 광경은 참으로 어여쁘다. 숲지빠귀를 보고 어찌 즐겁지 않을 수가 있겠는가? 숲지빠귀는 눈으로 볼 수 있도록 형상화된 선율 같다. 어떤 새들은 아주 격렬하고 기운차며 단호하게 움직인다. 눈방울새나 검은방울새가 흔히 그렇다. 하얀 꽁지깃을 번쩍이며 움직이는

*Lester F. Ward(1841~1913). 미국의 식물학자, 고생물학자, 사회학자. 심리학적 진화론의 기초를 만들었으며, 진화의 네 가지 단계를 묘사하였다. 즉 우주의 발생, 생물의 발생, 인류의 발생, 사회의 발생이다. '사회정학'과 '사회동학'을 더 정밀하게 구별하였고, 순수사회학과 응용사회학을 대조시켰다. 그의 주요한 개념은 '발생론'(자연도태로부터 발생한 맹목적이고 자발적 진화)과 '목적론'(인위적인 개입에 기초한 목적적인 사회의 적응)을 포함하고 있다.

모습은 그 새들의 특징을 표현한다. 하지만 숲지빠귀는 언제나 온몸을 부드럽게 살살 움직이는데 이는 그 새의 선율을 짐작게 한다. 숲지빠귀는 언제나 나의 체리를 물고 가는 것을 보고 싶은 유일한 새 도둑이다. 숲지빠귀는 보통 다른 새들이 땅바닥에 떨어뜨린 것만을 물고 가며, 부리에 콕 박힌 붉은빛이나 황금빛의 체리를 물고 잔디밭을 가로지르며 나는 모습은 바라보기만 해도 기분 좋다. 어느 계절엔가, 숲지빠귀 한 쌍이 인근의 수풀에 둥지를 틀었다. 매일 아침마다 나는 그 한 쌍이 둥지를 오가는 모습을 보곤 했다. 그들은 포도밭과 커런트밭과 배 과수원 너머로 구조물에 필요한 재료를 찾아다니거나 물어오곤 했다. 그들은 낮게 날았다. 암컷이 앞장서고 수컷이 바로 뒤에서 따라 날았다. 수컷은 암컷의 움직임에 정확히 맞췄으며, 둘은 구조물에 필요한 재료를 얻는 이웃의 들판에서부터 둥지가 있는 나무까지 완만한 파도 모양의 갈색 선을 그리며 날았다. 유유히 미끄러지듯, 서두르지만 조용히 나는 모습은, 이를테면, 자신들이 하고 있는 사적인 일에 심취한 듯한 모습이었다. 수컷은 재료를 하나도 나르지 않았다. 명백히 그저 짝을 호위하고 있을 뿐이었다. 하지만 크게 기뻐하는 분위기였다. 수컷은 암컷이 가는 길마다 놓치지 않고 약 1미터 뒤에서 계속 따라다녔으며, 마치 암컷의 생각이 자신의 생각이고, 암컷의 소망이 자신의 소망인 양 날고 있었다. 나는 조류에게서 그토록 어여쁜 모습을 거의 본 적이 없다. 개똥지빠귀를 제외하고 우리나라에 서식하는 모든 지빠귀들의 움직임은 이와 동일한 조화로운 느낌을 준다. 격렬하거나 각지기나 갑작스런 움직임이라고는 없다. 그들의 몸짓은 그들의 선율만큼이나 사근사근하다.

어느 날 저녁, 현관문 앞에 앉아 있는 동안 나는 새들 사이에 노래 경연이 벌어진다는 확실한 증거를 갖게 되었다. 죽은 나무 꼭대기에 둥지를 틀고 앉아 있던 숲지빠귀 두 마리가 마치 노래자랑 대회에서 우승자를 다투듯 30분 넘게 서로 노래를 겨루었다. 여태껏 들었던 숲지빠귀 선율 중에서 가장 진귀하고 특별한 선물을 준 것은 물론이었다. 그들은 지치지 않는 불굴의 정신과 끈기로 계속해서 노래를 불렀다. 이따금 자세를 바꾸거나 다른 방향을 향했지만 서로 지근거리를 유지하고 있었다. 경쟁의식이 아주 명백해졌고 무척이나 재미있었기에 나는 끝까지 그 가수들에게서 눈을 뗄 수가 없었다. 땅거미가 내려앉으면서 그들의 형체가 점점 흐릿해지기 시작했다. 그때 한 마리가 더 이상 중압감을 견뎌내지 못하고 공정한 경쟁의 한계에 도달했는지 이렇게 말하는 것 같았다. '어떻게든 내 너의 입을 다물게 해주지.' 그 새는 독기를 품고 경쟁자에게 달려들었고, 두 마리는 서로 엎치락뒤치락 바짝 뒤쫓으며 나무 아래의 덤불로 사라졌다. 물론 나는 새들이 노래할 때 의식적으로 서로를 능가하려고 애쓰고 있었다고 말하지는 않을 것이다. 그것은 구애의 계절에 수컷들 사이에서 벌어지는 오랜 불화였으며, 입씨름이나 몸싸움이 아니라 노래 대결이었다. 그 새들이 아마 화려한 깃털을 가진 새들이었다면, 경쟁의식은 아마 환한 빛깔의 깃털과 아름다운 치장을 과시하고 으스대는 형태를 취했을 것이다.

조류에 관해 쓴 영국의 작가 에드먼드 셀루스*는 나이팅게일 두 마리 사이에서 일어났던 유사한 노래 경연을 이렇게 묘사한다.

서로의 공연의 장점이 질투심으로 인해 눈이 먼 것 같지는 않았다. 한 마리가 감미로운 선율로 노래할 때 다른 한 마리가 그 소리를 들으며—여기에는 음

*Edmund Selous(1857~1934). 영국의 조류학자, 작가. 자연사에 관한 다양한 책을 출간했는데, 그 중에서도 특히 아동서적에서부터 진지한 조류학에 이르기까지 새들에 관한 책을 다수 출간했다.

미하고 있다는 어떤 표시도 없었다—적대적인 가락을 툭툭 내뱉긴 했지만, 그럼에도 때로는, 아마도 꽤 자주, 고개를 갸웃갸웃하면서 꼭 음악 평론가처럼 상대편 부리에서 나오는 각각의 음을 가늠하고 판단하고 평가하는 듯한 모습이었다. 귀 기울여 듣는 새는 자신도 모르는 사이에 가까스로 억제된 표현이 스며들었거나, 스며드는 것 같았으며, (이런 문제에 있어서는 상상력이 일익을 담당하므로) 꼭 이렇게 생각하는 것 같았다. '저 새가 부르지 않았다면 저 노래는 참말로 절창이었을 텐데. 하지만 그래도 절창이라는 것은 내 인정하마.'

그러한 문제에 있어서는 반드시 상상력이 일익을 담당한다. 새들이 음악 평론가라거나, 또는 자신들의 노래나 서로의 노래에 대해 사람과 같은 식으로 음미할까 라는 의문이 당연히 일어날 수 있다. 이렇게 생각하는 이유는 다음과 같은 점 때문이다. 나는 목청에 문제가 있는 쌀먹이새가 노래하는 것을 들은 적이 있다. 군데군데 알아들을 수도 없었고 중간중간 끊겼지만, 다른 동무들만큼이나 명백히 흥에 겨운 즐거운 노래였다. 나는 또한 비슷한 결함이 있거나 장애가 있는 갈색지빠귀의 노래를 들은 적이 있는데, 그 새는 완전히 자신의 노래에 도취한 모습이었다. 이 형편없는 가수들이 자신들보다 더욱 재능 있는 형제들만큼이나 순조롭게 짝을 찾았는지 알 수 있다면 무척 재미있을 것이다. 만약 손쉽게 짝을 찾았다면, 다윈의 "성 선택sexual selection"과 같은 이론은 실패로 끝날 것이다. 그 이론에 따르면 더욱 고운 소리로 우는 명금이 암컷을 쟁취하기 때문이다. 그렇지만 짝짓기와 번식기 동안 이러한 "노래 전쟁"은 발발할 것이며, 암컷의 환심이 분쟁의 사안이 되는 것은 틀림없다. 노래가 실제로 질투심이나 경쟁심을 표현하는 것이든 아니든, 우리는 그 외에 달리 적용할 말이 없다.

조지 페캄 부부*는 벌에 관한 연구를 통해 우리나라에 서식하는 단생벌** 의 생태를 아주 능숙하고도 매력적으로 그려냄으로써 자연의 방식에 상당한 해결의 실마리를 던져주었다. 이 조그만 종족들은 얼마나 기발하고 변덕스럽고 잘 잊어먹고 야단스럽고 지혜로우면서도 얼마나 어리석은지 모른다! 판에 박힌 일상의 희생자이면서도 무척이나 개별적이며, 선견지명이 있는 것처럼 보이면서도 도무지 생각이 없어 보이고, 힘들게 고생해서 구멍을 파고 벌집을 짓고는 가끔 먹이를 저장하지도 않고 알을 낳지도 않은 채 봉해버리며, 계속해서 구멍을 판 뒤 반쯤 마친 뒤에는 뚜렷한 이유도 없이 구멍을 방치해 버린다. 때로는 거미들을 죽이는 경우도 있고, 어떤 때는 마비시키기만 하는 경우도 있다. 어떤 종은 사냥감을 포획하기 전에 굴을 파는가 하면, 다른 종은 사냥감을 포획한 뒤에 구멍을 판다. 그들 중 일부는 보금자리에서 작업하는 동안 개미들이 꾀지 않도록 잡초 갈래 사이에 거미를 매달아 놓으며, 보금자리가 안전하게 잘 있는지 보려고 몇 분마다 달려간다. 또 다른 일부는 구멍을 파는 동안 땅 위에 곤충을 놓는다. 어떤 종은 뒷걸음질로 거미를 질질 끌고 가며, 거미가 아주 작아서 턱 안에 넣고 나를 때도 여전히 마치 끌고 가는 것처럼 뒷걸음질로 걷는다. 앞으로 걸어가는 것이 훨씬 더 편리할 텐데도 말이다. 단독 생활을 영위하여 독거로 크게 차별화된 이 신기한 조그만 종족은 어느 누구도 비슷하지 않다. 하나가 안달복달하며 흥분하기 쉬운 성격이라면, 다른 하나는 침착하고 느긋하다. 하나가 일을 대충대충 한다면, 다른 하나는 깔끔하고 철저하다. 하나가 의심이 많다면 다른 하나는 쉽게 믿는다. 나나니벌은 자갈을 이용해 굴속의 흙을 단단히 다지는

*George and Elizabeth Peckham. 조지와 엘리자베스 페캄 부부는 생물학자, 분류학자, 곤충학자로 특히 동물 행동과 깡충거미과, 말벌에 대한 연구를 진행했다.

**사회생활을 하지 않고 독립생활을 하는 벌의 총칭. 나나니벌 따위가 있다.

반면, 다른 종들은 복부 끝으로 흙을 다진다. 야생적인 성질과 인간적인 성질 역시도 많이 가진, 참으로 기묘한 조그만 종족들이다.

나는 단생벌 사이에서 이러한 개체의 발달이 어떻게 발생하는지를 누구든 알 수 있으리라 생각한다. 그들은 혼자 산다. 그들은 모방할 벌이 없다. 즉, 동료들에게 영향을 받지 않는다. 공동체적 관심을 우선시하지도 않고 각 개체들의 기분이나 특성을 살피지도 않는다. 모든 생태에서 적극적으로 변형하려는 타고난 성향이 전적으로 지배한다. 사회생활을 하는 말벌이나 꿀벌 사이에서는 개체 간의 그러한 차이를 찾을 거라 기대할 수 없다. 군생하는 구성원들은 습관이나 성향이 모두 비슷해 보인다. 양봉가라면 모두 알듯, 군집은 다르지만 군집을 구성하는 구성원들은 거의 다르지 않다. 군집의 관심사는 모두 엇비슷하게 형성된다. 사람들 사이에서도 어느 정도는 똑같지 않은가? 독거가 한 사람의 특성을 이끌어내고 다른 사람들과 구별하게 하지 않는가? 혼자 오래 살수록 동료들과 더욱 달라지게 된다. 이런 이유로 자연의 고독 속에 묻혀 사는 자연인들, 개척자들, 고립자들에게는 독창적이고도 독특한 정취가 있다. 따라서 고립된 공동체는 자신들만의 특성을 발달시킨다. 여행, 거리, 책, 신문에 대해 끊임없이 의사소통함으로써 우리 모두는 서로 닮아간다. 말하자면, 우리는 모두 같은 파도에 씻겨 내려와 같은 해안에 있는 자갈인 것이다.

사람들은 대다수의 척추동물 가운데 군거하는 동물들 사이에서보다 단독으로 사는 동물들 사이에서 개성을 더욱 많이 찾을 수 있을 거라 기대할 것이다. 오리나 거위 같은 물새류 사이에서보다는 독수리나 매 같은 맹금류 사이에서, 다람쥐과 동물인 프레리도그 사이에서보다는 여우 사이에서, 양이나 들소 사이에서보다는 무스 사이에서, 메추라기 사이에서보다는 뇌조

사이에서 말이다. 그러나 이 말이 맞는지는 모르겠다.

그럼에도 이들 가운데에서 그 어떤 동물에서도 사람들 사이에서 찾을 수 있는 개별적인 다양성을 찾을 수 있을 거라고는 기대할 수 없다. 한 가족에서는 두 사람의 다른 점을 곧잘 찾을 수 있지만, 같은 품종의 개 두 마리에게서는 다른 점을 찾아볼 수 없다. 여우나 늑대, 곰, 비버, 까마귀, 게에게서 독창적인 면을 찾을 수 있을 거라는 기대도 쓸데없는 것이다. 즉, 단지 동료들과 다를 뿐만 아니라 동료들보다 월등히 우수하여 평범한 동료들과 달리 위대한 지도자로 특출난 면이 있다고 기대하는 것 말이다. 동물 이야기를 쓰는 작가가 동물들 사이의 습성과 성향에서 개체 간의 차이를 최대한 활용하는 것은 당연히 있을 수 있는 일이다. 그는 다른 작가가 가진 자유를 똑같이 가졌지만 똑같이 확률의 법칙, 똑같이 자연에 충실해야 할 필요성이 있기도 하다. 만약 그가 야생동물이 사람이 갖고 있는 것만큼이나 새로운 방식을 발명하고 발견하는 개성을 갖고 있으며, 그들 사이에 대장이나 영웅으로 타고난 지도자가 있다는 이론을 계속 밀고 나간다면, "자연의 겸손함의 도를 넘은" 게 틀림없다.

사람 사이의 성격과 능력이 크게 다른 것은 분명 사람들의 더욱 크고 더욱 복잡한 욕구, 관계, 열망에서 비롯된다. 동물의 욕구와 비교해 보면 동물의 욕구는 적고, 관계는 단순하며, 열망은 없다. 무엇이 개별적인 유형을 낳는지 또 예외적인 타고난 자질이 그들에게 종종 요구되는지 우리는 알 수 없다. 앞서 말했듯, 변이의 법칙은 차이를 낳지만 종족의 습성이나 동물의 특질에 급반전을 낳지는 않는다.

변이의 법칙은 모든 곳에서 작용한다. 지구 상에 유기체가 나타났던 초창기 시대보다는 분명 지금이 훨씬 덜하긴 하지만 말이다. 그런데도 자연은 여전히 맹목적인 방식으로 실험을 계속하고 있으며, 여러 기이한 차이와 이탈을 불현듯 생각해낸다. 하지만 내 생각에는 인간 종족이 전멸된다면 인간은 다시는 생기지 않을 것 같다. 진화의 법칙이 다시 인간을 만들어낼 수 있을지, 또는 다른 동물 종들을 만들어낼 수 있을지 나는 잘 모르겠다.

변이의 원칙은 요즘 시대보다 지구상에 동물의 생태가 시작되었던 초창기 역사 동안인 지질 시대에 틀림없이 훨씬 더 왕성했을 것이다. 그리고 동물이 현재보다 환경에 덜 적응되었던 바로 그 이유 때문에 생존경쟁은 더욱 치열했었다. 어떤 형태의 삶이든 그것을 둘러싼 조건에 완벽하게 적응하는 것은 변이성을 확인하는 것 같다. 동물과 식물의 생태는 영국보다 우리나라가 더욱 다양한 것으로 보인다. 삶의 조건이 더 가혹하기 때문이다. 추위와 더위, 습기와 건조라는 양 극단이 우리나라가 훨씬 더 크다. 집참새의 알은 영국보다 미국에서 그 형태와 빛깔이 훨씬 더 다양하다는 것이 밝혀졌다. 미국의 어떤 새알의 껍질들은 영국의 껍질들보다 더욱 변이가 심하다고 한다. 우리나라에 서식하는 새들 사이에서도 "철새들이 비-철새들보다 훨씬 더 많은 개체 변이를 보인다"는 사실이 밝혀졌다. 먹이와 기후의 더욱 다양한 조건에 지배를 받기 때문이다. 그렇다면, 만약 생존경쟁이 없었다면, 만약 모든 곳이 기온이 균일하고 생존수단이 잘되어 있었다면, 변이가 거의 없거나 아예 없었을 것이며 새로운 종도 생겨나지 않았을 거라고 말해도 무방할 것이다. 변이의 원인은 만물의 불평등성과 불완전성 때문인 것으로 보인다. 삶의 압박은 불평등하게 분배되며, 이는 우리가 우리 주변에서 보는 많은 것들의 이유가 되는 자연의 방식 중 하나이다.

8장

동물은 무엇을 알고 있을까

앞장에서 동물의 생태와 본능에 대한 전반적인 주제를 다루며 논의를 진행시켰으므로, 이제 더욱 자신감을 갖고 질문해도 좋을 것 같다. 동물은 무엇을 알고 있는가?

동물은 알지 못하는 것과 명백하게 아는 것, 어리석음과 영리함을 겸비하고 있기에 우리는 그들이 갖고 있는 기지를 너무 높게 평가하거나 너무 낮게 평가하기 쉽다. 사람과 마찬가지로, 동물이 갖고 있는 지식은 무지가 되어 사라지지 않는다. 황혼이 없는 밤과 낮 사이처럼 대조적일 뿐이다. 어느 한순간은 쨍하고, 다음 순간은 깜깜하다!

사람과 오랫동안 교류했는데도 불구하고 말의 무지에 대해 생각해보라. 말은 거리에 있는 사소한 것들에 겁을 집어먹고는 이내 극심한 공포에 휩싸여 돌진하면서 자신의 목과 마부의 목을 위태롭게 만든다. 사람들은 말이 조금이라도 의식을 갖고 있다면 낡은 모자나 종이 쪼가리가 해롭지 않다는 사실을 알 거라고 생각한다. 하지만 두려움이 말의 본성에 깊숙이 박혀 있다. 그것은 선조들의 목숨을 수도 없이 구했으며, 여전히 말을 지배하는 감정 중 하나이다.

숲에서 두 그루 나무 사이에 머리가 낀 암소를 한 마리 알고 있다. 나무는 일종의 자연적인 기둥이었다. 그런데 소는 다시 빠져나올 만한 기지가 없었다. 머리를 수평으로 해서 위로 쭉 올리면 즉시 빠져나올 수 있는데도 말이다. 하지만 내가 암소의 터무니없는 무지에 대해 아는 최고의 예는 해머튼*이 『동물을 논하다』에서 제시한 것이다. 암소는 송아지가 앞에 있지 않으면 "젖을 내지 않는다." 그런데 송아지가 죽어서 목동이 송아지의 가죽을 벗겨 건초로 채우고는 슬픔을 가눌 길 없는 어미 앞에 세워놓았다. 그 즉시 암소는 건초 가죽을 핥기 시작하더니 젖을 내었다. 그러던 어느 날, 어미는 건초 가죽을 핥다가 꿰맨 곳을 뜯어내고는 건초를 밖으로 빼내 굴렸다. 어미는 건초를 곧장 먹어치우기 시작했다. 놀라거나 경계하는 기색이라고는 전혀 없었다. 어미는 건초 자체를 무척 좋아했으며, 오랫동안 세워져 있던 건초와 안면이 있었기에 송아지가 건초로 만들어졌다는 게 밝혀지는 것은 아주 자연스러운 일이었다! 하지만 암소는 송아지가 건초 한 꾸러미였다는 사실을 알지는 못했을지라도, 곰이나 늑대의 공격에 맞서서는 가장 숙련되고 영웅적인 방식으로 새끼를 지켰을 것이다. 또한 길가에서 신문 쪼가리가 휘날리거나 흰 돌멩이에 화들짝 놀라 풀쩍풀쩍 날뛰는 말은 광활하게 펼쳐진 땅을 지나 집으로 돌아가는 길을 찾거나 사막에서 물이 있는 곳을 찾아갈 것이다. 여러분이나 나는 감히 범접할 수도 없는 확신을 갖고 말이다.

농장 일꾼이 총을 들고 가까이 다가가는 것조차도 무척 힘든 닭 따위를 습격하는 커다란 매는 들판의 솟대 꼭대기에 단단히 죄어 있는 쇠로 만든 덫 위에 내려앉을 것이다. 덫이나 올가미로 아주 손쉽게 잡을 수 있는 토끼는 자신의 보금자리와 새끼들을 가장 독창적인 방식으로 은폐할 것이다. 본

*Philip Gilbert Hamerton(1834~1894). 영국의 예술가, 예술평론가, 작가. 미술잡지의 편집책임자를 역임했으며, 월간 예술잡지 「포트폴리오」를 창간했다. 집필 활동에도 전념하여 다수의 수필집과 전기를 저술하였다. 대표작인 『지적 생활』은 인생철학의 명저로 구미의 지성인들로부터 꾸준히 호응받고 있다.

능 또는 물려받은 지식이 작동하는 곳에서 동물들은 매우 지혜롭지만 새로운 조건과 새로운 문제는 그들의 무지를 드러나게 한다.

한 여대생이 내게 아이오와에 있는 고향집에서 관찰한 붉은날다람쥐에 관한 일화를 들려주었다. 새로운 조건에 직면했을 때 다람쥐의 기지가 얼마나 얕은지를 잘 보여주는 예였다. 이 다람쥐는 온종일 견과류를 날라다가 도로 아래로 빗물을 배출하는 배수관 끝에다 저장해 놓았다. 견과류는 빗물이 하는 법칙을 그대로 따랐으며, 결국 모두 배수관을 통해 굴러나가 길거리에 떨어졌다. 그 다람쥐의 경험과 또 선조들의 경험상 땅 위에 있는 모든 구멍은 반대쪽 끝이 막혔거나 아니면 꼭 호주머니 모양이었으며, 그래서 견과류를 그 안에 넣으면 거기에 그대로 있었다. 양 끝이 트인 빈 관은 견과류를 보관할 수 없다는 사실은 다람쥐가 받아들이기에는 버거운 것이었다. 그렇지만 견과류 자체에 관해서는 얼마나 지혜로운가!

하등동물 사이에서는 사람들 사이에서와 달리 하나의 무지가 모두의 무지이며, 하나의 지식은 모두의 지식이다. 물론, 같은 종일지라도 일부는 나머지보다 더욱 어리석다. 그렇지만 한편으로는 그들 가운데 백치는 없을 것이며, 또 다른 한편으로는 월등한 기지를 갖춘 동물도 없을 것이다.

동물은 지식에 첫발을 내디디면서—사물을 인식하고 식별하지만 다음 단계를 밟지는 않는다—사물을 결합하고 분석하며 개념을 형성하고 판단한다.

그래서 동물이 아는 것이 많든 적든 간에, 인간의 방식으로 아는 것, 다시 말해 추론의 과정을 통해 아는 것은 매우 미미하다고 말할 수 있다.

동물은 정도는 다르지만 모두 지각력을 갖고 있다. 동물은 자신들이 아는 것과 관련된 한, 본 것, 들은 것, 냄새 맡은 것, 느낀 것을 알고 있다. 자신들의 종류, 짝, 적, 먹이, 추위와 더위, 딱딱함과 부드러움 외에도 살면서 알아야 할 중요한 것들을 무수히 알고 있으며, 우리가 지각력을 통해 아는 것과 똑같이 그들도 지각력을 통해 안다.

우리는 어린아이가 지성을 갖고 있는 것과 같은 의미로 동물도 지성을 갖고 있다고 여긴다. 차이점과 유사점, 사물의 관계에 대한 지각은, 다시 말하면 지각하는 능력이되 추론하는 능력은 아니다. 아이가 "사물을 알아차리거나" 어머니를 알아보거나 낯선 사람을 두려워하거나 어떤 대상에 마음을 빼앗기기 시작할 때, 우리는 지성을 보여주기 시작한다고 말한다. 이런 쪽의 발달은 사물에 대한 적절한 판단력을 형성하거나 이성의 단계를 밟기 전까지 오랫동안 계속된다.

우리가 동물의 지성의 총합에서 본성이나 물려받은 지식 덕분인 것들을 빼버린다면, 스스로 사고하는 능력을 나타내는 남은 양은 매우 적을 것이다. 다윈은 먹이로 딱 좋은 물고기와 유리창으로 격리되어 수족관에 있는 강꼬치고기*에 관한 이야기를 전한다. 강꼬치고기는 물고기를 잡으려고 수시로 돌진하다가 가로막혀 있는 유리에 부딪혀 완전히 얼이 빠지곤 했다. 강꼬치고기가 조심성을 익히는 데는 석 달이 걸렸다. 나중에 유리가 치워진 뒤, 강꼬치고기는 그 특정한 물고기들을 공격하는 대신 새로 투입된 다른 물고기들을 먹어치웠다. 강꼬치고기는 아직 그 상황을 이해하지 못했으며, 다만 자신이 받았던 처벌을 특정한 종류의 물고기와 연관 지었을 뿐이었다.

짝짓기 기간 동안 일부 수컷 새들이 종종 창문에 돌진해 날마다 한 번에 몇 시간씩 유리창을 쪼거나 날개를 파닥거리는 모습을 볼 수 있다. 그들은 유리창에 반사된 자신을 정적으로 여기며, 정적을 해치우려고 열을 올린다. 그들은 절대 유리창의 수수께끼를 이해하지 못한다. 유리창은 자연에서 찾

*길고, 빠르고, 성질이 포악하다고 알려져 있다. 강꼬치고기 한 마리만 있어도 호수나 연못 전체에 있는 다른 물고기들을 몽땅 흔적도 없이 사라지게 할 수 있으며 심지어 물새까지 먹어치운다.

을 수 있는 것이 아니기 때문이며, 그들이나 그들의 조상들도 유리창에 대한 경험이 전혀 없기 때문이다.

이러한 일화와 대조되는 것이 다윈이 언급한 미국원숭이들이다. 원숭이들은 날카로운 도구에 한번 찔리면 다시는 그 도구를 건드리지 않거나 그렇지 않으면 굉장히 조심스럽게 다룬다. 그 원숭이들은 좀 단순한 형태이긴 하지만, 원숭이들에게도 이성이란 게 가능하다는 것을 분명히 밝혀주었다.

자연이 지혜로운 만큼 동물도 지혜롭다. 즉, 그들은 각자 자신만의 기준에서 보편적 지성이라든가 정신적 요소와 같은 성질을 띠는데, 이는 동물계뿐 아니라 식물계에서도 모두 작용한다. 몸통이나 몸통을 채우고 있는 생명은 이물질을 제거하려고 하거나 그 효과를 중화하려 할 때, 마치 총알처럼, 이물질을 에워싸야 한다고 판단하는 걸까? 또는 앞발이나 신체의 다른 부위의 살갗을 두껍게 할 때 일명 "굳은살"이라 불리는 특별한 살을 덧대어 마모나 마찰을 증가시키는 것은 논리적 근거에 따라 추론한 결과일까? 이것은 생리학적 지성이라고 부를 수 있다.

그러나 이 지성이라는 것이 때로 얼마나 맹목적이며, 얼마나 판단력이 부족한지는 편자의 마찰로 인해 발에 굳은살이 배겨날 때, 또 그 물질이 지나쳐 티눈이 생기는 것에서 알 수 있다. 티눈은 생리학적인 실수이다. 가문비나무나 소나무의 맹아를 잘라내었을 때 이러한 생리학적 지성이 예기치 않게 나타나는 것을 볼 수 있다. 싹을 자르면 옆가지들과 가로로 난 가지들 중 하나가 곧장 올라가 잘라 없어진 싹을 대신하여 나무를 위쪽으로 자라게 한다. 나무의 뿌리는 꼭 쇳물처럼 땅을 헤쳐 나가 갈라지고 합쳐지며, 닿는 대상이 무엇이든 그 대상의 형태를 취하여 스스로 암석에 모양을 맞추며 암반층 경계선으로 흘러가 땅에 더욱 단단히 들러붙음으로써 꼿꼿이 선

자세를 유지하게 한다.

동물계에서 이렇듯 앞날을 대비하는 것은 초자연적인 지성이 되며, 사람에게서는 모든 형태 중에서 가장 고차원적인 이지적인 지성으로 발달한다. 동물이 새로운 문제를 해결하거나 방금 인용한 경우에서처럼 나무나 몸통이 효과적으로 새로운 조건을 충족시킬 때, 우리는 그것을 이성의 힘으로 돌리는 버릇이 있다. 우리는 그것을 이성이라고 부를 수는 있으나 이성 그 자체는 아니다.

이러한 보편적 지성 혹은 우주적 지성은 동물이 아는 것의 상당 부분을 구성한다. 오랫동안 사람의 지도를 받아왔던, 예를 들어 개처럼 집에서 기르는 동물은, 당연히 들판이나 숲에 사는 교육을 받지 못한 짐승보다 더욱 독립적인 사고력을 보여준다.

식물은 모든 면에서 지혜로워 스스로 번식하고 영속시킨다. 씨앗을 뿌리기 위한 여러 독창적인 장치를 보라. 동물계에서도 이러한 지성은 같은 쪽으로 가장 치열하고 활발하다. 동물의 기지는 먹이와 안전을 찾으려 할 때 가장 뚜렷하게 나온다. 우리는 이러한 쪽에서 보여주는 재주를 툭하면 이성으로 돌리곤 한다.

인간만이 이러한 보편적 지성이나 정신적 요소가 일차적 욕구를 넘어서서 그 자체를 인식하게 된다. 식물이나 동물이 아무런 생각이나 규칙 없이 하는 것에 인간의 생각은 미친다. 인간은 자신의 방식을 숙고한다. 나는 해안가 얕은 물속에 있는 가리비가 관자 가까이에서 약간 거칠지만 유연한 힘줄을 내밀어 스스로 자갈과 같은 물체에 단단히 고정시키는 힘을 가졌다는 것을 알게 되었다. 가리비들은 파도가 거셀 때 그렇게 했으나, 나는 그것을 쌍각류 조개의 의식적 혹은 개별적 지성 행위로 볼 수 없었다. 그것은 조개의 관자나 조개의 형태에 따른 일반적 지성의 행위나 마찬가지였다. 하지만 선원이 배를 정박하는 것은 또 다른 문제이다. 선원은 정박에 관해 생각하고, 원인에서 결과를 추론하며, 폭풍우가 오는지를 보며, 경험을 축적한다. 그래서 선원의 행위는 특수한 개별적 행위이다.

사향쥐는 집을 본능적으로 짓는데 모든 사향쥐들이 비슷하게 짓는다. 사람은 이성과 앞날에 대한 계획을 갖고 집을 짓는다. 미개인은 거의 동물과 마찬가지로 집을 짓지만 문명인은 끝없는 다양성을 보여준다. 지성이 높을수록 다양성은 더욱 커진다.

알을 따뜻하게 품거나 새끼에게 먹이를 주고 적들로부터 지켜주려고 노심초사하며 앉아 있는 새는 식물이 씨앗을 성장시키고 퍼뜨리려고 열심히 애쓰지 않는 것과 마찬가지로 독립적이면서도 개별적인 지성을 보여주지 않을 것이다. 식물은 볕이 드는 쪽으로 자랄 것이며, 나무는 그늘을 드리우는 또 다른 나무 아래에서 빛을 얻으려 할 것이다. 버드나무는 물가 쪽으로 뿌리를 내릴 것이다. 하지만 이러한 여러 행위는 외적 자극의 결과일 뿐이다.

내가 좀 따뜻한 기후에서 겨울을 나러 갈 때, 그 행위는 계산과 장단점을 따진 결과물이다. 나는 갈 수도 있고, 가는 것을 자제할 수도 있다. 철새들은 그렇지 않다. 본성이 계획을 세우고 생각한다. 즉, 각자 입장에서 하는 개별적인 행위가 아니다. 그것은 종족 본능으로, 철새들은 가야만 한다. 그 종족의 삶이 그것을 요구하기 때문이다. 나이 든 거위가 보금자리를 숨기거나 토끼가 직접 엮은 털뭉치나 풀로 새끼를 숨길 때, 나는 이것을 독립적인 지성 행위로 여기지 않는다. 그것은 본성이 영리해서이며, 종족의 본능이기 때문이다.

동물은 전반적으로 자신들이 알 필요가 있는 것들을 알고 있다. 이는 무수한 세대를 거치며 삶의 조건이 그들의 선조들에게 가르쳐온 것이다. 예를 들어, 양서류에게는 물가 쪽으로 이끄는 감각을 갖는 게 대단히 중요하며, 실제로 그러한 감각을 갖고 있다. 새끼 거북이와 악어는 어디에 놓여 있든 즉시 가장 가까운 물가 쪽으로 방향을 튼다고 한다. 들판의 짐승들은 사람보다 훨씬 더 충분히 발달된 감각을 갖고 있는 게 확실하다. 새들이 가르침이나 본보기 없이 나는 법을 알고, 둥지를 짓는 법을 알고, 적절한 먹이를 찾는 법을 알고, 언제 어디로 이동해야 하는지 아는 것은 지극히 중요하다. 그렇지 않으면 멸종될 수 있기 때문이다.

리처드 제프리스*는 대부분의 새 둥지에는 새끼가 밖으로 떨어지지 않도록 하거나 미성숙한 상태로 둥지를 떠나는 것을 방지하기 위해 새장 같은 구조물이 둥지 주위에 필요하다고 말한다. 자, 만약 그런 구조물이 필요했다면 새라는 종족은 일찌감치 멸종되었거나 아니면 구조물이 첨가되어야 했을 것이다. 하지만 이 두 가지 일은 일어나지 않았으므로 새장 같은 구조물은 필요하지 않다고 결론지어도 무방하다.

우리는 길들지 않은 야생의 동물들이 그들의 조상이 갖고 있지 않았을 수도 있는 지성을 어느 정도 갖고 있다고 장담할 수 없다. 동물들 대다수는 물려받은 지식에 따라 행동하며, 그 지식이란 것은 교육이나 경험에 의존하지 않는다. 예를 들어, 우리 집 근처에 사는 붉은날다람쥐들은 밤나무에서 밤송이를 쪼아내어 땅바닥에 떨어뜨리면 밤송이가 벌어진다는 사실을 아는 것으로 보인다. 적어도 그들은 이 이론에 따라 행동한다. 나는 사람이 속으로 이러한 사실이나 지식을 품고 있듯이 다람쥐도 속으로 품고 있다고 여기지 않는다. 즉, 경험이나 관찰에서 얻은 사실로부터 추론한다고 생각하지

*Richard Jefferies(1848~1887). 영국의 자연주의 작가. 전원생활을 묘사한 수필이 크게 인기를 끌었으며, 여러 권의 자연사와 소설 작품을 발표하였다. 특히 소설『아마추어 밀렵꾼』에서는 자연과 그 속에 사는 사람들에 대한 인식을 잘 보여주었다.

않는다. 다람쥐는 알밤을 먹고 싶은 마음에 쪼아낸 것이며, 여러 세대에 걸친 조상들이 같은 방식으로 쪼아냈기 때문에 그리한 것이다. 공기나 햇볕이 밤송이를 벌어지게 하는 것은 약간의 지식이 있어야 하는 것으로, 나는 다람쥐가 우리가 갖고 있는 의미의 지식을 갖고 있다고 보지 않는다. 다람쥐는 평소 알밤을 먹고 싶어 안달하며, 결코 언제나 밤송이가 벌어지기를 기다리는 것은 아니다. 다람쥐는 흔히 밤을 쪼아서 아직 덜 여문 알맹이를 먹는다.

바로 그 다람쥐는 봄철에 단풍나무 가지를 물어뜯어 수액을 빨아 먹을 것이다. 다람쥐는 단풍나무와 봄철의 수액에 관하여 무엇을 알고 있을까? 구체적인 지식으로서 정신적인 개념 같은 것은 없다. 다람쥐는 종종 단풍나무 가지의 갈라진 틈이나 균열에서 수액이 흐른다는 사실을 발견하고는 그것을 홀짝거린 뒤 그 맛을 좋아하게 되었을 것이다. 그런 다음, 틀림없이 선조들이 했던 식으로 나뭇가지에 이빨을 파묻었을 것이다.

어린 시절, 학교로 가는 중 다람쥐가 숲으로 가는 길에 잠시 멈춰 서서 60~90센티미터 정도 쌓인 눈을 파고들어 가는 모습을 수시로 보았다. 너도밤나무 열매나 도토리가 자라는 곳이었다. 나는 녀석이 거기에 알밤이 있다는 것을 어떻게 알았을까 궁금해하곤 했다. 이제는 녀석이 냄새로 알았다는 것을 확신한다.

왜 안 그렇겠는가? 다람쥐가 알밤 냄새를 맡는 것은 대단히 중요한 일이다. 그것은 다람쥐의 삶이다. 다람쥐는 알밤을 깨물지 않고도 잘 익은 것과 상한 것을 안다. 여러분이 키우는 얼룩다람쥐나 우리에 갇힌 회색큰다람쥐로 이 말이 사실인지 한번 시험해 보라. 상하거나 말라 죽은 알밤은 보다 가벼우며, 대부분의 사람들은 바로 이 가볍다는 이유로 인해 알밤이 상한지 아닌지를 다람쥐가 알 거라고 생각한다. 하지만 내가 보기에 그런 생각은 본능의 범위를 넘어서는 관념의 연상을 함축한다. 새끼 다람쥐는 늙은 다람쥐가 그렇듯 먹을 가치가 없는 알밤을 즉각 내동댕이칠 것이다. 다시 말해, 후각이 지표가 되는 것이다. 신선한 알밤에서는 그렇지 않은 알밤에서는 나지 않는 냄새가 난다. 모든 동물은 먹이 및 천적과 관련된 한 아주 예민하고 지혜롭다. 붉은날다람쥐는 속에 든 씨를 먹으려고 풋사과와 배를 갉아버릴 것이다. 녀석은 원칙적으로 이 과일들에 씨가 들어있다는 사실을 알 수 있을까? 다람쥐에게 퍼진 감각이 단서를 주지 않았을까?

겨울에 곡식 단을 저장하고 있는 헛간으로 수백 미터의 들판을 가로질러 가는 회색큰다람쥐들을 알고 있다. 후각 말고는 그곳에 곡식이 있다는 사실을 가르쳐주는 게 있을 리가 없다. 근방에 있는 얼룩다람쥐나 어떤 다람쥐라도 좋으니 한번 지켜보라. 내 친구가 관찰한 바로는 다람쥐가 온몸으로 냄새를 맡고 있는 것처럼 보였다고 한다. 녀석의 복부가 온 힘을 다해 씰룩씰룩거렸기 때문이다.

미국너구리는 옥수수가 언제 익기 시작하는지를 안다. 그러한 지식은 틀림없이 후각으로 얻은 것이다. 이따금 녀석은 덫에 발이 걸렸을 때, 특히 발이 옴짝달싹 못 하는 경우 발을 잘라내야 한다는 사실을 익히 알고 있는 듯하다. 하지만 만약 여러분이 내게 녀석이 자신의 상처를 핥아내는 것을 제외하고 송진과 같은 것으로 문질러서 상처를 치료한다고 이야기한다면 나는 여러분을 신뢰하지 않을 터이다. 외용약이나 이물질을 응용해 치료하는 기술은 하등동물의 능력을 완전히 넘어선 개념이다. 그러한 관행이 종의 지속성을 위해 필요했었다면, 그 관행은 계속해서 쓰였을 것이다. 그러한 지식은 물려받을 수 없으며 오로지 경험으로만 얻을 수 있다. 닭이 자갈이나 모래를 먹을 때, 왜 그러한 관행을 하는지 알고 있거나, 그 물질에 관한 어떤 개념을 갖고 있을까? 자갈에 대한 욕구, 그게 다다. 자연은 그런 점에서 지혜롭다.

타조에 대해 잘 아는 사람들은 조류 중에서 타조가 제일 어리석고 멍청하다고 한다. 그럼에도 불구하고 부모 타조는 아프리카의 이글이글 타오르는 태양 아래 알을 노출한 채로 두기 전에 각각의 알 위에 많은 양의 모래를 놓아두어야 한다는 사실을 충분히 알고 있는데, 이는 항상 알의 꼭대기에서 생겨나는 태아를 보호하고 그늘을 만들어주기 위해서이다. 이 행위는 분명 지식의 결과일 리 없다. 우리가 사용하는 용어로서의 그 지식 말이다. 어린 타조도 나이 든 타조와 마찬가지로 그렇게 하기 때문이다. 그것은 그 종족의 물려받은 지혜이거나 본능이다.

알을 품고 있는 새나 닭은 일정한 간격을 두고 알의 방향을 바꾸는데, 이는 노른자가 껍질에 달라붙지 않도록 하는 효과를 갖고 있다. 이러한 행위가 지식이나 경험의 결과일까? 그것은 본능이라고 불리는, 배우지 않고 자연히 터득한 지식의 결과이다. 어떤 알들은 2주 안에 부화하고, 어떤 알들은 3주, 또 어떤 알들은 4주 안에 부화한다. 어미는 이러한 기간에 관한 지식을 갖고 있지 않다. 어미가 그러한 지식을 갖고 있는지도 중요하지 않다. 알이 상하거나 불임이라면 어미는 종종 정상적인 기간을 넘어 계속해서 앉아 있을 것이다. 만약 종의 지속성이 어미가 알을 부화시키는 데 필요한 정확한 기간을 아는 것에 달려있다면—알을 품는 것은 온도에 달려있으며 당연히 어미는 그것을 정확히 알 것이므로—어미는 절대 필요한 기간 이상을 앉아 있지 않을 것이다.

하지만 우리는 애니 마틴 부인의 『타조 농장에서의 생활』*에 나오는 흰

*Annie Martin(생몰년 미상). 남아프리카의 타조 농장에서 마틴 부부가 농부로 살았던 이야기를 담은 책이다. 타조 농장 자체에 관한 많은 자료들뿐 아니라, 식물과 야생동물, 지역 사회에 대한 광범위한 관찰, 가족의 삶에 대한 일화들을 담았다.

목아프리카까마귀에 대해 무슨 말을 할 수 있을까? 그 까마귀는 공중에서 돌멩이를 갖고 다니다 돌멩이를 떨어뜨려 타조의 알을 깨부수어 포식한다. 이것은 인과관계에 관한 지식이랄 수 있는 이성인 것처럼 보인다. 마틴 부인은 까마귀들이 같은 방식으로 거북이 껍질을 깨부순다고 한다. 나는 우리나라에 서식하는 까마귀나 갈매기가 조개나 게를 공중으로 가져가 바위에 떨어뜨린다는 말을 들어본 적이 없다.

마틴 부인의 진술이 정말로 사실이라면, 굶주림의 압박이 어떻게 까마귀로 하여금 기지를 발달하게 했는지를 보여주는 것이다. 흔히 여성 관찰자들 사이에서 그러하듯, 자신이 관찰한 것에 자신의 느낌과 공상을 덧입힌 게 아니라면 말이다.

하지만 그 이야기는 내가 신뢰할 수 있는 범위를 한 단계 넘어선다. 그녀는 사실상 까마귀를 도구를 사용하는 동물로 만들었는데, 다윈은 목적을 이루기 위해 도구나 무기와 같은 것을 사람처럼 사용하는 동물로 인간을 닮은 유인원과 코끼리, 이렇게 딱 두 종류만 알았다. 어떻게 까마귀는 이 기술이 함축하는 지식이나 경험을 얻을 수 있었을까? 무엇이 까마귀로 하여금 돌을 떨어뜨려 알을 깨뜨리는 첫 실험을 유발하게 했을까? 이는 가령 사람처럼 물리적인 법칙을 아는 자만이 갖고 있는 지식인데? 이 인관관계의 사슬에서 첫 단계는 어떤 동물이라도 밟을 수 있을 정도로 쉽다. 다시 말해, 자신이 가진 힘이나 무기를 껍질을 깨는 데 곧장 적용한다. 하지만 두 번째 단계, 즉 앞서 서술된 방식처럼 이물질이나 물체를 활용하는 단계는 깜짝 놀랄만한 일이다.

우리나라에 서식하는 까마귀는 대단히 약아 빠졌지만, 약아 빠졌기만 할 뿐이다. 녀석은 덫을 연상하는 것처럼 보이는 모든 것을 의심한다. 심지어 옥수수밭에 둘러진 아무 해가 없는 철망도 미심쩍어한다. 자연과학자로서 녀석은 형편없으며, 자신의 부리로 깨부술 수 없는 알이나 껍질은 내버려둔다. 그럼에도 까마귀가 껍질을 깨뜨리려고 바위에 조개를 떨어뜨린다는 주장이 믿기 힘들어 보이지는 않는다. 까마귀는 아마 우연히 조개를 떨어뜨렸을 테고, 그런 다음 껍질이 깨진 것을 알았을 것이며, 그 실험을 반복했을 것이다. 까마귀는 여전히 인과관계의 연속에서 첫 단계를 밟고 있을 뿐이다.

최근 리처드 키어튼*이라고 하는 영국의 한 자연작가가 있다. 내 생각에는 대체로 훌륭한 관찰자이자 충실한 기록자로, 물수리가 한 믿을 수 없을 정도로 놀라운 이야기를 전한다. 물수리는 알이 햇빛에 강제로 노출됨으로써 해를 입는 것을 막으려고 호수로 뛰어든 다음 일어나 둥지 위로 깃털을 흔들어 물방울을 똑똑 떨어뜨린다는 것이다. 키어튼은 명백히 이 이야기를 간접적으로 기록한다. 나는 이 이야기를 믿을 수 없다. 매가 도저히 가질 수 없는 지식을 함축하고 있기 때문이다.

그러한 돌발사건은 평생에 한 번 혹은 그 선조들에게서도 한 번이나 일어날까 싶을 정도로 거의 일어날 수 없다. 이런 이유로 그 행위는 물려받은 습성, 또는 본능의 결과일 리가 없으며, 물수리의 입장에서 한 독창적인 행위로 믿을 수 없는 것이다. 물수리는 어쩌면 물고기를 잡으려고 호수로 뛰어들었을 것이고, 그런 다음 우연히 알 위에서 깃털을 흔들었을 것이다. 여하튼 그러한 상황 하에서 알에 떨어지는 물의 양은 태양의 열기를 식히기에는 극히 소량이었을 것이다.

우리가 흔히 보는 어떤 수컷 새들 중에서는 불볕더위가 계속되는 동안 자신의 날개를 펼쳐 암컷에게 그늘을 드리워주는 것으로 알려져 있으며, 같은 방식으로 새끼에게 그늘을 드리워주는 어미도 있다고 알려져 있다. 이

*Richard Kearton(1862~1928). 동생인 체리 키어튼과 함께 자연사진 작가의 개척자였다.

는 거의 의심할 여지가 없다. 하지만 이 돌발사건은 다른 문제이다. 이 사건은 여러 세대에 걸쳐 발생했을 것이며, 또다시 인과관계의 첫 단계만 필요로 할 뿐 아무런 중간 동인動因을 필요로 하지 않는다. 개똥지빠귀가 자신의 짝 위에 나뭇잎이나 나뭇가지를 드리워주는 경우가 있다면, 그것은 성찰을 함축하는 것이다.

인도에서 코끼리는 곤충들에게서 스스로를 보호하기 위하여 온몸에 진흙을 덕지덕지 바르며, 나무에서 가지를 부러뜨려 파리들을 털어내는 데 이용할 거라고 한다. 그게 만약 사실이라면, 내 생각에 코끼리에게는 본능을 넘어서는 무언가가 있다는 것을 보여주는 것이다. 바로 성찰이다.

모든 새들은 둥지를 숨기려 들며, 둥지를 감추는 데 있어 굉장히 영리함을 드러낸다. 하지만 가령 이끼라든가 지의류, 건초 같은 적응 가능한 재료가 둥지를 은폐하는 데 도움을 주는 가치가 있는지를 새들이 아는지는 의심의 여지가 있다. 새들은 우리가 만들어낸 것들, 가령 종이라든가 헝겊, 줄, 실 같은 것들을 앞뒤 가리지 않고 흔히 사용하기 때문이다. 완전히 야생의 상태에서는 그들은 자연에서 나오는 재료를 사용한다. 가장 가까운 곳에 있다는 것 외에 다른 이유는 없다. 피비새는 둥지를 짓는 바위 근처나 바위에 붙어있는 이끼를 사용한다. 참새, 쌀먹이새, 들종다리는 둥지 바닥에 둑이나 목초지의 건초를 사용한다.

좀 전에 언급한 영국인 작가는 굴뚝새가 둥지 바깥을 낡은 지푸라기들로 지을 때 측면은 건초가리를 놓는다고 한다. 또 이끼 낀 둑에 위치해 있을 때는 푸르스름한 이끼를, 생울타리나 나무딸기 덤불에서는 마른 나뭇잎을 둥지에 놓는다고 한다. 이렇듯 주변 환경과 완벽하게 조화를 이루기 때문에 각각의 경우 둥지를 발견하기가 무척 어려우며, 작가는 이 조화가 우연한 결과인지 아니면 계획한 결과인지 여부를 궁금해한다. 나 역시 그렇듯, 그는 사전에 계획한 것이 아니라고 생각하고 싶을 것이다. 새는 가장 가까이에 있는 재료를 사용한다.

그 작가는 또 다른 사례를 들면서 새가 보호색의 가치를 인식한다는 것은 믿을 수 없다고 간접적으로 이야기한다. 그의 친구가 제비갈매기 서식지를 찾아간 적이 있었는데 "자연 번식 거처가 매우 제한된 섬이라 그중 많은 새들이 풀밭으로 조약돌을 날라 그곳에서 알을 낳았다"고 했다는 것이다.

우리가 앞서 맞닥뜨렸던 똑같은 어려움이 여기에 있다. 즉, 새가 할 수 있는 것보다 한 단계 더 나아가 추론하는 것이다. 관찰한 사실로부터 연역해 보면 당연히 새는 보호색에 관해 아무것도 모른다. 이러한 면에서 새의 지혜는 자연의 지혜이며, 동물의 생태에서 자연은 절대 이런 식으로 앞날을 내다보며 행동하지 않는다. 새는 둥지의 배경을 선택할 수는 있지만, 둥지와 배경 모두를 만들지는 않는다.

자연은 끝없는 실험을 통해 배운다. 길고도 비경제적인 자연선택 과정을 통해, 앞서 말했듯, 자연은 특정 동물들의 빛깔과 그들을 둘러싼 환경의 빛깔을 아주 유사하게 만들며, 적이나 먹잇감으로부터 더욱 잘 숨을 수 있도록 한다. 하지만 정작 동물 자신은 이러한 사실을 알지 못한다. 비록 알아서 한 행동인 것처럼 했을지라도 말이다. 어린 제비갈매기와 갈매기는 본능적으로 해안에 웅크려 앉아 몸을 감춘다. 그러면 모래와 자갈의 빛깔과 아주 조화를 잘 이루어 새들이 사실상 보이지 않기 때문이다. 어린 자고새도 숲 속에서 똑같이 한다. 마른 이파리들과 불그스름한 깃털 다발을 육안으로 분간할 수 없기 때문이다. 자연이 이러한 속임수를 익히기 전에 얼마나 많은 갈매기들과 제비갈매기들과 자고새들이 희생되었을까!

나는 하등동물이 사실에서 원칙으로 가는 단계를 밟을 수 없다고 여긴다. 하등동물은 개념이 아니라 지각을 갖고 있다. 특정한 사실을 인식할 수는 있지만 그 사실로부터 연역한 것을 다른 사례에 적용하거나 새로운 조건에 맞게 충족시킬 수는 없는 것이다. 그것은 그들의 능력을 벗어나는 것이다. 늑대와 여우는 일찌감치 중독된 고기가 두렵다는 것을 배운다. 무엇이 그들에게 그런 단서를 주었는지는 딱히 말하기 어렵다. 독성의 치명적인 영향을 경험한 생존자들은 없기 때문이다. 독성에 대한 두려움은 아마 동무들이 독이 든 고기를 먹은 뒤 고통스러워하다가 죽는 모습을 보면서 생긴 게 아닐까 싶다. 아니면, 어쩌면 앞서 언급한 동물들 사이의 불가사의한 의사소통 수단을 통해서일지도 모른다. 독은 아마도 고기의 냄새를 변하게 할 것이고, 이 이상한 냄새가 자연적으로 그들로 하여금 경계심을 갖게 했을 것이다.

우리는 쥐가 고양이 목에 방울을 다는 것을 기대하지 않지만, 만약 쥐가 그러한 것을 할 수 있다면 이성적인 존재로 간주되어야 마땅할 것이다. 나는 여우나 늑대가 어떤 식으로든 독성을 활용하는 것만큼이나 먹잇감을 포획하기 위해 어서 덫을 활용하기를 바란다. 왜 여우는 그토록 두려워하는 덫에서 막대기를 빼내 덫을 튕기면 안 되는가? 순전히 그 행위가 여우의 힘이 미치지 않는 정신적 과정을 포함하기 때문이다. 여우는 목적을 이루기 위해 아주 단순한 도구조차 사용하는 법을 아직 배우지 못했다. 그렇다면 필시 덫을 튕긴 후에도 이전과 똑같이 덫을 두려워할 것이다. 여우는 어떤 면에서는 덫을 최대의 적과 연관 지을 것이다. 바로, 사람이다.

사슬에 묶인 여우나 코요테가 옥수수나 곡물 같은 것을 손에 넣으려고 한다든가 그걸 미끼로 닭을 꾄다든가—닭이 사정거리 안에 다가올 때까지 자는 척하다가 홱 낚아챈다든가—하는 이야기들 역시 같은 급으로 믿을 수 없는 것들이다. 그러한 동물들의 물려받은 지식을 초월하기 때문이다. 여우가 사냥개를 피하려고 얕은 개울에서 걷는다는 말은 믿을 수 있다. 여우는 이런 종류의 영리함을 물려받았으며, 경험상 냄새가 안 나는 것을 물과 연관지었을 수도 있기 때문이다. 동물은 사냥감의 뒤를 몰래 밟거나 엎드린 채 기다린다. 그것은 본능적인 것이지 사람이 하듯 계산의 과정을 통해 나온 것이 아니다. 여우가 옥수수로 가금류에게 미끼를 놓는다면 야생의 상태에서는 왜 쥐와 다람쥐에게 견과류나 씨앗으로 미끼를 놓지 않는가? 치즈 한 조각으로 쥐를 꾄다고 알려진 고양이가 여태껏 있었던가?

동물은 여러 생각을 서로 연관 짓는 것 같다. 즉, 우리 인간과 마찬가지로, 하나를 통해 또 다른 하나를 연상하는 것이다. 동물 훈련사들은 이러한 사실을 활용한다. 나는 찰스 존이 여우에 관해 한 말을 충분히 믿을 수 있다. 그는 길가에 숨어서 기다리다가 토끼 몇 마리를 급습하는 여우를 보았는데, 사냥감으로부터 더욱 완벽하게 숨기 위하여 땅속에 작은 구멍을 파고는 구멍 주위에 서둘러 모래를 덮더라는 것이었다. 하지만 만약 존이 사냥꾼이 흔히 그렇듯 여우가 자신을 보이지 않게 하려고 잡초나 잔나뭇가지 같은 것을 가져왔다고 말했더라면 나는 그를 불신했을 것이다. 로마네스가 인용한 어떤 사람의 관찰을 불신하듯 말이다. 그 관찰자는 사슴이 물 마시러 오는 곳에 자칼이 매복했다가 습격하는데, 사슴이 물을 배불리 마실 때까지 의도적으로 기다린다는 것이었다. 그 상태에서는 자칼이 더욱 수월하게 달려들어 포획할 수 있다는 사실을 알기 때문이라면서 말이다!

루스벨트 대통령은—사냥꾼보다도 자연주의자에게 더욱 큰 관심을 불러일으킨 책인—『황야 사냥꾼』에서 "북미산의 커다란 사슴인 무스는 엎드리기 전에 반 바퀴나 4분의 3바퀴를 빙글빙글 돌며 사냥꾼을 자극하는 버릇이 있으며, 그런 뒤 고개를 수그려 방향을 바꾸는데 그렇게 하면 자신의 흔적을 쫓아오는 어떤 추적자라도 확실히 감지할 수 있기 때문"이라고 말한다. 이는 늑대에게 쫓기거나 표적이 되었던 그의 조상들이 오랜 세대를 거치면서 발달시켜 온 영리함이다. 동일한 상황 하에서 사람이 하는 행동과도 다르지 않은 영리함인 것이다. 물론, 비록 사람이 하는 것처럼 추론의 과정 끝에 나온 결과는 아닐지라도 말이다.

작은 청포도송이 바로 밑의 포도 덩굴에 둥지를 짓는 갈색머리멧새를 알고 있다. 얼마 가지 않아 포도송이는 자라서 둥지를 가득 채우고 새가 비집고 들어설 자리를 없게 만든다. 만약 새가 이러한 위험성을 예견할 수 있었더라면 인간의 이성과 같은 것을 보여주었을 것이다.

물개똥지빠귀나 물까마귀처럼 개울가를 따라 둥지를 짓는 새들은 강의 수위가 최고에 달해도 거의 불행한 꼴을 당하지 않을 것이다. 그들은 여러 세대에 걸쳐 안전거리를 유지하도록 배워왔다. 나는 막 쓰러질 것 같은 나뭇가지에 둥지용 구멍을 파는 딱따구리를 본 적이 없다. 딱따구리들은 나무나 나뭇가지가 둥지의 안정성에 적합한지를 찬찬히 살펴보아서가 아니라 어느 정도 단단할 경우에만 나무를 쪼기 때문이다. 그것이 그 종의 본능이다. 가끔 어떤 새들은 둥지를 가느다란 나뭇가지에 짓는 실수를 범해서 여름철 폭풍우가 불어 닥치면 둥지가 뒤집히는 바람에 알이나 어린 새끼들이 땅바닥으로 곤두박질쳐지곤 한다. 제아무리 본능이라도 항상 날씨를 능가할 수는 없는 법이다.

우리 자신의 경험과 심리적 면에서 하등동물의 생태를 해석하지 않는 것은 거의 불가능하다. 우리가 그렇게 할 때 우리는 실수를 범한다는 로이드 모건*의 견해에 나는 전적으로 동의한다. 우리가 "정서"라고 부르는 것이나 우리의 도덕적, 미학적 본성에서 비롯되는 "감정"과 같은 것들—정의, 진실, 아름다움, 이타주의, 선량함, 의무, 애호도와 같은 정서들—을 그들이 갖고 있다고 생각할 때 말이다. 왜냐하면 이러한 정서들은 야성에는 익숙하지 않은 개념과 생각의 산물이기 때문이다. 그러나 우리가 가진 모든 동물성은 분명 하등한 종도 똑같이 갖고 있다. 두려움, 분노, 호기심, 장소에 대한 애착, 질투심, 경쟁심과 같은 것들 말이다.

개는 거의 반은 인간화되어 있기에 개에 대해서라면 대개 인정할 수 있긴 하지만 그럼에도 나는 우리가 흔히 개들이 수치심이라든가 죄책감, 혹은 복수심 같은 것을 겪는다는 데 대해 아직도 의심스럽다. 이러한 감정들은 모두 복잡하면서도 연원이 깊다. 내가 어렸을 때 아버지는 커다란 "교반기 개"**를 한 마리 키우고 있었다. 어느 날 아침, 개의 궁둥이에 작은 총알구멍 같은 것이 보였다. 늙은 개는 개의 방식에 따라 나을 때까지 매일매일 혀로 상처를 핥았으며, 그 일은 거의 잊혀졌다. 그러던 어느 날, 한 남자가 말을 타고 지나가고 있을 때 늙은 개가 갑자기 튀어나가더니 그 남자에게 달려들어 거의 말에서 물어 당겨 끌어내리려 하고 있었다. 바로 이 남자가 개에게 총을 쏜 사람이라는 사실이 밝혀졌다. 개는 그를 알아보았던 것이다.

이러한 행위는 우리라도 그랬을 것처럼 복수심에서 나온 것 같아 보이지만, 개는 단지 자신에게 상처를 입힌 그 남자를 보자 분노가 치밀었을 것이

* Lloyd Morgan(1852~1936). 영국의 심리학자이며 동물학자. 동물은 본능이나 관습에 따라 어떤 것을 시도하여 실패와 성공을 거듭하면서 그때의 쾌快 · 불쾌不快의 감각에 영향받아 그 후의 유사한 상황에서는 비교적 시간 · 노력을 절약하여 적당한 행동을 취하고, 얼마 안 가 횟수를 거듭하면 곧 적당한 행동을 취한다고 보았다.

**우유에서 지방을 분리하여 크림을 만들고 이것을 세게 휘저어 버터를 만들어내는 과정은 고된 노동이었다. 따라서 근대 이전에는 "교반기butter churn"라는 기계에 개를 묶어놓은 뒤 개가 발로 밟아 돌렸다.

다. 이 일은 기억과 인상이 연상되는 것을 보여주지만, 우리가 아는 복수심이라는 복잡한 감정인 것인지는 또 다른 문제이다.

동물이 보다 고차원적인 우리 인간의 지성을 공유하지 않는다면, 우리는 그들이 우리처럼 보다 고차원적이고도 복잡한 감성을 가졌다고 할 근거가 없다. 음악적 선율은 그들에게 쾌락보다는 오히려 고통을 주는 듯하며, 향기에도 전혀 끌리지 않는다는 점은 분명하다.

진짜라고 믿어지는 이야기들, 즉 양을 죽이는 개들은 밤에 스스로 목줄을 벗어버리고 살아있는 양고기를 실컷 포식한 다음 돌아와서 자리를 비웠다는 사실이 발각되기 전에 목줄에 다시 목을 밀어 넣는다는 이야기는 개들이 주인들을 속이고 또 지은 죄를 숨기고 있다는 사실을 입증하는 것이 아니다. 그보다는 오히려 개가 얼마나 쇠사슬과 목줄에 고분고분하게 복종하게 되었는지를 보여준다 하겠다. 개들은 오랫동안 통제와 훈육의 대상이었기에 단지 타성에 젖어 다시 돌아왔던 것이다.

나는 아무리 개라도 죄책감 같은 것을 가질 수 있다고는 믿지 않는다. 그러한 감각은 의무감을 함축하며, 이는 동물이 경험하지 못하는 복잡한 윤리적 감각이다. 개가 두려워하는 것, 또 죄책감이라든가 수치심과 같은 표정을 띠게 하는 것은 주인의 분노이다. 가시 돋친 말이나 가혹한 표정은 개가 사고 친 장본인이든 아니든 간에 개로 하여금 사고 친 장본인이라는 분위기를 갖게 하며, 다른 한편, 희생자의 피가 개에게 생생하게 흐르고 있든지 여부에 상관없이 상냥한 말이나 불안감을 없애 주는 미소는 개를 행복한 짐승으로 변모시킬 것이다.

개는 나쁜 습관 같은 게 있다면 고쳐지게 되어 있다. 양심이나 의무감에 호소해서가 아니다. 개는 그 둘 다 갖고 있지 않다. 그보다는 고통에 민감하게 반응하는 성질에 호소하기 때문이다.

플리니우스와 플루타르코스*는 형편없이 춤을 춘다는 이유로 조련사에게 구타당한 뒤, 나중에 달빛 아래에서 홀로 스텝을 연습하고 있더라는 한 코끼리에 관한 이야기를 전한다. 이는 오늘날 사람들이 듣는 수많은 동물 이야기만큼이나 믿을 만한 이야기이다.

하등동물의 여러 행동 중 많은 것들은 풍향계 역할을 하는 양철로 만들어진 수탉 모형만큼이나 자동적이다. 수탉 모형이 얼마나 지능적으로 움직이는지 보라. 언제나 한순간도 주저함이 없이 바람의 방향을 가리키고 있다. 아니면, 항구에 정박해 있는 배를 보라. 바람과 조수에 맞게 얼마나 똑똑하게 조절하는지 모른다! 홍수 속에서 소용돌이에 휩쓸린 통나무를 본 적이 있다. 명백히 소용돌이에서 벗어나려고 애쓰는 모습이 거의 기이할 정도로 생명체를 닮아 있었다. 인간은 자신이 주도권을 갖고 행동하고 있다고 생각할 때, 인종이나 역사의 보이지 않는 흐름에 종종 복종하고 있다.

알래스카에 있을 때, 말 수백 마리가 화이트패스 산길**에서 겪는 고난과 고통에서 벗어나려고 필사적으로 애쓰며 광분한 채 돌진하여 낭떠러지 아래로 떨어지는 모습을 보았다. 과연 이 말들이 의도적으로 자살을 감행한 거라고 말할 수 있을까? 사실상 자살인 것은 분명하지만, 당연히 의도한 것은 아니었다. 말이 죽음이나 자멸에 대해 무엇을 알 수 있으며 어떻게 할 수 있단 말인가? 이 동물들은 온갖 고난으로 인해 광분한 나머지 맹목적으로 바위 아래로 곤두박질친 것이었다.

동물을 인간화하는 경향은 대중적인 인기를 목표로 하는 최근의 모든

*Pliny(23~79). 대大플리니우스. 로마의 정치가, 박물학자, 백과사전 편집자. Plutarch(46?~120?). 그리스의 철학자로 『영웅전』 저자.

**알래스카주 스캐그웨이 부근의 산길로 높이 850미터이다.

자연 서적에서 점점 더 두드러지게 나타난다. 최근 동물의 생태를 다룬 한 영국 책에는 "동물 약물학"이라는 제목이 붙은 장이 있다. 작가는 초식동물이 먹는 소금이 약으로 취급되어야 하며, 곡물류와 견과류를 먹는 새들은 모래와 자갈을 모래주머니 속에 넣어 곡식을 빻는 맷돌의 역할을 한다는 주장을 펼친다. 그는 동물의 먹이를 약으로 다루어 그걸로 치료하는 게 좋다고 한다. 내가 아는 한, 동물은 어떤 질환에 걸렸든 그러한 치료법은 없다. 미개인조차도 대부분 "가짜 약"만을 갖고 있다.

한 프랑스인이 『동물 산업』이라는 책을 출간했는데 영어로도 번역이 되었다. 이러한 프랑스인들 중 일부는 우리의 "근대 자연 연구파"에 역점을 둔다. 미슐레*가 했던 말이 떠오른다. "새들은 공중에서 떠돌며 몸을 부풀릴 수 있어 공기보다도 더 가벼워진다!" 동시대의 자연과학은 이런 점에서 여간해서는 새를 이길 수 없다.

자연을 진지하게 연구하는 사람은 동물의 지성을 깎아내리거나 부풀리는 데 조금도 관심이 없다. 그가 바라는 것은 동물에 관한 진실이며, 그는 그러한 진실을 자연사 공상 작가들이나 훈련되어 있지 않은 우연한 관찰자들로부터 얻지 않는다. 그들은 당연히 자신들의 동기와 경험을 통해 숲 속 동무들의 생태를 해석한다. 그렇다고 인디언들이나 덫을 놓는 사냥꾼들, 산간벽지에 사는 사람들에게서 얻지도 않는다. 그들은 순전히 미신을 믿거나 멋대로 공상을 펼치기 때문이다.

로마네스의 『동물의 지성』과 같은 책이 항상 안전한 안내자는 아니다. 그 책은 마치 의뢰인을 위해 배심원단에게 변호사가 탄원하는 것 같다. 로마네

*Jules Michelet(1798~1874). 프랑스의 역사가. 1855년 인간사에 지친 이 저명한 역사가는 자연과학에 대한 연구를 시작해 세 권의 책을 쓴다. 그중 하나가 바로 『새』이다.

스는 자신의 주장이 정당하다는 것을 입증하는 데 열중한 나머지 무책임한 관찰자들의 이야기에 걸려드는 우를 범했다. 새나 짐승의 지성에 관한 이야기 중 많은 부분이 있을 성싶지도 않은 것들이었다. 그는 칼라일*의 주교의 이야기를 믿은 게 분명했다. 주교는 갈까마귀 한 마리가 못된 짓을 해서 떼까마귀 배심원단의 재판에 회부되는 것을 보았다고 생각하는 사람이었다. 갈까마귀가 연설을 하자 배심원단이 그 까마귀에게 까악까악 외쳐댔으며, 얼마 후에 갈까마귀에게 무죄를 선고하는 것으로 보이더라는 것이었다! 『동물의 지성』과 같은 진지한 작품에 이렇듯 어린아이나 꿈꿀 법한 공상을 넣다니! 간혹 둥지나 나뭇가지에 매달려 있는 죽은 새들의 목 주위에 실이 감겨져 있는 것은 틀림없이 동료들이 사형에 처한 범죄자들이라는 것이었다!

로마네스가 결론을 내리는 데 근거한 관찰의 대부분은 제시*에게서 인용한 일화나 다름없다. 제시는 참새에게 쫓겨났던 제비 몇 마리가 적들의 새끼들을 모조리 죽여버리겠다는 복수심으로 가득 차서 둥지를 허물어뜨렸다고 말한다. 이는 제비들이 하기에는 도저히 불가능한 일이다. 제시는 제비들이 둥지를 허무는 모습을 자신이 직접 보았다고 말하지는 않지만, "둥지가 파괴된 가운데 새끼 참새들이 땅바닥에서 죽어 있는 모습을 보았다"고 한다. 그리고 당연히 그 둥지는 다른 식으로는 허물어질 수가 없다고 한다!

동물에 관한 진실을 찾으려면 우리는 로마네스나 제시, 또는 미슐레가 아니라 끈기 있고 정직한 다윈이라든가, 차분하고 예리하며 냉철한 조사관인 로이드 모건, 또 찰스 존과 같은 사냥꾼들의 책들, 아니면 아주 솔직하고 능숙하며 다재다능한 시어도어 루스벨트의 책들을 택해야 한다. 이들은 동

*Carlisle. 잉글랜드의 중서부 컴브리아주의 주도.

**G. R. Jesse(생몰년 미상). 『영국 개의 역사에 관한 연구』의 저자. 찰스 다윈과 여러 차례 서신 교환을 했다.

물에 관해 특별히 옹호할 이론 없이 객관적인 관찰이 가능한 사람들이다.

9장

동물도 생각하고 성찰할까

먹이를 구하고, 적을 피하고, 둥지를 짓고, 구멍을 파고, 저장하고, 이동하고, 구애하고, 놀고, 싸우며, 영리함, 용기, 두려움, 기쁨, 분노, 경쟁의식, 슬픔을 보여주고, 경험을 통해 얻고, 지도자를 따르는 등 여러 면에서 우리의 삶을 보듯 동물의 삶을 보기 시작할 때, 우리는 당연히 동물이 우리와 유사한 능력을 갖추고 있으며, 동물을 생각하고 추론하고 성찰하는 존재로 여긴다. 동물의 생태에 관한 성급한 조사는 이러한 결론으로 이어질 게 뻔하다. 동물은 흙덩어리도, 돌덩어리도, 기계도 아니다. 동물은 살아있으며 자기 주도적이다. 동물은 일종의 초자연적인 삶을 사는데, 나는 그 주제에 관해 더욱 깊게 연구할수록 동물이 초자연적인 삶을 산다는 의미에 맞게끔 생각하거나 성찰하지 않는다는 것을 더욱 확신하게 된다. 이따금 개나 원숭이는 예외로 할 수 있지만 말이다. 앞서 말했듯, 동물은 활발하고 자유로운 상태에서 생물계 전체를 주름잡고 지배하는 것과 같은 종류의 지성을 보여준다. 지성 그 자체는 안중에도 없는 지성이다. 여기, 내 창문 앞에 검은나무딸기 덤불이 있다. 몇 주 전, 가지가 위쪽으로 휘어져 그 끝이 땅 위 60센티미터에서 한들거리고 있다. 이제 그 끝은 잡초를 밀치고 나가 흙에 재빨리 뿌리박았다. 검은나무딸기 덤불이 생각해서 그렇게 한 것일까, 혹은 그렇게 해야겠다고 선택한 것일까? 곰곰이 생각해서는 이렇게 말하는 걸까? '자, 이제 몸을 수그려 끝을 땅속으로 밀어 넣어 볼까?' 사실상은 이 말이 맞지만, 그럼에도 거기에는 우리 인간이 유사한 행동을 할 때 보이는 자발적인 정신적 과정이 없다. 우리는 검은나무딸기의 본성이 이러저러하게 행동하도록 촉발한 거라 말한다. 그것이 우리가 설명할 수 있는 전부다. 맹아를 잃은 소나무나 가문비나무의 사례를 한번 보라. 맹아를 잃게 되었을 때, 나무는 새 눈을 맺은 다음 잃어버린 맹아를 대신해 새싹으로 성장할까? 아니, 아마 가장 활발한 동심원 형태를 띠는 첫 나이테에서 나온 가지가 중심가지로 승격될 것이다. 서서히 그 가지는 위로 올라가 2~3년 이내에는 곧게 뻗어 나무를 위쪽으로 자라게 할 것이다. 이것이 바로 우리가 그토록 동물의 생태에 적용하고 싶어 하는 의식적인 지성의 행위이자 이성적인 행위에 다름 아닌가 싶다. 내 생각에 그것은 나무의 이치에서 보자면 모두 정해진 운명이다. 우리가 그 이치를 간파할 수만 있다면 말이다. 자연이 동물과 식물, 광물계 속에서 생각한다는 것은 이런 의미에서다. 자연의 사고는 광물계에서보다는 식물계에서 더욱 적응력이 뛰어나고 유연하며, 또 식물계에서보다는 동물계에서 더욱 그러하며, 무엇보다도 인간의 정신 속에서가 가장 그러하다.

소로가 설명했듯, 목초지에서 야생 사과나무들과 붉은 가시떨기나무들의 방식은 해마다 그것들을 뜯어먹는 가축을 이겨내는데, 이는 인간의 전술과 거의 비슷한 것을 연상케 한다. 가축이 뜯어먹어 흠이 생긴 나무는 위쪽으로 싹을 틔우지 않고 점점 더 측면으로 퍼져 적들을 더욱더 멀리 밀어낸다. 그리고는 몇 년 뒤 가시가 돋치고 마디진 봉오리 꼭지에서부터 싹을 틔우기 시작하여 한 철 뒤에는 이 "방책防柵"의 보호를 받아 가축이 닿을 수 없는 높이에 다다라 결국 승리를 거둔다. 이제 넓게 뻗은 뿌리 전체가 중심 싹을 틔워내고 나무는 급격하게 자란다.

나무의 입장에서 보면 적들을 해치우려고 제대로 설계한 계획처럼 보일 정도다. 하지만 전 과정이 얼마나 필연적인지를 보라. 똑바로 흐르는 조류의 흐름을 막아버리면 측면에서 흘러나갈 것이며, 측면에서 흘러나오는 것을 막으면 그 옆을 또 밀어제치고 나오는 식이다. 나무나 묘목도 그렇다. 가축이 나무를 더욱 많이 뜯어 먹을수록 수직 성장이 저지되면서 좌우로 밀어제쳐 가지들과 곁가지들이 더욱 많아진다. 그리하여 결국 사방에서 빽빽하게 가시 돋친 울타리가 중심 줄기를 에워싼다. 그런 다음 이 줄기는 더 이상 뜯어 먹히지 않게 되면서, 나무는 위쪽으로 자란다. 옆가지들은 말라죽고, 몇 년 안에 나무를 관통했던 시련의 증거는 거의 없어지거나 완전히 없어진다. 같은 방식으로 동물의 본성은 동물이 하는 행위를 촉발하는데 우리는 그것을 정신적 과정의 결과로 여긴다. 우리가 하는 비슷한 행동이 그러한 과정의 결과이기 때문이다.

가을이 다가오면서 쥐들이 어떻게 우리가 사는 집 안에서 북새통을 이루기 시작하는지 보라. 그들은 겨울이 오고 있다는 것을 아는 걸까? 같은 방식으로, 식물계가 겨울을 대비할 때면 겨울이 온다는 것을 아는 걸까? 또 곤충계가 겨울에 대비할 때면 알고 대비하는 걸까? 하지만 우리가 아는 것처럼은 아니다. 마멋은 9월 하순에 "굴에 숨는다." 까마귀들은 같은 시기에 떼로 몰려와 거주지를 선택하며, 숲에 사는 조그만 영원들이나 도롱뇽들은 곧 습지로 이동하기 시작한다. 그들 모두 겨울이 다가오고 있다는 것을 안다. 나무가 알고 있는 것처럼 말이다. 나무는 8월에 내년을 위해 새로운 봉오리를 맺는다. 꽃들은 빛깔과 향기가 곤충들을 끌어당길 거라는 것을 안다. 그것뿐이다. 자연의 일반적인 지성은 모두 이런 식이거나 이와 유사한 식으로 처리한다.

새가 둥지를 짓는 위치를 선택할 때, 언뜻 보기에는 실제로 생각하고 숙고하고 비교하는 것처럼 보인다. 마치 우리가 집을 지을 곳을 정할 때 그러하듯 말이다. 한 작은 갈색머리멧새가 두 곳의 산딸기 덤불 사이에서 둥지를 결정하려 하는 모습을 보았다. 멧새는 계속해서 두 곳을 들락날락거리며 자세히 들여다보고 조사하고 분명히 각각의 장점을 가늠해보고 있었다. 또 집 측면의 담쟁이덩굴 속에서 어느 곳이 둥지에 최적의 장소인지를 결정하려 하는 개똥지빠귀도 한 마리 본 적이 있다. 개똥지빠귀는 얽히고설킨 싹들 이곳저곳을 통통 뛰어다니며 앉아보고는 되돌아가서 다시 적응해보고 주변을 살펴보며 발을 이리저리 놀렸다. 결심이 서는 데는 시간이 좀 걸리는 듯했다. 개똥지빠귀는 결심했을까? 생각하고, 비교하고, 가늠했을까? 내 생각은 그렇지 않다. 맞는 조건을 찾았을 때 개똥지빠귀는 당연히 기쁨과 만족감을 느꼈으며, 그것으로 문제는 해결되었다. 내적이고 본능적인 필요가 외적인 물질적 조건과 만나 충족된 것이었다. 같은 방식으로 소라게는 마음에 드는 껍질을 찾아 해안에서 이 껍질 저 껍질을 오간다. 때로는 두 마리의 게가 각기 원하는 껍질을 하나 두고 싸움을 벌이기도 한다. 우리는 소라게가 논리적으로 추론하고 생각한다는 것을 믿을 수 있을까? 소라게는 개별적인 판단 행위에 의해서가 아니라 본능적으로 적합한 껍질을 선택한다. 본능이 항상 오류가 없는 것은 아니다. 이성이 하는 것보다는 실수가 더 적긴 하지만 말이다. 붉은날다람쥐는 대개 버터호두나무를 최소한으로 갉아 속살에 다다르는 법을 알지만 이따금 실수를 저지르기도 한다. 평평한 쪽 대신 알맹이 끄트머리를 쪼아대는 것이다. 삼색제비는 헛간 처마 밑에 둥지를 짓는 데 진흙을 고수할 것이다. 헛간의 나무판 대패질이 무척 매끄러워 둥지가 조만간 떨어질 가능성이 크기 때문이다. 하지만 삼색제비가 그 문제에 있어 판단력을 갖고 있는 것으로 보이지는 않는다. 삼색제비의 조상들은 높은 절벽의 표면에 둥지를 지었었다. 진흙이 더욱 단단하게 들러붙기 때문이다.

숲지빠귀 한 마리가 우리 집 단풍나무 한 그루에 둥지를 짓기 시작했다. 흔히 그렇듯, 마른 잎들과 종이 쪼가리들, 마른 풀들로 토대를 놓았다. 사흘이 지나자 둥지가 있던 나뭇가지가 텅 비어 있었다. 바람이 둥지의 흔적을 모조리 쓸어가 버렸던 것이다. 단풍나무 밑을 지나면서 나는 둥지가 있던 자리에 숲지빠귀가 서 있는 모습을 보았다. 분명 골똘하니 생각에 잠겨 있었다. 며칠 후 다시 보았을 때는 둥지가 완성되어 있었다. 숲지빠귀가 마침내 바람을 앞섰던 것이었다. 둥지를 짓는 본능이 날씨를 이겨낸 것이었다.

찌르레기가 아메리카솔새의 둥지에서 탁란을 할 때, 그 조그만 아메리카솔새의 경우를 보라. 그때 찌르레기의 마음속에는 생각하거나 사유하는 과정 같은 것이 있었을까? 아메리카솔새는 낯선 알을 발견했을 때 굉장히 혼란스러워하며, 짝도 그녀의 불안을 같이 나누는 것처럼 보인다. 그리고는 시간이 좀 지나고 나서, 명백히 두 마리가 그 문제에 대해 함께 머리를 맞대고 난 뒤, 어미 새는 오래된 둥지 꼭대기에 또 다른 둥지를 지으면서 알이 보이지 않게 파묻기 시작한다. 여기에다 또 다른 찌르레기가 또다시 탁란을 하면, 아메리카솔새는 같은 방식으로 알을 처리할 것이다. 이 모든 것은 성찰의 과정과 매우 흡사하다. 하지만 잠시만 이 문제를 생각해보자. 찌르레기와 아메리카솔새 사이의 이런 일은 무수한 세대에 걸쳐 계속되고 있다. 아메리카솔새는 기생조류가 가장 좋아하는 숙주로 보이며, 이 낯선 알과 관련하여 특별한 본능과 같은 것이 아메리카솔새의 마음속에서 자라났을 수도 있다. 심리학자들이 말하듯, 새는 알을 보고 반응한 뒤 앞서 설명한 방식대로 처리하는 과정을 거친다. 모든 아메리카솔새가 같은 방식으로 하는데 이것이 본능의 방식이다. 만약 이 절차가 새들의 입장에서 개별적으로 생각하거나 계산해서 나온 결과였다면 모두가 똑같은 방식으로 하지는 않을 것이다. 즉, 저마다 독자적인 방식을 떠올릴 것이다. 알을 바깥으로 내팽개쳐 버린다면 얼마나 더 간단하고 쉬운 문제겠는가. 그것은 이성에서 나온 행동과 얼마나 더 비슷하겠는가. 내가 아는 한, 어떤 새도 기생하는 새의 알을 팽개치지 않으며, 아메리카솔새 외에 다른 어떤 새도 앞서 내가 설명한 방식으로 알을 처리하지 않는다. 버려진 피비새의 둥지를 발견한 적이 있다. 그 안에는 피비새의 알 하나와 찌르레기의 알 하나가 있었다.

우리나라의 야생조류 중 일부는 숲과 바위에서 나와 우리가 사는 가옥의 보호를 받기 위하여 둥지를 짓는 습관을 바꿔왔다. 피비새와 삼색제비가 그 대표적인 예이다. 우리는 그러한 변화를 조류의 지성 탓으로 돌리지만 내 생각에 그것은 그들의 자연 적응력만을 보여줄 뿐이다. 삼색제비의 예를 보라. 그들은 우리가 사는 가옥의 처마를 찾아 대규모로 절벽을 떠났다. 이 변화는 얼마나 자연스럽고 본능적으로 생겨난 것인가! 농경지대의 곤충은 야생의 불안정한 지대의 곤충보다 훨씬 더 다양하고 풍부하다. 원활한 먹이 공급이 자연스럽게 제비들을 끌어모은 것이다. 그런 다음에는 그들을 보호해 주는 가옥의 처마가 둥지를 짓는 본능을 자극한다. 농장 주변과 큰길가의 풍부한 진흙 또한 틀림없이 효력이 있을 것이다. 그 결과 새들은 당연히 새로운 장소를 택한다. 피비새의 경우를 보자. 피비새는 원래 절벽에서 튀어나온 바위 아래에 둥지를 짓는다. 아직도 어느 정도는 그렇게 한다. 피비새 역시 농장의 건물들과 다리 부근이 먹이 공급이 훨씬 풍부하다는 사실을 알아냈다. 헛간과 현관이 제공하고 보호하는 둥지는 다른 새들에게 그랬던 것과 마찬가지로 피비새에게 둥지를 짓는 본능을 자극하였으며, 그로 인해 우리는 매년 봄에 피비새를 볼 수 있게 되었다.

동물이 하는 거의 모든 것은 외부 자극에 따라 행동하는 타고난 본능의 결과이다. 그 한계 내에서 지성적인 선택이 하는 역할은 아주 미미하다. 그렇지만 때로는 지각하는 역할을 맡기도 하는데, 이성적인 지성은 아니다. 곤충은 지성을 가진 것처럼 보이는 일들을 많이 하지만, 인간의 지성과 얼마나 다른지는 단생벌인 나나니벌의 경우에서 볼 수 있다. 나나니벌은 무지하게 고생해서 집을 짓고는 때로는 알을 낳지도 않은 채 늘 하는 대로 거미와 함께 저장한 뒤 봉해버린다. 지성은 절대 그런 종류의 실수를 하지 않지만 본능은 실수를 저지른다. 본능은 기계처럼 불변의 방식을 더욱 많이 행한다. 특정한 단생벌들은 먹잇감인 거미나 벌레, 메뚜기 같은 것들을 가져와서 구멍 입구에 놓은 다음, 벌집 안으로 운반하기 전에 아무 이상이 없는지 확인하고 벌집으로 들어간다.

프랑스의 자연학자 파브르*는 나나니벌들 중 한 마리를 갖고 다음과 같은 실험을 했다. 나나니벌이 벌집에 있는 동안 그는 나나니벌이 먹잇감으로 가져온 메뚜기를 약간 멀리 옮겨놓았다. 나나니벌은 밖으로 나와 전처럼 메뚜기를 입구로 가져갔으며, 재차 안으로 들어갔다. 그는 또다시 사냥감을 치웠고, 다시 나나니벌은 밖으로 나와 도로 가져갔으며 전처럼 보금자리로 들어갔다. 이 작은 촌극은 계속해서 반복되었다. 나나니벌은 메뚜기를 끌고 가기 전에 매번 구멍에 들어갔다. 반드시 그런 식으로만 작동하는 기계 같았다고 한다. 꼭 그 순서대로 단계를 밟아야만 하는 것이다. 행여 그러한 규칙적인 방식이 방해를 받으면 처음부터 다시 시작해야 한다. 이것이 본능이며, 이 일화는 본능이 의식적인 지성과 얼마나 크게 다른지를 보여준다.

얼룩다람쥐를 기르고 있다면, 빈방에서 녀석을 놓아준 뒤 견과류를 좀

*Jean Henri Fabre(1823~1915). 『파브르 곤충기』를 쓴 바로 그 프랑스의 곤충학자, 박물학자이다.

주어보라. 그것들을 숨길만 한 곳이 없다는 것을 알았을 때, 녀석은 틀림없이 구석으로 가져가 덮어버리는 척할 것이다. 마치 견과류 위에 나뭇잎들을 끌어모으거나 흙을 덮는 행위를 하듯, 여러분은 견과류 주위에서 즉시 녀석의 발이 재빠르게 움직이는 모습을 볼 것이다. 녀석의 기계 역시도 그런 식으로 작동해야만 한다. 견과류를 저장한 뒤 다음 순서로 해야 하는 것은 그것들을 덮어 숨기는 것이며, 녀석이 하는 몸짓은 모두 예식에 따른 것이다. 이 쓸모없는 행동에서 지성은 빠져 있다.

새장에 갇힌 카나리아는 마실 물이 들어있는 컵 앞에서 목욕하는 듯한 온갖 몸짓을 한다. 단, 부리를 액체에 담글 수 있을 때만이다. 물을 보거나 건드리면 카나리아는 흥분하기 시작하며, 이따금 부리가 물방울을 튀기면 날개와 꼬리를 파닥거리며 홱홱 움직인다. 그 모습은 꼭 상상 속에서 목욕하는 게 아니라 진짜로 목욕하는 것 같다.

새에게서 둥지를 짓는 본능을 좌절시킬 때 새의 본능이 얼마나 끈덕지고 얼마나 맹목적인지를 보라! 어느 봄날, 집참새 한 쌍이 우리 집 현관의 지붕을 받치고 있는 판재에 둥지를 지으려 하고 있었다. 그들은 분명 판재 꼭대기에 있는 약 3센티미터 너비의 틈새에 마음을 빼앗겼다. 그 쌍은 거의 4월 한 달 내내 판재 여러 곳에 둥지를 짓는 재료를 물어 나르느라 무척 분주했다. 자신들의 몸이 들어갈 만큼 크지도 않은 틈새나 크게 금 간 곳에 강렬하게 매력을 느끼는 것 같았다. 그들은 지푸라기들과 잡초 줄기들을 날랐으며, 현관 한쪽 끝 부분을 다 채우고 나면 또 다른 곳을 채우고 또 채웠으며, 이내 현관 끝에서 끝까지 금이 간 곳이라면 모조리 쓰레기들로 가득 차게 되었다. 청소하는 사람의 분노의 빗질이 어질러져 있는 쓰레기들을 쓸어내느라 지칠 정도였다. 새들은 판재 내부로 들어갈 수는 없었으나 둥지를 짓는 재료들을 밀어 넣을 수는 있었기에 그들의 힘이 미치지 않는 구멍 앞에서 자극받으며 몇 주간 줄기차게 그 일을 계속했다. 본능이 얼마나 맹목적으로 작동하는지를 잘 보여주는 좋은 사례다.

동물은 우리 인간보다 여러 면에서 훨씬 더 예리한 감각을 갖고 있다. 그러나 그들은 개념을 형성하지 않으며, 하나를 다른 하나와 비교할 능력도 갖추고 있지 않다. 그들은 온전히 감각을 통해 산다.

마치 초자연적 세계가 두 개의 차원으로 나누어져 있는 것 같다. 하나가 다른 하나의 위에 있다. 바로 감각의 차원과 정신의 차원이다. 하등동물은 감각의 차원에서 산다. 간혹 더 높은 차원으로 잠시 진입할 뿐이다. 사람 또한 감각의 세계에 몰입하기도 하는데, 이는 사람의 출발점이고 토대이다. 하지만 사람은 정신적인 차원으로 올라가며, 여기에서 알맞은 삶을 산다. 사람은 짐승은 해방될 수 없는 방식으로 감각에서 해방된다.

따라서 동물과 인간 심리 사이의 선이 꽤 분명하게 그려져 있다는 게 내 생각이다. 넘어갈 수 없는 선이 아니다. 엄연히 본능은 지성에 의해 수정되는 경우가 잦으며, 지성은 본능에 의해 좌우되거나 촉발되는 경우가 잦지만, 어느 선이 인간의 행동에 주어졌는지 혹은 어느 선이 짐승에게 속하는지에 대해 우리는 오래 뜸 들일 필요가 없다. 여우가 사냥개를 지체하게 하는 여러 잔꾀를 부릴 때(만약 의식적으로 잔꾀를 부린 것이라면), 여우는 일종의 지성을 발휘한 것이다. 이것은 우리가 "교활함"이라고 부르는 낮은 형태의 지성으로, 자기보존 본능에 의해 촉발된 것이다. 새들이 매나 올빼미 근처에서 야단법석을 떨며 울부짖기 시작하거나 과감하게 공격할 때, 새들은 보다 단순한 형태의 지성을 보여준다. 적들을 인식하는 지성으로 이 역시 자기보존 본능에 의해 촉발된 것이다. 매가 말 등에 사람이 타 있다는 것을 알지 못하는 것은 지성이 결여되었다는 사실을 보여준다. 까마귀가 옥수수밭에 둘러진 철망에 가까이 가려 하지 않는다는 사실은 두려움이 얼마나 지배적인지, 또 기지가 얼마나 얕은지를 보여준다. 고양이나 개, 말이나 암소가 대문이나 문을 여는 법을 배운다는 것은 어느 정도 지성이 있다는 사실을 보여준다. 즉, 모방하려는 능력, 경험을 통해 얻은 능력인 것이다. 기계는 이러한 것을 배울 수 없다. 동물이 뒤에 있는 대문이나 문을 닫는다면 그것은 또 다른 지성의 단계가 될 것이다. 하지만 문을 닫는 것과 지성의 직접적인 결여는 아무런 관계가 없다. 오로지 여는 것과만 관계가 있는 것이다. 문을 닫는 것은 결과적으로 동물은 문을 닫을 수 없다는 생각을 포함하고 있다. 말은 살얼음판이나 허술한 다리 위를 건넌 경험이 전혀 없더라도 그 위를 건너는 것을 망설일 것이다. 이것은 필시 물려받은 본능이며, 조상들이 세상살이를 하며 겪은 보편적인 경험이 축적된 것이다. 그들은 그러한 물려받은 본능으로 얼마나 안정되게 발을 디디며 서 왔는지 모른다! 집굴뚝새 한 쌍이 우리 집 우물 틀에 보금자리를 틀었다. 새끼가 어느 정도 자라 누군가가 우물에 오는 소리를 듣게 되었을 때, 그들은 먹이를 재촉하는 요란한 소리를 내기 시작했다. 내가 마치 어떤 동물이 기어 올라가려 하는 것처럼 그들 밑에 있는 우물 측면을 긁자 그 소리는 즉시 잦아들었다. 두려움에 대한 본능이 즉각 굶주림에 대한 본능을 이긴 것이었다. 본능은 지성이 있다는 것을 보여주지만, 개별적으로 습득한 지성과 같은 것은 아니다. 그것은 배우지 않고 자연히 터득한 것이다.

동고비가 히코리 열매 부스러기를 나무에 물어 날라 나무껍질 틈새에 끼워 넣을 때, 그것은 개별적인 지성적 행동을 보여주는 것이 아니다. 모든 동고비들이 그렇게 한다. 즉, 종족의 본능인 것이다. 그 행동은 목적을 위한 수단에 순응하는 지성을 보여주지만, 인간의 지성이나 개별적인 지성과 같은 것은 아니다. 이는 오랜 목적을 위한 새로운 수단에 적응하는 것이거나, 새로운 목적을 위한 오랜 수단에 적응하는 것이며, 경우에 따라 불쑥 생겨나는 것이다. 어치와 박새는 열매나 씨앗을 쥐고 발밑에서 부리로 쪼아 먹지만 동고비는 나무껍질 틈새에 단단히 끼워 넣는다. 전자의 행위는 후자의 행위와 마찬가지로 지성적이다. 즉, 둘 다 본능이 촉발한 것이다. 그러나 사람은 죔틀이나 쐐기, 부트잭* 같은 것을 만들 때 개별적인 지성을 쓴다. 겨울에 집 밖에 내놓은 곡식을 어치가 물고 가 오래된 벌레의 둥지와 나무의 옹이구멍과 틈새에 숨길 때, 어치는 자기 종족의 본능에 따라 좀도둑질을 하며 숨기는 것이다. 이는 자연의 이치에서 일익을 담당하는 본능이며, 그 본능으로 말미암아 도토리들과 밤들이 심어지고 다량의 씨앗들이 널리 퍼지는 것이다. 이러한 어치의 탐욕으로 인해 날개 없는 나무열매들이 날아다니며, 소나무들 사이에 오크나무들이 심어지고, 솔송나무들 사이에 밤나무들이 심어지는 것이다.

나무열매에 대해 이야기하고 있자니 흰발생쥐에 관해 읽은 일화가 생각난다. 동물의 지성의 한계에 해결의 실마리를 던져주는 일화였다. 작가가 흰발생쥐에게 히코리나무 열매를 주자 쥐는 부엌 벽면에 얽은 얇은 나뭇조각 사이의 금이 간 곳을 헤쳐 나가려고 했다. 금 간 곳을 통과하기에는 열매가 너무 컸다. 쥐는 열매를 통과시키려고 갖은 애를 썼다. 실패하자 녀석은 자기가 먼저 통과한 뒤에 열매를 끌어당기려고 했다. 몇 분 간격으로 열매를 떨어뜨리고 더듬거리며 찾기를 반복하면서 녀석과 녀석의 동무는 밤새도록 헛된 시도를 계속하는 것 같았다. 자신의 몸집이 들어가기에는 구멍이 너무 작기 때문에 구멍이 더 커지도록 갉아내면 된다는 생각이 쥐에게는 떠오르

*bootjack. 장화 벗는 기구(뒤축을 걸어서 발을 빼기 쉽도록 한 V자 모양의 도구).

지 않았던 것이다. 쥐는 이때껏 마음속으로 생각하는 것을 객관화할 수 없었다. 즉, 열매와 구멍의 관계를 충분히 알아낼 수 없었다. 나는 이 대목에서 과연 네 발 달린 동물이 그 정도의 성찰과 비교가 가능한지 의심스러워진다. 쥐 자신의 삶이나 조상들의 삶에서 열매를 갖고 그런 종류의 난관에 부딪힌 적이 없었기에 속수무책이었던 것이다. 게다가 앞서 관찰한 작가는 흰발생쥐가 각 면의 두께가 동일하지 않은 상자에 갇혀 있을 때 상자를 갉아내 버리려는 시도로 거의 예외 없이 가장 얇은 면을 공격한다고 말한다. 쥐는 어느 것이 가장 얇은 면이라는 사실을 어떻게 알까? 아마 섬세하면서도 단련된 감각이나 청각으로 알 것이다. 내부에서든 외부에서든 방해물을 갉아 구멍을 내면서 그 쥐나 그 쥐의 동족들은 충분한 경험을 했을 것이다.

곤충에 이르면, 우리는 앞의 추론이 유효하지 않다는 것을 알 수 있다. 단생벌은 땅속에 있는 구멍이 너무 작아서 자신이 가져온 거미나 곤충 같은 것을 안으로 집어넣을 수 없다는 사실을 알았을 때 구멍을 넓히기 시작한다. 이런 면이나 또 다른 면에서 볼 때 어떤 곤충들은 네발짐승은 불가능한 이성의 단계를 밟는 듯싶다.

로이드 모건은 자신이 키우는 폭스테리어 개 토니로 시도했던 실험에 대해 상세하게 전한다. 그는 토니에게 끝이 뾰족뾰족한 말뚝 울타리를 통과하여 막대기를 가져오는 법을 가르치고자 했다. 울타리는 개가 통과할 정도의 공간이 있었으나, 개가 막대기를 물고 올 때 막대기 끝이 말뚝에 걸렸다. 주인이 개에게 용기를 북돋워 주자 개는 어떻게든 막대기를 밀어내려고 용을 썼다. 성공하지 못하자 개는 돌아가서 드러눕더니 막대기를 잘근잘근 물어뜯기 시작했다. 그런 다음 다시 시도했으나 또 전과 같이 말뚝에 걸려 옴짝달싹 못 했다. 그런데 이때 우연히 개의 머리가 한쪽으로 기울어졌고, 마침내 막대기가 통과할 수 있었다. 주인은 개에게 잘했다며 토닥거려 주고는 다시 막대기를 물어오라고 보냈다. 다시 녀석은 막대기 중간 부분을 물었으며, 당연히 말뚝에 걸리게 되었다. 약간 버둥거리며 몸부림을 친 뒤 녀석은 막대기를 떨어뜨렸고, 결국 막대기 없이 통과했다. 그런 다음, 주인이 토닥거리며 용기를 북돋자 녀석은 머리를 밀어 넣어 막대기를 꽉 물었으며 말뚝 사이로 끌어당기려고 위아래로 풀쩍풀쩍 뛰며 갖은 애를 썼다. 몇 날 며칠 거듭할 때마다 그 실험은 실제로 동일한 결과를 반복했다. 개는 전혀 문제를 해결하지 못했다. 개는 울타리에 있는 틈새와 막대기의 관계를 알아차릴 수 없었다. 한번은 막대기를 통과시키려고 3분간이나 세게 물어 당겼다. 만약 개가 그 문제에 대한 정신적 개념을 갖고 있었거나 조금이라도 생각이란 것을 갖고 있었다면, 당연히 단 한 번의 시도를 통해 녀석은 열두 번의 시도만큼이나 확신을 가졌을 것이다. 모건 씨는 다른 개들과도 실험을 했으나 결과는 마찬가지였다. 개들이 막대기를 물고 말뚝을 통과했을 때는 언제나 우연이었다.

개나 개의 조상들은 울타리의 좁은 틈새를 통과해 기다란 막대기를 가져오는 법을 알아야 할 필요가 전혀 없었다. 이런 이유로 개는 틈새를 통과하는 묘책을 알지 못하는 것이다. 그러나 묘책을 아는 새들도 좀 있다. 집굴뚝새는 8센티미터 길이의 나뭇가지를 4센티미터 지름의 구멍을 통과해 물어 나른다. 집굴뚝새 종은 둥지를 지으면서 오랫동안 나뭇가지를 다루어왔기에 이 지식이 종족의 본능이 되었고, 이 때문에 어떻게 다루는지를 아는 것이다.

우리가 동물의 지성이라고 부르는 것은 대부분 감각의 인식과 감각의 기억*으로 제한되어 있다. 우리는 그들에게 특정한 것들을 가르치고, 그들의 타고난 지성의 범위를 훨씬 넘어서는 묘책을 훈련시킨다. 그들의 정신을

*하나, 혹은 그 이상의 시각 · 후각 · 청각과 같은 감각들을 통해 떠오르는 기억.

계몽시키거나 이성을 발달시키겠다는 이유 때문이 아니라 주로 습관적으로 다. 반복을 통해 행동은 자동적이 된다. 코끼리 외에 훈련받은 동물을 본 적이 있는 사람이라면 아주 조금이라도 의식적인 지성을 드러내는 것을 본 적이 있는가? 훈련받은 돼지나 훈련받은 개, 또는 훈련받은 사자는 자신이 하고 있는 일에 대한 인식이 없이 기계가 하듯 정확하게 "기술"을 선보인다. 훈련사와 곡예사는 항상 고정된 순서대로 해야 한다는 것을 알고 있다. 낯선 소리라든가 빛, 색깔, 움직임에서 조금이라도 색다른 변화가 있으면 그 즉시 문제가 뒤따른다.

나무의 밑동을 갉아 쓰러뜨리는 한 비버에 관해 읽은 적이 있다. 나무가 쓰러지지 않았기에 비버는 다시 갉아내었으나 이번에도 쓰러지지 않았다. 녀석은 서너 번 계속해서 갉아내었으나, 나무는 여전히 그대로 서 있었다. 그러자 포기했다. 자, 내가 볼 수 있는 한, 그 동물이 보여준 유일한 독립적 지성은 나무를 갉아내는 것을 중단했을 때였다. 만약 비버가 철저히 기계적으로 행동하는 동물이었다면 나무 전체를 땔감으로 만들 때까지 계속해서 나무를 갉아냈을 것이다. 그렇지 않겠는가? 비버는 새로운 문제에 직면하였으며, 잠시 후 눈치를 챘다. 물론 비버는 우리와 달리 무엇이 문제인지를 이해하지 못했지만, 무언가 잘못되었다고 결론을 내린 게 명백했다. 이 자체는 지성적인 행동이었을까? 나무를 갉아내는 것을 중단한 것은 단지 낙담한 결과일 뿐일 수도 있으며, 정신적인 결론은 전혀 수반하지 않았을지도 모른다. 그것은 동물의 지성을 시험하는 새로운 문제, 새로운 조건이다. 새장에 갇힌 새나 우리에 갇힌 짐승이 달아날 수 없다는 사실을 아는 데는 얼마나 오랜 시간이 걸리는지 모른다! 포획된 새나 다람쥐, 미국너구리에게 우리에 갇혀 있다는 사실을 주입시키는 데는 몇 주, 아니면 몇 달이 걸린다는 것은 누구라도 분명히 알 수 있다. 포로가 몸부림을 중단하는 것은 마침내 상황을 이해하게 되었기 때문이 아니라 낙담했기 때문이다. 억눌려진 것이지 계몽된 것은 아닌 것이다.

길버트 화이트처럼 아주 세심한 관찰자조차도 제비에게 판단의 행위가 있다고 믿는데, 이는 과분한 찬사다. 그는 진흙으로 만든 둥지는 신속히 지을 수가 없으며 진흙 자체의 무게로 인해 무너지기에 새는 오직 아침에만 작업을 하며, 그 외 시간에는 놀거나 먹이를 먹는다고 한다. 그렇게 함으로써 진흙이 단단하게 굳을 시간을 준다는 것이다. 마음씨 따뜻한 교구 주임목사인 길버트 화이트는 둥지를 짓는 동안 모든 새들이 그렇게 하는 것이 관행이라는 것을 관찰하지 않았던 것일까? 이른 아침 시간에만 일하고 나머지 시간에는 먹이를 먹거나 즐겁게 노는 게 일이라는 것을? 진흙으로 둥지를 짓는 새들의 경우, 이러한 중간의 휴식기가 진흙을 단단히 다지는 것은 맞지만, 새들이 이것을 사전에 고려한 것이라고 믿는 게 과연 타당한 일일까?

새는 둥지를 지을 때 그러한 기술과 지성을 드러내는 것 같기도 하지만, 그럼에도 때로는 얼마나 어리석은지를 드러내기도 한다! 나는 한 번에 둥지 네 개를 짓기 시작하는 피비새를 한 마리 알고 있는데, 그 새는 거의 네 군데에 다 공을 들였다. 새는 조상들이 살던 경사진 바위 밑을 버리고 새로이 현관으로 와서 판재 위에 네 개의 둥지를 짓기 시작했다. 자신의 종족이 현관에 둥지를 지은 경험이 거의 없거나 전무했기 때문에 그 새는 어리석은 실수를 저질렀다. 판재에는 똑같이 생긴 곳이 네 군데 이상 있었으며, 그 중 어느 곳을 이끼로 가득 찬 부리로 콕콕 쪼더라도 맞는 장소로 여겼다. 본능은 어느 정도까지는 기여했지만 서까래들 사이에서 맞는 둥지를 식별할 수 있게 해주지는 못했다. 약간 독창적인 지성이 제 역할을 해야 하는 곳에서 결함이 있었던 것이다. 피비새의 조상들은 이런 종류의 실수를 거의 저지를 가능성이 없는 곳인 바위 밑에 둥지를 틀었으며, 오랜 세대에 걸친 경험을 통해 주변 환경과 둥지를 조화시키는 법을 배워왔으며, 이끼를 이용함으로써 둥지를 더욱 잘 감출 수 있었다. 우리 집에 둥지를 튼 피비새는 현관의 새 목재에 이끼를 물어왔는데, 그곳은 이끼가 잔뜩 낀 회색 바위 밑과는 정확히 정반대의 효과를 낳는 곳이었다.

나는 최근에 알게 된 개똥지빠귀의 사례를 보고 무척 즐거웠다. 개똥지빠귀는 기관차가 빈번하게 방향을 바꾸는 철도 종착역의 목판으로 덮은 허름한 창고의 남쪽 끝에 둥지를 지었다. 둥지가 있는 창고 끝이 북쪽으로 방향을 틀자 개똥지빠귀는 일시적인 남쪽 끝에 또 다른 둥지를 지었으며, 날마다 계속해서 창고 끝의 방향이 뒤바뀌자 이윽고 두 군데의 둥지에 각기 알을 품었다. 내가 개똥지빠귀의 소리를 마지막으로 들었을 때는, 개똥지빠귀는 당분간 남쪽으로 향하는 창고 끝의 둥지 위에 한결같이 앉아 있었다. 새는 전차대*의 기술에 대한 경험이 전혀 없어 갈피를 못 잡았던 게 분명했다!

한 명석한 사람이 언젠가 내게 게가 추론할 수 있다고 말하며 다음과 같은 증거를 들었다. 그가 얕은 물에서 게를 뒤져 찾고 있을 때 이제 막 껍질을 벗은 게를 찾았는데, 그 게가 변함없이 용감하게 싸우는 모습을 보였다는 것이다. 당연히 어떤 고통도 가할 수 없을 정도로 힘이 약하긴 했지만 말이다. 게는 그 속임수가 전혀 통하지 않는다는 사실을 안 순간 더 이상 반항하지 않았다고 한다. 나는 곧장 나나니벌도 추론한다고 말해야 할 판이었다. 우리가 침이 없는 수벌을 잡았을 때, 수벌은 온몸을 꼬며 찌르는 듯한 온갖 동작

*철도에서 차량의 방향을 바꾸거나 한 선로에서 다른 선로로 위치를 이동시키는 장치. 증기기관차나 전망차 등은 그 운행방향이 일정해야 하므로 왕복운행을 할 때는 한쪽에서 반드시 방향을 바꿔야 한다. 이때 필요한 것이 전차대이며, 전차대 앞에는 창고가 있었다.

을 취한다. 침을 갖추고 있는 벌들이 하듯 말이다. 이러한 행동은 물려받은 본능에서 나온 것이며 순전히 자동적이다. 말벌은 속임수를 보이는 것이 아니다. 정말로 침으로 찌르려고 하는 것인데, 다만 무기가 없을 뿐이다. 탈피한 게도 사람이 접근하면 본성에 따라 재빨리 반응한다. 그런 다음 또 재빨리 방어를 중단하는데, 이는 약화된 조건 속에서 방어의 충동 또한 약화되기 때문이다. 게의 투항은 이성적이 아니라 생리학적인 것에 근거하는 것이다.

이와 같이 우리는 가장 하등한 형태의 동물도 고차원의 능력을 갖고 있다고 무의식적으로 생각할 수 있다. 우리의 삶에서 많은 것들이 순전히 자동적이다. 즉, 적절한 자극에 대한 신속한 반응이다. 날아오는 주먹을 피하는 것이나, 무기가 날아올 때 재빨리 비키는 것이나, 이성에게 상냥하게 대하는 것과 같은 것들 말이다. 그와 같은 많은 것들 역시 물려받은 본능이거나 무의식적인 모방이다.

그렇다면 사람이 반은 동물이기 때문에 동물도 반은 사람이라고 말할 수 있을까? 이것이 일부 사람들의 논리인 것 같다. 동물성을 많은 부분 유지하고 있는 동물로서의 사람은 고차원의 능력과 속성으로 진화해 왔으나, 반면 네발 달린 우리의 친족들은 이와 같이 진보해 오지 않았다.

인간은 분명코 동물에 기원을 갖고 있지만, 인간의 진보는 변이의 원칙이 훨씬 더 왕성했을 때, 본연의 형태와 힘이 더욱더 기운차고 유연했을 때, 아득히 먼 옛날 생명유지에 필수적인 유체가 소용돌이치고 들끓으며 절정에 달했을 때 일어났으며 창조적 충동과 더불어 고조에 달했다. 세상은 나이 들어가고 있으며, 자연의 주도권은 확실히 점점 줄어들고 있다. 내 생각에는 벌레가 더 이상 인간이 되기를 염원하지 않는다고 말해도 좋을 것 같다.

10장

반신반의

요즘 들어 자연사를 주제로 쓴 글을 제대로 확인해 보지도 않고 그대로 받아들이는 것에 대해 대체로 조심스러워지게 되었다. 나는 그러한 글들이 전부가 사실은 아닐 수도 있으므로 반신반의하며 받아들인다. 신문을 읽는 것은 사람을 신중하게 만드는 경향이 있다. 요즘 세상에 신문을 읽지 않는 사람이 누가 있겠는가? 나를 비판하는 사람 중 하나는 내가 최근 일부 자연작가들에 대해 맹비난을 가하는 점과 관련하여 나는 내가 직접 보지 않은 것이라면 무엇이든 불신하는 사람이라고 말한다. 내 "관점이 자신만의 개인적인 경험에 제한될 정도로 편협한" 관찰자 부류에 속한다는 것이다. 이 말이 사실이라면 이것은 중대한 과실이다. 다른 역사나 자연사만이 아니라 삶 전반에 있어서도 그만큼 신뢰를 보여야 하기 때문이다. 동일한 주제를 논한 또 다른 비평가는 이렇게 말한다. "버로스 씨는 한 사람이 아무리 많은 것을 본다 해도 모든 사람이 본 것에 미치지는 못한다는 점을 기억해야 할 것이다." 맞는 말이다! 만약 내가 지금까지 모든 사람이 보아왔던 진실을 부정하는 짓을 저질러왔다면, 나를 비난한 사람은 불만을 제기할 정당한 근거가 있다. 나는 한 남자가 홀로 보았던 것을 기록한—1903년 3월호 「애틀랜틱 먼슬리」지에 실린—어떤 것들에 대한 진실을 부정했을 뿐이다. 그것들은 나 자신이 직접 관찰한 것뿐만이 아니라 다른 모든 관찰자들 및 동물 심리의 근본원리와 상당히 상충하는 것으로, 언제나 움직이기 쉬운 나의 "믿으려는 의지"가 발걸음을 멈칫하더니 한 발짝 나아가는 것을 거부했다.

어떤 분야에서든 신념의 문제에서, 과학적 방법, 즉 증명의 방법에 있어 모든 사람의 마음이 다 똑같지 않다는 점은 확실하다. 어떤 사람들은 자신들이 할 수 있거나 해야 하는 것을 믿는가 하면, 다른 사람들은 자신들이 할 것을 믿는다. 어떤 사람은 자신의 이성과 경험이 수긍하는 것을 받아들이는가 하면, 다른 사람은 자신이 만들어낸 공상에 따른다. 개연성의 근거는 내게 대단히 중요하다. 목격자의 논조와 자질도 굉장히 중요하다. 그가 하는 말에 진실성이 있는가? 올바로 보는 눈을 가졌는가? 빈틈없이 꿰뚫어 보고자 하는가? 즉, 사물의 한 면 이상의 것을 보는가? 진실을 소중히 여기는가? 아니면 낯선 것, 특이한 것을 좋아하는가? 마지막으로, 나 자신의 경험은 다른 사람들의 관찰을 수정하거나 변형하는 것에서 나온다. 여러분이 기록한 것이 있을 성싶지 않은 것이라면 나는 그 기록을 받아들이기 전에 구체적인 증거를 바랄 것이며, 여러분이 목격한 것에 대해 시시콜콜 따져 물을 것이다. 사과와 도토리, 또는 배와 자두가 동일한 나무에서 자라는 것을 보았다고 내게 말한다면, 나는 여러분을 불신할 것이다. 그러한 일은 알려진 바가 없으며 본성에 어긋나는 것이다. 하지만 만약 복숭아나무에서 천도복숭아가 열리는 것을 보았다거나 복숭아나무를 낳는 천도복숭아 씨를 안다고 한다면 나는 여전히 시시콜콜 따져 묻고 싶을 테지만 그래도 여러분을 믿을 것이다. 그러한 일들이 일어났었기 때문이다. 아니면, 여러분이 뿔 달린 늙은 암사슴이나 며느리발톱을 가진 암탉, 둥지에서 알을 품고 지저귀는 수새를 보았다고 말한다면 정말 일어날 성싶지 않은 드문 일이긴 하지만 나는 이의를 제기하지 않을 것이다. 여러분이 흰 까마귀나 흰 찌르레기, 흰 개똥지빠귀, 아니면 검은 얼룩다람쥐, 검은 붉은날다람쥐, 또 보통 동물계에서 벗어난 여러 진기한 것을 보았을 수도 있다는 점을 나는 인정할 것이다. 하지만 붉은날다람쥐가 소굴에 호밀 씨를 저장하기 전에 건조시키는 것을 보았다고 말하는 사람이나, 여우가 사냥개에게서 달아나려고 양의 등에 올라탈 거라고 믿는 작가나, 왜가리가 밑밥으로 물고기를 모아 낚는 것을 보았다는 또 다른 작가의 신념을 나눠 가질 수는 없다. 비록 여러분이 나무줄기를 뛰어 올라갈 뿐만 아니라 뛰어 내려가기까지 하는 딱따구리를 보았다고 단언할지라도 나는 여러분이 맞게 본 것이 아니라고 확신할 것이다. 나무 주위에서 통통 뛰며 오르락내리락하는 것은 딱따구리가 아니라 동고비이다. 사람은 경험을 초월하기는 쉽지만 이성을 초월하기는 그리 쉽지 않다. "한 사람이 아무리 많은 것을 본다 해도 모든 사람들이 본 것에 미치지는 못한다"는 말은 맞긴 하지만, 여남은 사람들이라 하여 한 사람이 보는 것보다 더 많이 볼 수는 없으며, 진실은 종종 대다수냐의 문제가 아니다. 만약 여러분이 새나 짐승에게 우리가 의미하는 이성을 소유하고 있다는 것을 암시하는 일화를 내게 말한다면 나는 매우 회의적일 것이다.

그렇다면 나는 지금껏 비난받아 왔듯 더욱 근대적이고 더욱 과학적인 귀납법보다 이성적인 연역법을 선호하는 것에 대해 가책을 느껴야 할까? 하지만 내 생각에는 귀납법이 "늙은 암소가 달 너머로 뛰어 넘어가는"* 것을 증명하려고 애쓰는 데 유용할지 의문이다. 우리는 분명 일반적인 원칙에 따라 특정한 것들을 부정하기도 하며 또 그 외 다른 것들에 긍정하기도 한다. 나는 수탉이 알을 낳았다거나 수컷 호랑이가 젖을 내었다는 말을 믿지 않는다.

*16세기의 잘 알려진 'Hey, Diddle Diddle'이라는 제목의 동시에 나오는 표현으로, 가령 "돼지가 날개를 다는" 것처럼 믿을 수 없는 일, 있을 수 없는 일을 표현할 때 쓰인다.

만약 여러분이 주장한 사실이 근본적인 원칙과 모순된다면 나는 그것을 경계할 것이다. 만약 보편적인 경험과 모순된다면 나는 철저하게 캐물을 것이다. 한 대학교수가 검은찌르레기사촌 한 마리가 작은 물고기 한 마리를 잡아 부리로 물고 날아가는 것을 보았다는 편지를 내게 보내왔다. 나는 이제껏 그와 같은 모습을 본 적이 없었지만, 그러한 주장의 진실성에 의문을 제기해야 한다는 원칙 같은 것은 없다. 나는 검은찌르레기사촌이 집참새를 죽이는 모습을 내 두 눈으로 직접 본 적이 있다. 이 두 가지 행위는 매우 특이한 것으로 생각되지만, 둘 다 있을 성싶지 않은 것은 아니다. 만약 그 교수가 찌르레기가 물총새의 방식에 따라 물고기를 잡으려고 머리부터 물속에 처박는 모습을 보았다고 말했다면 나는 매우 회의적이었을 것이다. 그가 본 것은 오로지 새가 주둥이에 펄떡거리는 물고기를 문 채 물가에서 솟아오르는 모습이었기 때문이다. 새는 필시 해안가의 얕은 물에서 물고기를 낚아챘을 것이다. 하지만 나는 어떤 여자가 자신을 포함한 온 가족이 "한 쌍의 작은 갈색 새"가 위험한 고양이 때문에 낮은 덤불에 있는 둥지에서 근처의 나무 꼭대기에 방금 새롭게 튼 둥지로 미숙한 새끼를 나르는 모습을 보았다고 말한다면, 나는 일반 원칙에 따라 그 진술을 불신할 것이다. 새를 아는 사람이라면 누가 그런 이야기를 믿을 수 있겠는가? 은행 직원은 위조된 동전이나 지폐를 거부한다. 숙련된 시각과 촉각이 즉각 사기임을 감지하기 때문이다. 비슷한 이유로 경험 많은 관찰자는 앞서 말한 것과 같은 이야기들을 모두 거부한다. 다윈은 목도리뇌조가 두 날개를 등 너머로 쳐서 꼭 드럼을 치는 것과 같은 소리를 낸다는 전문가의 말을 인용한다. 요즘의 한 작가는 그 소리가 날개를 갖고 만들어내는 소리가 아니라 꼭 수탉이 꼬끼오하고 울듯 목소리로 만들어내는 소리라고 한다. 숲에 사는 사람은 모두 이 두 가지 진술이 진실이 아니란 것을 알고 있는데, 이는 일반적인 원칙이 아닌 경험을 통해서이다. 자연인은 뇌조가 날개를 앞뒤로 치며 드럼 소리를 내는 것을 보아왔기 때문이다.

날아다니며 곤충을 잡아먹는 작은 새들인 딱새류가 아닌 새들도 이따금 공중에서 곤충을 잡는다. 품새는 어설프지만 벌레를 잡긴 한다. 또 한편, 딱새류는 이따금 열매를 먹기도 한다. 나는 킹버드가 산딸기를 따먹는 것을 본 적이 있다. 그러한 모든 사실은 관찰의 문제이다. 진실을 추구할 때 우리는 연역적 방법과 귀납적 방법을 모두 이용한다. 즉, 사실들로부터 원칙을 추론하며, 그 원칙을 가지고 주장된 사실들을 시험한다.

일전에 한 지적인 여성이 내게 카나리아에 관해 이런 말을 했다.

카나리아가 새장 구석에 새끼들과 둥지를 틀고 있었는데 그 근처의 새장에 다른 새들이 몇 마리 있었어요. 그 새들이 무슨 새들인지는 기억이 안 나지만요. 그 새들은 카나리아에게 벌어지는 모든 일들을 한눈에 볼 수 있었죠. 카나리아는 이렇듯 공개된 것을 분명 좋아하지 않았어요. 새장 바닥에 덮여 있던 신문 쪼가리를 사람 손바닥만한 크기로 찢어 남의 살림살이를 엿보기 좋아하는 이웃들이 볼 수 없도록 가리개로 만들어 철제 새장 속에 그것을 엮어 넣었기 때문이죠.

내게 이런 이야기를 제공한 이는 분명히 이 이야기를 믿는 눈치였다. 그녀의 공상과 감정에 딱 어울리는 것이었다. 하지만 그 방식이 얼마나 곤혹스러운지를 보라. 새가 어떻게 부리로 신문지를 넓게 찢을 수 있는가? 그다음, 어떻게 그것을 철제 새장 속에 엮어 넣을 수 있는가? 더욱이 카나리아가 속한 종은 복잡하고 정교하게 둥지를 짜 넣는 종이 아니다. 그들은 컵 모양의 둥지를 짓기 때문에 가리개나 덮개를 필요로 하지 않으며 따라서 그런 것을 만들어본 적도 없다. 그 문제의 진실이 무엇인지에 대해 딱히 내가 말할 수 있는 것은 아니지만 우리가 동물의 심리에 대해서 조금이라도 안다면 저 말이 진실이 아니라는 것을 알 수 있다. 조상들이 하지 않았던 행동을 동물에게 부여하는 것은 언제나 위험하다.

자, 다시, 사실로 기록된 것들은 이성에 반한다기보다는 모든 경험에 반하기에 나 또한 이 문제로 인한 곤혹스러움을 겪기는 마찬가지다. 최근 어떤 작가는 야생에서 찌르레기가 자신의 새끼를 보살피며 먹이를 제공하는 양부모를 도와주는 모습을 발견했다고 말한다. 국내외를 막론하고 우리가 기생조류에 대해 알고 있는 것과는 매우 상반되는 관찰이다. 진정한 관찰자라면 누구라도 이 진술을 신뢰할 수 없다. 우리나라에 서식하는 찌르레기는 백 년 이상 관찰되어 왔다. 시골에 사는 사람 모두가 철마다 양부모가 한 마리 이상의 새끼 찌르레기들에게 먹이를 주는 모습을 본다. 그렇지만 어떤 정통한 관찰자도 지금까지 친부모가 새끼를 돌본다고 기록한 바가 없다. 이것이 사실이라면, 찌르레기를 반기생조류로 만드는 것이다. 듣도 보도 못한 현상이다.

그 작가는 자신의 오두막 근처에 둥지를 틀고 있는 한 뇌조에 관한 일화를 이야기한다.

어느 날 아침, 둥지 쪽에서 이상한 울음소리가 들려왔다. 둥지로 향하는 오솔길을 걷고 있을 때 한쪽 날개를 옆구리에 바짝 붙인 채 나를 향해 뛰어오는 뇌조와 마주쳤다. 뇌조는 약탈자 까마귀 두 마리와 싸우고 있었다. 뇌조는 바짝 붙인 날개 밑에 알을 갖고 있었는데, 이는 망가진 둥지에서 가까스로 구한 것으로, 은둔자인 나에게 구조해 달라며 오고 있는 것이었다.

꼭 실제로 일어난 일인 것처럼 자연사 책에서 선의로 적은 게 분명하나, 나는 이런 이야기에 대해 회의적이다. 그런 모습을 한 번도 본 적이 없기 때문에? 아니, 내가 회의적인 이유는 이 일화가 뇌조라든가 다른 모든 야생조류들에 대해 우리가 알고 있는 모든 것에 매우 어긋나기 때문이다. 우리의 믿음은 거의 모든 사안에 대해 가장 쉬운 길을 택하는데, 내게는 실제로 그러한 일이 일어났다고 믿기보다는 작가가 스스로를 속이고 있다고 믿는 게 더욱 쉬운 일이다. 우선, 뇌조는 까마귀가 알을 훔쳐가려고 할 때 날개로 알을 집어 올릴 수가 없으며, 다음으로, 만약 그럴 힘을 가졌더라도 거기까지는 미처 생각하지 못했을 것이다. 그렇다면 뇌조는 알을 어떻게 하려던 걸까? 정말로 은둔자에게 아침식사로 가져다주려 했던 걸까? 이 마지막 추정은 그 이야기의 어떤 부분 못지않게 그럴듯하다. 뇌조는 아직 깃털이 나지 않은 새끼를 두고 선뜻 떠나지는 않을 테지만, 사람이나 짐승에게 시달릴 때는 분명 무심하게 알을 그대로 두고 갈 것이다.

진정한 관찰자들이 자연에서 이렇듯 놀랍고도 예외적인 것들을 보게 되는 것은 굉장히 드문 일이다. 소로는 아무것도 보지 못했다. 화이트도 그랬다. 찰스 존도 그랬다. 존 뮤어가 기록한 바는 전혀 없으며 존 오듀본* 역시 그렇다. 개구리나 도마뱀, 독이 없는 후프뱀 등등에 대해 뻐기고 으스대는 사람은 언제나 초짜 관찰자이다. 시골 사람들이 도저히 보거나 들을 수 없는 것들은 경이로운 책을 만들곤 한다. 어떤 곳의 어부들은 아비새가 알이 부화할 때까지 날개 밑에 알을 갖고 다닌다고 믿는다. 그러면 사람들은 어부들이라면 충분히 알 수 있는 처지라고 말한다. 맞는 말이다. 하지만 가능성

*John James Audubon(1785~1851). 미국의 조류학자. 사냥꾼이자 화가이기도 했다. 미국 조류학의 아버지로 불리며, 1827년에 출간한 『북미 조류도감』은 오늘날까지도 가장 뛰어난 조류 서적으로 평가받고 있다.

이라는 것은 문제의 절반에 불과하다. 진실인지 입증하는 것이 또 다른 절반이다. 대중적인 자연 서적을 여럿 쓴 작가 중 한 명은 들오리들 사이의 "동물의 외과적 처치"에 관한 신기한 일화를 전한다. 그는 담수한 연못에서 헤엄치고 있는 솜털오리 두 마리를 발견했는데 그들의 행동이 기이하더라는 것이었다. "그들은 머리를 물속에 담근 채로 한 번에 1분 이상 있었다." 나중에 그는 그 오리들의 혀에 커다란 홍합이 붙어 있다는 사실을 알았다. 홍합들을 익사시켜 제거하려 하고 있었는데, 이는 오리들이 바닷물에 사는 홍합이 민물에서는 살 수 없다는 사실을 발견한 것이었다고 한다. 자, 이 이야기가 단지 책에 쓰여졌다는 이유로 아무런 의심도 없이 받아들여야 할까? 우선, 만약 오리들이 쌍각류가 민물에서 살 수 없다는 사실을 발견했다는 것은 정말 놀라운 일이지 않은가? 그렇다면 공기 속에서도 살 수 없다는 사실 또한 발견해야 당연하지 않겠는가? 실제로 쌍각류는 민물에서만큼이나 공기 속에서도 빨리 죽을 것이다.[4] 오리들이 해안에서 조용히 앉아 있거나 머리를 날개 속에 파묻고 파도 위에서 잠들 때 얼마나 쓸데없는 수고를 아끼는지 보라. 굴은 흔히 시장으로 보내기 전에 "통통하게 살찌우려고" 민물에 담가놓는다. 아마 홍합도 짧은 시간 동안 민물에 담가놓으면 똑같이 살이 오를 것이다. 다음으로, 오리의 혀는 매우 짧고 빳빳하며 아래턱뼈가 고정되어 있다. 오리는 먹이를 먹을 때 혀를 내밀지 않는다. 즉, 혀를 내밀 수가 없다. 그리고 만약 오리가 부리로 홍합 껍질을 으스러뜨릴 수 있다면 위턱과 아래턱 사이에 있는 혀에 쌍각류를 딱 달라붙게 하는 것보다 더 좋은 위치가 있을 수 있는가? 이 이야기는 확실히 매우 "수상한 냄새가 난다." 그러한 모든 경우에 사람들은 가장 쉬운 길을 택한다. 만약 오리들이 의도적으로 부리를

4. 평범한 대합조개 두 개를 갖고 실험해 보았더니 둘 다 사흘째 되는 날 죽었다.

물속에 담그고 있었다면, 그렇게 함으로써 고통을 좀 더는 방법을 발견했기 때문이라고 믿는 편이 더 쉽다. 쌍각류가 공기 중에서나 바닷물에서보다 민물에서 더욱 빨리 혀를 놓아줄 거라는 사실을 알아서라기보다는 말이다. 오리의 주둥이가 벌어진 채 혀가 조개에 꽉 물려 있었다면 틀림없이 곧바로 몹시 흥분하거나 비정상적인 상태가 되었을 것이며, 차가운 물은 통증을 가라앉히는 경향이 있다. 우리는 어떻게 오리가 인간이 경험을 통해 얻은 지식과 같은 종류의 것을 습득할 수 있는지 알 수 없다. 사람은 그러한 비결을 익힐 수 있지만 오리는 분명코 아니다. 적들을 발견하고 교묘하게 피해간다든가 하는 등 여러 면에서 오리의 기지는 매우 예리해졌으나 흔치 않은 비상사태 시 바닷물의 장점에 비하여 민물의 장점을 알고 있다고 하는 것은 그들을 완전히 인간화하는 것이다.

이 일화가 함축하는 "동물의 외과적 처치"에 대한 전체적인 생각, 가령 부러진 다리를 찰흙으로 고친다거나 상처 난 곳에 송진을 바른다거나 붕대나 절단에 의지한다든가 하는 생각들은 정말 어처구니없다. 아프거나 상처 입은 동물들은 흔히 물속으로 뛰어들거나 진흙에서 뒹굴거나 또 어쩌면 눈 속에서 뒹굴면서 통증에서 벗어나고자 할 것이다. 암소들이 폭염과 날파리들을 피하려고 숲이나 연못을 찾듯 말이다. 그것이 그들의 외과적 처치 수준이다. 개는 상처를 핥는데 그것은 분명 상처를 완화시키고 통증을 덜어준다. 암소는 송아지를 핥는데 이는 송아지에게 온전히 형체를 갖추게 하기 위함이다. 그렇게 하는 것이 암소의 본능이다. 개나 암소의 혀는 몸뚱이와 털에 묻은 먼지, 비듬 따위를 쓸어 빗기는 빗으로 온기와 수분, 유연성을 더한다. 고양이는 항상 새끼 고양이의 뒷목을 물어 나른다. 그렇게 하는 것이 새끼들을 나르기에 가장 좋은 방법이기 때문이다. 나는 그러한 행동이 고양이가 실험해서 얻은 결과라고 보지는 않지만 말이다.

칼새 한 마리가 내 서재에 있는 굴뚝을 거주지로 차지해 버렸다. 내가 서재에서 조금이라도 소리를 낼라치면 밤낮으로 간격을 두고 칼새는 불쑥 날개로 푸드덕 푸드덕거리는 소리를 내며 나를 겁주어 쫓아내 버렸다. 그것은 아주 작고 예쁜 속임수로 무척 재미있었다. 만약 여러분이 칼새가 앉아 있는 둥지의 굴뚝 꼭대기 입구에 나타난다면, 칼새는 똑같은 방식으로 푸드덕거리며 여러분을 내쫓으려 할 것이다. 나는 칼새가 그렇게 하는 행동에 그 어떤 계산이나 생각이 있다고 여기지 않는다. 거기에 자신이 지은 둥지가 있어서 그렇게 하거나 아니면 그저 본능적으로 하는 것일 뿐이다. 아마도 새들이 알을 이리저리 굴려가며 뒤집거나, 아니면 여러분을 둥지에서 유인해 쫓아내려고 다리를 절뚝거리거나 마비된 척하거나, 아니면 방해받았을 때 장미꽃에 붙어 있는 풍뎅이나 감자벌레처럼 "자는 척 시치미 떼는" 것만큼이나 반사적인 행동일 것이다.

앞서 언급한 작가 중 한 명은 야생 고양이의 한 종류인 캐나다스라소니에 관한 깜짝 놀랄 만한 이야기를 굉장히 자세히 전한다. 그는 겨울 숲에서 먹잇감인 토끼 한 마리의 자취를 따라가는 캐나다스라소니 한 무리를 보았다. 그들은 일제히 힘을 합쳐 사냥할 뿐만 아니라 사냥감을 함께 추적하고 있던 것이었다. 자, 솔직하고 박식한 독자라면 두 가지 이유에서 이 이야기가 꺼져질 것이다. (1)고양이 종족은 시각으로 사냥하지 후각으로 사냥하지 않는다. 즉, 그들은 사냥감의 뒤를 몰래 밟거나 숨어서 기다리다가 급습한다. (2)그들은 단독으로 사냥한다. 단독으로 사냥하는 게 그들의 습성으로 아마 육식동물 중에서 가장 비사교적일 것이다. 그들은 먹이를 찾아 살금살금 돌아다니고, 쫑긋 귀 기울이며, 알맞은 때를 기다린다. 늑대들은 종종 무리

지어 사냥한다. 여우가 그렇게 한다는 증거는 없다. 그리고 만약 고양이가 그렇게 한다면 그것은 가장 기이한 이탈일 것이다. 그렇듯 예외적으로 발생하는 일에 대한 진술은 항상 경계해야 한다. 동일한 이야기에서 스라소니는 순록 무리의 호기심을 자극하려고 공중에서 익살맞은 몸짓을 선보이며, 그중 한 마리를 이러한 미끼로 꾀어내 숨어서 기다리고 있던 늑대들이 이빨과 발톱으로 물어뜯어 죽인다. 이 또한 숲에 사는 자연인이라면 누구라도 신뢰할 수 없는, 전혀 고양잇과 같지 않은 수순이다. 평원에서 사냥꾼들은 때로 사슴과 영양을 "기旗로 흔들어 꾀어낸다." 나는 심지어 물속에서 조그만 붉은 기를 흔들고 있던 사람에게 가까이 다가가는 아비새를 본 적도 있다. 그러나 야생동물 중 누구도 미끼나 유인장치를 사용하거나 위장술을 쓰지 않는다. 이것은 그들이 도저히 넘어설 수 없는 추론 과정을 수반해야 하는 것이다.

치명적인 적들에게 쫓길 때 인간의 보호를 구하는 동물들에 관한 여러 사례가 기록되어 왔다. 족제비에게 사냥당하는 쥐가 한 남자가 자고 있던 방 안으로 후다닥 뛰어들어 침대에 누워있던 남자의 발치로 대피했다는 이야기를 들은 적이 있다. 또 정적에게 완패당한 새끼 가지뿔영양에 관해 톰슨 시튼* 씨가 한 이야기도 들었다. 적수에게 맹렬하게 쫓기던 영양이 시튼 씨의 말과 마차 한복판을 피난처로 찾았다는 것이다. 시튼 씨는 족제비에게 쫓기는 산토끼의 경우를 예로 들기도 했다. 산토끼가 수북이 쌓인 눈 위에서 그의 썰매 밑을 안전한 대피소로 찾았다는 것이었다. 그러한 모든 경우, 잔뜩 겁에 질린 동물이 정말로 보호해 달라며 사람에게 다급하게 달려온다면 그

*Ernest Thompson Seton(1860~1946). 미국의 소설가, 화가, 박물학자. 소년 시절 캐나다 남부의 삼림지대의 자연 속에서 동물을 관찰하며 보내 많은 '동물기'를 썼다. 『시튼 동물기』로 알려져 있는 일련의 동물소설은 동물에 대한 정확한 지식과 관찰을 기초로 한 사실적인 것으로 알려졌으나 존 버로스는 그 책 속에 상당한 과장과 오해가 있다고 비판했다.

행동은 어느 정도 이성이 있다는 사실을 드러내는 것이다. 이때 동물은 생각이란 것을 해야만 하며, 이해득실을 따져보아야만 한다. 하지만 나는 그러한 경우에 대한 진실이 바로 이것이라고 확신한다. 즉, 더욱 큰 두려움이 그보다 적은 두려움을 몰아낸다는 것이다. 혼이 쏙 빠져 허둥대는 동물에게는 오로지 적이 쫓아온다는 것 말고는 다른 아무 생각이 안 난다. 쥐는 악마 같은 족제비가 너무 무서운 나머지 오직 단 하나의 충동만 가질 수 있었으며, 그것은 바로 어딘가에 숨어야 한다는 것이었다. 침대가 비어있었더라면 틀림없이 똑같이 그곳으로 대피했을 것이다. 어떻게 동물이 특별한 경우에 사람이 자신을 보호해줄 거라는 사실을 알 수 있겠는가? 평소에는 정반대의 감정을 느끼면서 말이다. 사냥개에게 맹렬하게 쫓기는 사슴은 걷잡을 수 없는 공포심에 죽기 살기로 헛간 마당이나 헛간의 열린 문으로 잽싸게 뛰어들어갈 수 있다. 그러면 그걸 보고 우리는 동물이 농부가 자신을 보호해줄 거라는 사실을 알았다고 말할 것이다. 그리고 그 일화를 읽는 모든 여성들은, 또 남자들의 절반 정도는 사슴이 속으로 바로 그러한 생각을 했을 거라 믿을 것이다. 사냥당하는 사슴이 호수나 연못으로 허둥지둥 뛰어들어갈 때 그것은 당연히 추격자를 피하려는 목적이며, 어디서 피난처를 찾든 피하는 게 유일한 목적이다. 나는 매에게 쫓기는 새가 열린 문이나 창문 안으로 쏜살같이 들어오는 모습을 쉽게 상상할 수 있다. 한집의 동거인이 자신을 보호해줄 거라는 생각을 가져서가 아니라 절대적인 공포심에 질려서다. 그때 새의 두려움은 자신 앞에 있는 것이 아니라 자신 뒤에 있는 것에 집중된다.

동물이 자기 보존이나 종의 지속성에 필요한 어떤 것을 할 때, 사람이 하듯 생각해서 그러한 것을 하지는 않을 것이다. 식물이나 나무가 빛이 들어오는 쪽으로 구부러져야겠다는 것에 관해 생각하지 않거나 뿌리를 곧게 내릴 때 수분에 관해 생각하지 않듯 말이다. 호저의 꼬리를 살짝 건드리면 덫처럼 튀어 올라 가시에 손가락이 찔린다. 이는 덫에 걸렸을 때 그러한 행동에 관해 생각하거나 의식적으로 의지력을 행사하지 않는 것이나 마찬가지이다. 외부의 자극이 가해졌을 때 반응은 빠르다. 사람은 눈을 깜빡이고, 재빨리 피하고, 재채기하고, 웃음을 터뜨리고, 울부짖고, 얼굴이 빨개지고, 사랑에 빠지는 것과 같은 수많은 것들을 아무 생각 없이 또 의지도 없이 하지 않는가? 사람이 거처를 옮길 때 어디로 갈까 생각하는 것과 달리 새는 이동하는 것에 대해 생각하지 않는다. 새들이 경우에 따라 남쪽으로 이동하거나 북쪽으로 이동하는 것은 단지 타고난 충동에 따르는 것뿐이다. 그들은 한밤중 날아가는 길에서 치명적으로 황홀하게 불타오르는 해안의 불빛들에 대해서도 생각하지 않는다. 만약 새들이 독립적인 사고력을 갖고 있었다면 그 불빛들을 피했을 것이다. 그러나 등대는 새들의 생태에서 비교적 새로운 것이며, 본능은 아직 등대를 피하라고 가르치지 않았다. 목적을 위한 수단에 맞추는 것은 지성적 행위이다. 하지만 그 지성은 동물에게 있어 타고난 것이자 본능적인 것이거나, 혹은 습득될 수도 있는 것이며 따라서 사람에게서처럼 이성적인 면이 있는 것이다.

한 여자가 내게 말했다. "고양이가 앉아서 쥐구멍을 지켜보고 있을 때, 고양이의 마음속에는 분명 구멍 속에 있는 쥐에 대한 어떤 이미지가 있지 않을까요?" 우리가 동일한 주제에 대해 생각할 때 가지는 그런 의미에서는 전혀 아니다. 고양이는 쥐가 구멍으로 들어가는 것을 보았거나 그렇지 않으면 쥐의 냄새를 맡았다. 고양이는 쥐가 거기에 있다는 것을 감각을 통해 알며 그 인상에 반응한다. 고양이의 본능은 어서 쥐를 쫓아가 잡으라고 충동질한다. 우리가 사냥할 때 사냥감에 대해 생각하는 것과 달리 고양이는 쥐에 대해 생각할 필요가 없다. 고양이가 쥐의 냄새를 맡거나 쥐의 모습을 보고 깨우치는 타고난 충동의 형태는 본성이다. 고양이가 골똘히 구멍을 보며 앉아 있을 때 우리는 이 말 외에는 고양이의 행동을 선뜻 설명할 방법이 없다. "고양이는 거기에 쥐가 있다고 생각한다." 하지만 고양이는 전혀 생각하고 있지 않으며 단순히 지켜보고만 있을 뿐이고 타고난 본능이 쥐를 잡으라고 충동질하고 있을 뿐이다.

허기졌을 때 암소의 주둥이는 먹이를 보고 침이 고일 것이다. 암소가 먹이에 대해 생각하고 있을까? 그것은 여러분 앞에 저녁식사가 거나하게 한 상 차려졌을 때 입에 군침이 도는 것에 지나지 않는다. 어떤 욕망과 식욕은 아무런 정신적 인지 없이도 시각과 후각을 일깨운다. 동물의 성적 관계 또한 이러한 사실을 잘 보여준다.

우리는 동물이 우리와 달리 적절한 의미에서 생각하는 것, 즉 개념이나 관념을 갖고 있지 않다는 것을 알고 있다. 언어가 없기 때문이다. 두말할 나위도 없이 놓아는 언어가 없이도 생각한다. 인간은 언어가 함축하는 지성을 갖고 있는데, 이는 조상들이 오랜 시대에 걸쳐 지성을 이용해왔기 때문이다. 하등동물은 그렇지 않다. 이런 면에서 볼 때 그들은 어린아이들과 매우 흡사하다. 그들은 인상, 지각, 감정을 갖고 있지만 관념이 없다. 아이는 언어나 적절한 개념을 갖기 훨씬 전부터 사물을 인식하고 식별하며 어머니와 낯선 사람 사이의 차이를 알기에 짜증을 내거나 반가워하거나 두려워한다. 동물은 오로지 감각을 통해서만 알며, 이 지식은 "시간과 공간 속에 존재하는 것에 국한된다." 동물은 성찰, 즉 스스로의 생각을 되돌아볼 수 없다. 동물의 유일한 언어는 다양한 울부짖음과 외침, 그리고 고통, 놀람, 기쁨, 사랑, 분노의 표현으로 이루어져 있다. 그들은 서로 소통하며, 울부짖음과 외침을 통해 서로의 정신적 또는 감정적 상태를 공유하게 된다. 개는 다양한 음조와 어조로 짖으며, 이 소리들은 저마다 서로 다른 감정을 표현한다. 나는 우리 개가 뱀을 보고 짖는 소리를 언제나 분간할 수 있다. 독특한 음조 때문이다. 사냥꾼은 자신의 사냥개가 으르렁거리는 소리의 변화를 통해 여우를 굴로 몰아넣었는지를 안다. 뿔 달린 소가 낮게 울거나 우렁차게 우는 소리에는 서로 다른 여러 의미가 표현되어 있다. 까마귀는 여러 종류의 까악까악 우는 소리를 갖고 있으며, 그것은 당연히 서로 다른 의미를 전달한다. 새들이 놀라거나 고통에 차서 울부짖는 소리는 그 소리를 듣는 모든 야생동물이 알아들을 수 있다. 즉, 새들의 경각심이 야생동물에게 전해지는 것이다. 관념이 아닌 감정으로서 말이다.

까마귀가 어떻게 향후 일어날 어떤 사건이나 그날 겪은 일에 대해 동무들에게 말할 수 있을까? 어떻게 이것은 위험하고, 이것은 해롭지 않다는 것을 말할 수 있을까? 그러한 것이 있는 데서 행동할 때를 제외하고는 말이다. 또, 어떻게 새로이 찾아낸 먹이에 대해 말할 수 있을까? 먹이가 있는 데로 열심히 날아갈 때를 제외하고는 말이다. 여우나 늑대는 중독된 고기가 있는 데서 공포심을 드러냄으로써 동료에게 중독된 고기의 위험성을 경고할 수 있다. 그러한 고기는 필시 여우나 늑대의 예민한 후각에 독특한 냄새를 풍길 것이다. 공동체를 이루어 사는 동물들, 가령 벌이나 비버 같은 동물들은 언어 없이도 서로 협력한다. 그들은 일종의 유기적인 통일체를 형성하며, 하나가 느끼면 나머지 모두 느낀다. 하나의 정신, 하나의 목적이 공동체를 채우는 것이다. 믿을만한 권위자에 따르면, 프레리도그들은 굴 주위에 잡초나 키가 큰 풀이 자라는 것을 허용하지 않는다고 한다. 이러한 풀들이 코요테나 다른 적들이 자신들에게 몰래 접근하는 것을 가릴 수 있기 때문이다. 이 차단막들을 제거할 수 없다면 그들은 그곳을 떠날 것이다. 그런데도 가끔 쐐기풀이나 양귀비와 같은 풀들은 굴 입구의 흙둔덕에 자라도록 내버려둔다. 그늘을 드리우는 데다 전망을 가로막지 않는 곳이기 때문이다. 언뜻 생각하기에는 이러한 행위가 사전에 고려해서 계산된 것처럼 보일 수 있지만, 그것은 틀림없이 그 종족의 생존경쟁에 의해 발달되어 온 본능의 결과이며, 설치류에게 주어지는 경험과는 완전히 별개이다. 적을 감출 수 있는 모든 잡초나 풀 무더기들에 대한 물려받은 두려움인 것이다.

초원늑대들은 중독되어 매장된 고기를 땅속에서 파헤쳐 먹을 거라는 이야기를 들었다. 만약 땅 위에 있었다면 건드리지도 않았을 그 고기를 말이다. 목장의 일꾼들은 그 경우 늑대가 한 수 앞섰다고 생각한다. 하지만 진실은 아마도 늑대가 그러한 것을 계산하지 않았다는 데 있을 것이다. 즉, 흙이 독의 냄새와 사람의 손의 냄새를 없애버렸거나 약화시켰기에 늑대의 의심이 누그러진 것이다.

동물이 속임수를 쓸 때, 그러니까 새가 둥지나 새끼로부터 여러분을 꾀어내 떨어뜨려 놓으려고 일부러 날개가 부러진 척하거나 다리를 절뚝거리는 척할 때처럼, 그것은 상당히 무의식적인 행동일 것이다. 아무런 생각 없이 한 일인 것이다. 수탉이 암탉을 자기 옆으로 오라고 부르려 할 때, 수탉은 흔히 부리에 먹이가 있는 척할 것이다. 하지만 곡식이나 곤충인 척 가장한 것은 자갈이나 나뭇가지에 불과할 것이다. 수탉은 그것을 문 다음 암탉이 보이는 곳에 떨어뜨리고는 제일 설득력 있는 방식으로 암탉을 부른다. 나는 그런 경우 수탉이 자신이 사기 치고 있다는 것을 알고 있다고 여기지 않는다. 그러한 상황에서 수탉의 본능은 먹이를 집어 물어 암탉의 관심을 끄는 것이며, 먹이가 앞에 없을 때는 본능적으로 자갈이나 나뭇가지를 집어 문다. 수탉의 주된 목적은 암탉을 가까이 오게 하는 것이지 암탉에게 먹이를 주는 것이 아니다. 수탉의 의도가 암탉에게 오로지 먹이를 주는 것이라면 절대 빵 대신 돌멩이를 주지는 않을 것이다.

우리가 살아가면서 많은 일을 아무런 생각 없이 자신도 모르게 하는 것처럼, 동물도 그와 유사하거나 동일한 조건 속에서 습관적으로 한다고 생각하면 될 뿐이다. 동물은 틀에 박힌 것을 하는 존재들이다. 동물은 온통 무의식적이고 부지불식간의 본성에 몰입하며, 우리는 그러한 본성에서 벗어나고 초월하여 한층 더 수준 높은 삶을 살아간다.

11장

문학은 자연을 어떻게 그려낼까

자연사를 주제로 한 문학을 다루는 것은 당연히 과학을 다루는 것과는 완전히 다르며 또 달라야만 한다. 문학을 과학과 비교했을 때, 과학이 기계적으로 그리는 것이라면 문학은 손으로 자유로이 그리는 것이나 마찬가지다. 문학은 우리의 감정을 건드리는 방식으로 진실을 제공하는 것과, 우리가 살아가는 현실에서 어느 정도 즐거움을 충족시키는 것을 목표로 한다. 문학가는 과학자 동료만큼이나 사실을 소중히 여긴다. 다만 사실을 다른 용도로 사용할 뿐이며, 사실에 대한 관심이 종종 비과학적인 성격을 띨 뿐이다. 문학가의 방법론은 분석적이라기보다는 종합적이다. 그는 기술적인 진실이 아닌 일반적인 진실을 다룬다. 그는 연구실에서가 아니라 숲과 들판에서 진실에 다다른다.

자연 수필가는 사실을 관찰하고 감탄하며 바라본다. 과학 작가는 사실을 수집한다. 전자는 숲에서 꽃다발을 집으로 가져온다. 후자는 식물 표본집에 쓸 표본을 집으로 가져온다. 전자는 여러분의 공감을 얻고 열정을 일깨우며, 후자는 정확한 지식의 축적을 보탠다. 전자는 후자만큼이나 사실을 조작하거나 덧칠하는 것을 수치스러워한다. 그는 다만 사실 이상의 것을 제공할 뿐이다. 그는 인상을 주고 유추를 하게 하며, 가능한 한 나뭇가지에 있는 살아있는 새를 보여준다.

예를 들어 문학과 과학에서 개를 어떻게 다루는지 보자. 근본적으로 다르다고는 할 수 없지만 서로 크게 다르긴 하다. 하지만 어떤 게 참이고 어떤 게 거짓이라는 점에서는 다르지 않다. 각각은 고유의 방식대로 참될 것이다. 하나가 여러 가지를 연상케 한다면 다른 하나는 정확할 것이다. 과학이 엄격하게 객관적이라면, 문학은 언제나 다소 주관적이다. 문학은 인간이 가진 관심에 힘쓰는 것을 목표로 하며, 이를 위하여 우리의 공감을 불러일으키고 감정을 자극한다. 순수과학은 이성과 이해력을 확신시키는 것만을 목표로 한다. 최근 한 잡지 기사에서 마테를링크가 개에 대해 다룬 것을 보면, 아마 네발 달린 우리의 친구에 대해 영국 문학이 보여주어야 하는 최상의 것을 보여주고 있을 것이다. 그 글은 즐거움을 주는데, 과학적 진실로서의 즐거움이 아니라 개의 근본적인 본성에 대해 사실과 틀림이 없으면서도 아주 애정 어리고 인간미 넘치고 공감 가는 즐거움을 주기 때문이다. 그 글은 개로 하여금 불가능한 것을 하게 하지 않는다. 그 글은 자연사가 아니라 문학이다. 즉, 개의 습관과 방식을 관찰한 기록이 아니라 인간의 관점에서 본 개에 대한 성찰 및 개와 인간의 관계, 또 짧은 시간 안에 개가 숙달해야만 하는 여러 문제에 관한 기록이다. 개가 알아내야 하는 여러 구별, 피해야 하는 여러 실수, 말 못하는 개의 방식으로 읽어내야 하는 삶의 수수께끼와도 같은 문제들 말이다. 당연히 개는 사실상 "태어난 지 5~6주 이내에 마음속에 세상에 대한 이미지와 충분한 개념이 형체를 갖출" 수 없다. 아니, 5~6년이 되어도 그럴 수 없다. 엄밀히 말해서, 개는 절대 개념을 가질 수가 없다. 오직 여러 감각적인 인상만 가질 수 있을 뿐이다. 개의 확실한 안내자는 본능이지 서투른 이성이 아니다. 개는 축적된 지식을 갖고 시작하는데, 이는 인간이 천천히 그리고 고통스럽게 얻은 것이다. 하지만 이 모든 것이 마테를링크가 개에 관해 쓴 글을 읽는 데 문제가 되지는 않는다. 우리는 개에게 제시된 세상 자체를 꼭 우리 앞에 있는 것처럼 보게 되거나 개의 입장에 놓이게 됨으로써 개에 대한 관심이 일깨워지고 마음이 동하게 된다. 그 글은 거짓된 자연사가 아니다. 개의 생태와 성격을 숙고함으로써 일깨워진 진정한 인간 정서의 축적이다.

마테를링크는 말 없는 친구인 개에게 인간적인 힘과 능력이 있다고 하지 않는다. 개의 총명함이라든가 기지와 관련된 놀라운 이야기라고는 조금도 없다. 그가 묘사하는 개는 평범한 불도그 새끼일 뿐이지만 우리로 하여금 그 개를 무척이나 좋아하게 만들며, 그 개를 통해 온갖 시련과 고난 및 개에게는 신이라고 할 수 있는 인간에 대한 헌신을 애정 어린 마음으로 분석함으로써 다른 모든 개들도 소중히 여기게 한다. 존 뮤어가 알래스카 빙하 탐험을 같이 한 개인 『스티킨』*이라든가 『라브와 그의 친구들』**과 마찬가지로 개에 대한 우리의 믿음은 한 번도 시험대에 오르지 않는다. 우리의 연민의 정은 더욱 깊어지는데 이는 우리가 이성적으로 조금도 분개하지 않기 때문이다. 존 뮤어가 『스티킨』에서 목숨을 건 위험한 상황에서 개가 인간처럼 행동하도록 만들어 놓았다는 것은 사실이다. 하지만 그 행동은 이성을 수반하는 것과 같은 게 아니다. 오로지 지각과 자기 보존의 본능만을 함축한다. 스티킨은 주인이 명령에 따르며, 두려움, 절망, 기쁨과 같은 인간의 감정을 나타낼 때만 인간적일 뿐이다.

에거튼 영*** 씨의 『북극의 나의 개』라는 책은 개에 대한 생생한 묘사가

* 존 뮤어가 알래스카 빙하를 탐험할 때 동반자였던 개 "스티킨"과의 우정, 모험을 그린 단편소설.

**John Brown(1810~1882)가 쓴 소설. 스코틀랜드의 의사, 수필가. 윌리엄 새커리와 마크 트웨인을 비롯한 여러 문인들이 친구였다. 철학, 고전, 예술, 의학, 농촌 생활, 농민, 개 등을 주제로 글을 썼다. 『라브와 그의 친구들』은 19세기 영국에서 대단히 인기를 끌었으며 존 브라운 작품 중 최고로 여겨진다. "라브"는 마스티프 견종이다.

***Egerton Young(1840~1909). 웨일스 출신의 선교사, 교사, 수필가. 10여 권의 책을 저술했으며

여럿 있는 대단히 흥미로운 책이지만, 뮤어 씨나 마테를링크 씨보다도 훨씬 더 개를 인간화했다. 예를 들어, 그는 자신의 개인 잭이 원주민 하녀가 방금 닦은 부엌 바닥에 드러눕거나 걸어 다니며 하녀를 놀리는 것을 큰 낙으로 삼게 만들어 놓는다. 하녀가 자신을 멸시하는 데 대한 소심한 복수였던 것이다. 그리고 그는 개의 행동에 대한 몇 가지 사례를 제시하면서 자기 뜻대로 해석한다. 개들이 먹이라든가 안전책 등등에 관해 기지를 발휘하는 것이라면 거의 믿을 수 있지만, 이 책에서처럼 잭이 의도적으로 복수를 계획하고 실행하는 것과 같은 전적으로 인간적인 방식은 도저히 신뢰할 수 없게 만든다. 어떤 동물도 깨끗한 부엌 바닥에 대한 여자의 자긍심을 인식할 수 없으며, 개가 바닥에 남긴 자국과 개를 향한 그녀의 감정 상태 사이의 관계를 알 수 없다. 영 씨가 보여준 여러 사실은 의심할 바 없이 다 맞다. 틀린 것은 개들에 관한 해석인 것이다.

동물에 관한 이야기를 쓰는 작가가 자신이 묘사하고 싶은 동물의 내면에 자신을 대입하고, 그러한 관점에서 삶과 세계가 어떻게 보이는지를 말하는 것은 전적으로 정당한 일이다. 하지만 그는 언제나 그 사례의 사실관계에 충실해야 하며, 그가 대변하는 국한된 지성에도 언제나 충실해야 한다.

동물의 인간화에서, 또 자연사를 다루는 문학의 영역에서 동물의 인간화에 관한 여러 사실에는 한계가 있다는 점을 우리는 인식해야 한다. 여러분이 갖고 있는 여러 사실은 동물이 흥미로워지는 바로 그 순간 충분히 인간화되며, 우리의 삶과 어떤 식으로든 관련시키는 바로 그 순간 동물이 흥미로워지거나, 다른 분야에서와 우리가 직접 겪은 경험 속에서 우리가 알고

그중 가장 잘 알려진 책으로, 1860년대 북아메리카 인디언들에게 복음을 전한 경험을 다룬 『크리족과 솔토족 사이에서 카누 타기와 개 훈련』이 있다.

있는 것이 진실이라는 생각을 들게 한다. 헨리 데이비드 소로가 치른 개미와의 전투가 흥미로운 것은 개미의 용기, 인내, 영웅주의, 자기희생과 같은 모든 인간적인 특성을 상세히 보여주었기 때문이다. 번스*의 쥐는 단번에 우리들의 속 깊은 공감을 자아내며 우리들로 하여금 끊임없이 쥐가 되게 한다. 즉, 우리는 쥐에게서 우리 자신을 본다. 인간이 가진 동기와 능력이 동물에게도 있다고 하는 것은 그들을 희화화하는 것이다. 인간을 동물과 밀접하게 연관시킴으로써 우리는 친근감을 느끼고 동물의 삶도 우리의 삶과 똑같이 소중하며, 정신은 조금 뒤떨어지긴 하지만 똑같이 초자연적인 능력과 지성을 소유하고 있으며 결국에는 인간처럼 자각하게 된다고 본다. 나는 그것을 진정한 인간화라고 여긴다.

우리는 우리를 둘러싼 자연 속에서 우리 자신을 보고 싶어 한다. 외부의 자연의 법칙과 여러 사실을 어떤 식으로든 우리 자신의 경험 속으로 옮기고 싶어 한다. 즉, 새나 짐승을 관찰한 것을 우리 자신의 삶과 관련짓고 싶어 하는 것이다. 새나 짐승이 내 안의 인간적인 감정—아름답고 숭고한 것에 대한 감정—을 낳지 않거나 적합성, 영구성에 호소하지 않는다면, 들판과 숲에서 알게 된 것이 동료들이 아는 것과 어떤 면에서든 일치하지 않는다면, 자연에 대한 깊은 관심은 오래가지 않을 것이다. 나는 어떤 의미에서든 동물이 인간화되기를 바라지 않는다. 동물은 모두 인간의 특성과 방식을 갖고 있다. 그들의 흥, 즐거움, 호기심, 영리함, 번성, 관계, 전쟁, 사랑과 같은 것들을 최대한 드러내도록 하자. 그리고 그들의 모든 행동의 동기를 최대한 발가벗기도록

*Robert Burns(1759~1796). 스코틀랜드 출신의 시인. 모순에 찬 당시의 사회 · 교회 · 문명 일반을 예리한 필치로 비난하고, 정열적인 향토애로 스코틀랜드 농부와 시민의 소박한 모습을 나타내어 뒤에 작곡가들에 의해 그의 작품이 많이 인용되었으며, 스코틀랜드 국민 시인으로 존경받고 있다. 그 유명한 「올드 랭 사인Auld Lang Syne」이 그의 시이다. 여기서는 「생쥐에게」라는 시를 말한다.

하자. 그러나 나는 내 자연사가 십계명을 뒷받침하거나, 유치원과 기술학교의 가치를 보여주는 예가 되거나, 인간이 바라는 허영심에 대한 논평거리가 되기를 바라지 않는다. 여러분이 가진 여러 사실을 인간화해서 동물을 어느 정도 흥미롭게 만들 수는 있겠지만, 여러분이 만약 그럴만한 기량을 가지고 있다면, 개는 개로 남겨두고, 절지동물과 같은 곤충은 곤충으로 남겨두어라.

요즘 일부 자연작가들이 제일 좋아하는 단어는 해석이다. 자연주의 문필가는 자신이 자연사를 해석한다고 주장한다. 야생생물의 방식과 행위는 해석이라는 구실 하에 잘못 읽혀지고 과장되었다. 자, 만약 "이건 무엇을 의미하지요?" 또는 "정확한 진실은 무엇입니까?"라며 해석을 의미하는 질문을 받았을 때, 자연에 대한 해석은 단 한 가지밖에 없으며, 게다가 그것은 과학적인 것이어야 한다. 암반의 화석은 무엇을 의미하는가? 풍경을 조각하고 깎아 만든 것은 무엇을 의미하는가? 우리 주위에 있는 무수한 생물계와 무생물계는 무엇을 의미하는가? 이러한 질문에는 오직 과학만이 답할 수 있다. 그러나 만약 "이 장면이나 사건은 당신에게 무엇을 연상시키나요? 그것에 대한 느낌이 어떤가요?"라고 해석을 의미하는 질문에 대한 답변에는 소위 문학적인 해석이나 시적인 해석을 하게 되는데, 이는 엄밀히 말하면 전혀 자연에 대한 해석이 아니다. 작가나 시인 자신이 내린 해석일 뿐이다. 시인이나 수필가는 새나 나무 또는 구름이 자신에게 무엇을 의미하는지에 대해 말한다. 그러므로 해석되는 것은 그 자신이다. 러스킨*의 글에서 자연은 어떻게 해석해야 하는가? 사람들은 러스킨을 해석한다. 그의 풍부한 도덕적, 윤

*John Ruskin(1819~1900). 영국의 비평가, 사상가. 『근대화가론』을 통해 미술 비평가로 이름을 알렸다. 문학, 예술, 자연과학, 조류학, 정치학, 경제학, 사회학 등 다양한 분야에 뛰어난 식견을 두루 갖추었으며, 작가이자 화가로 많은 작품을 남겼다. 사회경제의 모순에 실망하고 사회 사상가가 된 후, 적극적으로 사회 문제에 가담하였다.

리적 관념과 경이로운 상상력을 해석하는 것이다. 리처드 제프리스는 꽃이나 새, 구름이 자신의 주관적 삶과 경험에 어떻게 관련되는지를 말한다. 그에게 그것은 이러저러한 것을 의미한다. 서로 완전히 다른 것을 의미할 수도 있는데, 이는 서로 다른 연관성으로 묶을 수 있기 때문이다. 시인은 지구 한 바퀴를 자신의 것이 아닌 보물들로 가득 채운다. 정신의 풍요로움으로 말이다. 과학은 자신의 보물들을 드러내 보이며, 그 보물들을 배치하고 감정한다.

엄밀히 말하면, 해석이 필요한 자연사는 많지 않다. 우리는 사실을 설명하고, 귀중한 정보를 해석한다. 우리는 지질학적 기록만이 아니라, 할 수만 있다면, 물리적 법칙 및 힘의 관계와 작용을 설명하고 해석한다. 다윈은 종의 기원을 설명하고자 하고, 여러 고생물학적 현상을 해석하고자 했다. 우리는 동물의 행동을 동물의 심리에 근거해서 이성적으로 설명하며, 여기에는 해석의 여지가 거의 없다. 자연사는 해독되어야 할 암호가 아니라 관찰되고 기록되어야 하는 일련의 사실들과 사건들이다. 가령 비버와 수달처럼 두 야생동물이 치명적인 적수라면, 거기에는 그럴만한 이유가 있는 것이다. 그리고 우리가 그 이유를 찾아내었을 때, 우리는 자연사에서 한 가지 사실을 알게 된다. 개똥지빠귀는 봄철에 어치와 검은찌르레기사촌과 뻐꾸기와 적대적이다. 이유는 바로 이 새들이 개똥지빠귀의 알을 먹어치우기 때문이다. 우리가 동물의 행동에 대해 해석하고자 할 때, 다시 한 번 반복하지만, 우리는 온갖 종류의 의인화된 부조리에 빠질 위험이 있다. 우리 식대로 생각하고 의식해서 동물의 생태를 읽기 때문이다.

한 남자가 나무에서 소란을 피우는 까마귀 떼를 본다. 이제 그들 모두 까악까악 울어댄다. 그런 뒤, 대장의 소리 같은 가장 커다란 소리 단 하나만 들리고, 이내 두세 마리의 까마귀가 그중 한 까마귀에게 달려들더니 땅바닥으로 쓰러뜨린다. 구경꾼은 희생자를 살펴보고는 죽었다는 사실을 발견한다. 두 눈이 쪼아진 채였기 때문이다. 그는 자신이 본 것을 재판소에서 하듯 해석한다. 즉, 까마귀들은 범죄자를 재판하고 있었으며 그 까마귀에게 죄가 있다는 사실을 발견하여 처형의 절차를 밟았다는 것이다. 흔히 동물이 무리 중에서 아프거나 다쳤거나 눈이 먼 구성원에게 달려들어 죽여 버리는 기이한 본능에 관해 설명하는 것은 어렵지만, 이유가 무엇이든, 우리는 그 행동이 판사와 배심원, 사형집행관 모두가 적절한 역할을 맡아 사법적인 절차를 밟아서 나온 결과가 아니라는 점은 확신할 수 있다. 야생 까마귀들은 기회만 있으면 길들여진 까마귀를 쫓아다니며 잔인하게 괴롭힐 것이다. 왜 그런지는 딱히 말하기 곤란하다. 하지만 길들여진 까마귀는 명백히 그들 사이에서 지위를 잃어버렸다. 나는 스컹크 여러 마리를 통해 꽤 훌륭한 증거라고 여기는 것을 갖게 되었다. 겨울철에 땅속 소굴에서 함께 동면하던 스컹크들이 덫에 걸려 발을 하나 잃은 한 마리에게 달려들어 죽이고는 일부분을 먹어치워 버린 것이다.

또 다른 한 남자는 사냥개가 지나가는 기차에 치여 죽었을 때 여우가 사냥개를 기다란 철로 버팀목으로 끌고 가는 것을 본다. 그는 그 사실을 여우가 적을 해치워 버리려고 교활한 속임수를 쓴 것으로 해석한다! 긴 사슬에 묶인 채 사육장에 붙잡혀 있는 포획된 여우는 지나가는 화물에서 떨어진 옥수수를 한 대 주워 씹어 먹으며 사육장 주위에 알갱이들을 이리저리 흩뜨린 뒤 다시 사육장으로 물러난다. 이내 살진 암탉 한 마리가 옥수수 알갱이에 혹해서 숨어있는 여우 가까이 다가간다. 여우는 쏜살같이 튀어나와 암탉을 홱 낚아챈다. 이것은 바로 여우가 저녁식사로 암탉을 잡기 위한 교묘한 술책이었다는 것이다! 여기에서, 또 앞선 경우에서, 관찰자는 속으로 무언가

충족된 느낌을 갖는다. 그것이 그와 같은 상황에서 보통 사람들이 하는 것이다. 사실 여우는 옥수수를 먹지 않는다. 그러나 사슬에 묶여있어 달리 할 일이 없는 여우는, 개나 강아지가 그럴 수 있듯, 단지 장난을 치고 싶거나 가만히 있다 보니 좀이 쑤셔서 옥수수 알갱이를 물어뜯어 땅바닥에 떨어뜨릴 수 있으며, 암탉은 옥수수 알갱이에 혹할 공산이 대단히 크기에 바로 그때 여우가 재빨리 기회를 노린다는 것이다.

연배가 좀 있는 곤충학자 중 일부는 개미 군단이나 벌 군단의 구성원들이 어떤 비밀 신호나 암호를 통해 서로를 알아본다고 믿었다. 모든 경우, 다른 군단에서 온 낯선 구성원은 즉시 감지되며, 원래의 구성원은 즉시 알아본다. 러벅*이 인용한 버마이스터**에 의하면 이러한 신호나 암호는 "어떤 낯선 벌이라도 곧장 감지되거나 죽임을 당하는 일 없이 그들이 사는 벌집에 들어오지 못하도록 막는 역할을 한다. 그렇지만 여러 벌집이 동일한 신호를 갖는 경우가 더러 발생하는데, 그때는 여러 구성원이 해를 입지 않고 무사히 서로 벌집을 빼앗는다. 이런 경우, 가장 시달리는 벌집을 가진 벌들이 신호를 바꾸며, 그런 다음에는 즉각 적을 감지할 수 있다." 개미 군단에서도 똑같은 일이 발생한다고 여겨졌다. 또 다른 이들은 벌과 개미가 서로를 개별적으로 안다고 주장했다. 같은 동네에 사는 사람들이 서로를 알듯 말이다! 요즘에는 자연에 대해 진지하게 공부하는 사람이라면 굳이 실험을 하지 않고도 이 모든 게 유치하고 터무니없다는 것을 알지 않을까? 러벅은 무수한 실험을 통

*Sir John Lubbock(1834~1913). 영국의 은행가, 정치가, 생물학자, 고고학자. 19세기 가장 큰 영향력을 가진 고고학 서적인 『선사 시대—고대의 유적과 현대의 야만적 태도와 관습 묘사』를 집필했다. 곤충에 관심이 많아 『개미, 꿀벌과 말벌—사회적 곤충의 습성의 관찰 기록』을 썼으며, 동물의 지성 및 자연사에 관한 책들도 여럿 썼다.

**Hermann Burmeister(1807~1892). 독일에서 태어나 아르헨티나에서 활동한 동물학자, 곤충학자, 식물학자. 파충학 분야에서 여러 종의 새로운 양서류와 파충류를 기술했다.

해 신호나 암호 어느 하나로도 벌이나 개미가 친구나 적을 인식하지 못한다는 사실을 보여주었다. 다른 무엇보다도 후각에 의해 더욱 이끌리는 것 같긴 하지만, 벌이나 개미가 어떻게 서로를 알아보는지에 대해 명쾌하게 해답을 내리지는 못했다. 마테를링크는 『꿀벌의 생활』에서 "벌집의 정신"에 관해 많은 이야기를 하고 있는데, 거기에는 밝혀낼 수 없거나 정의할 수 없는 어떤 신비로운 동인이나 힘 같은 게 작용하는 것 같다고 한다.

자연을 해석하려는 현재의 노력은 예술계의 유명한 선구자 중 한 사람으로 하여금 "이러한 해석의 행위에서 자신의 개성을 발달시키거나 유지하기 위해서는 사실과 법에 맞서 싸워야 한다"는 말을 하도록 했다. 이것은 확실히 기이한 개념으로 내 생각에는 좀 위험한 것 같다. 이에 따르면 자연을 연구하는 사람이 자신의 개성을 마음껏 발휘하기 위해서는 사실과 법에 맞서 싸워야 하며, 사실과 법을 무시하거나 무효로 해야 하기 때문이다. 그렇다면 그가 개척하고자 하는 것은 진실이 아니라 그 자신인가? 자연사 분야에서 우리는 논점이 인간의 개성이 아니라 정확한 관찰, 즉 우리 주위에 있는 야생생물에 대한 진실한 기록이라고 생각해왔다. 공상이나 상상의 나래를 마음껏 펼치고 싶은가? 동물의 생태를 "동물의 신체적 시력"이 아닌 "시각"으로 보고 싶은가? 동물의 청신경을 통해서가 아닌 초자연적 청각으로 듣고 싶은가? 소설이나 모험담, 우화에서는 충분히 그럴 수 있다. 하지만 왜 그 결과를 자연사라고 부르는가? 왜 실제로 관찰한 기록으로 적어 내려가는가? 만약 그동안 내내 "사실과 법에 맞서 싸워왔다"면 왜 인디언들, 사냥꾼들, 안내인들, 자연인들을 인터뷰하려고 황야에 들어가서는 결국 자신이 관찰한 바가 사실임을 확인하고자 하는가? 확인을 바랄 필요도 없는 것 아닌가? 자연에 관한 연구가 자신의 개성을 개척하는 것에 불과할 뿐이라면 다른 사람들이 보거나 들은, 혹은 본 적이 없거나 들은 적이 없던 것을 왜 신경 쓰는가? 도대체 왜 숲으로 가는가? 서재에 앉아서 상상의 나래에 맞추어 여러 사실을 만들어낼 것이지!

이러한 일련의 행위의 결과물인 자연 서적에 대해 내가 반대하는 유일한 이유는 그 책들이 참된 자연사로 제시되어 독자를 오도하기 때문이다. 그 책들은 사실과 법이 궁극적인 것이 되어야 하는 분야에서 "사실과 법에 맞서 싸워" 성공한 결과물이다. 인생사를 살다 보면 아마 누구나 사실을 갖고 씨름하기 일쑤일 것이다. 은행 계좌에 잔고가 0원이라면, 알맞은 상태로 되돌려 놓으려고 씨름해야 한다. 은행 관계자의 도움까지 받아야 할지도 모른다. 어떤 종류든 뇌리를 떠나지 않는 죄악이 있다면 그것에 맞서 싸워야 한다. 어쨌든 인생은 투쟁이며, 우리 모두는 여러 사실을 자신에게 유리하게 만들려고 투쟁하는 투쟁가들이다. 그러나 진정한 자연 연구자의 유일한 투쟁은 자신이 가진 여러 사실을 있는 그대로 보아야 하는 것이며, 제대로 읽어야 하는 것이다. 자연 연구자는 과학자만큼이나 진실을 열망해야 한다. 실제로 자연 연구는 학교 밖의 유일한 과학이며, 들판과 숲에서 행복해하며, 관찰하는 꽃과 동물을 소중히 여기며, 자연에 대한 이해뿐만 아니라 자연 속에서 정서적인 것과 감정적인 것을 발견하는 것이다.

자연을 연구하는 사람을 포함하여 야생생물에 대한 인간의 관심—내가 의미하는 관심은 그들이 살아있는 존재, 투쟁하는 존재라는 데 관심을 가져야 한다는 것—은 과학적 관심, 혹은 단지 비교나 분류의 대상으로서의 관심보다 우위를 차지해야 한다.

길버트 화이트는 자연 연구자와 과학자의 보기 드문 조합이었으며, 그의 저서는 영국의 고전 중 하나이다. 리처드 제프리스는 진정한 자연애호가였지만 과학적인 쪽으로는 거의 관심을 돌리지 않았다. 우리의 헨리 데이비드 소로는 자연적인 것과 사랑에 빠졌지만 초자연적인 것과 한층 더 사랑에 빠졌다. 그럼에도 그는 사실을 귀하게 여겼으며 그의 저서들은 자연사에 대한 즐거운 관찰이 풍부하다. 오늘날에는 자연을 연구하는 사람들이 다수 있다. 그들은 들판과 숲에 깃든 온갖 수수께끼의 핵심을 뽑아내느라 여념이 없다. 일부는 무미건조하게 과학적이며, 일부는 따분하고 지루하며, 일부는 감상적이며, 일부는 선정적이며, 몇몇은 완전히 감탄할 만하다. 톰슨 시튼 씨는 예술가이자 이야기꾼으로 이 분야에서 단연 독보적인 위치를 차지하고 있지만 그의 자연사 저작물을 읽을 때는 낭만적인 경향을 끊임없이 경계해야 한다.

동물을 구성하는 것, 즉 동물의 빛깔, 외관, 분포, 이동 등은 모두 우리가 과학적으로 해석할 수 있는 중요한 의미를 갖지만, 자신이 본 것을 진실하게 기록하며, 여러 사실을 이론과 혼동하지 않는 것이야말로 모든 관찰자가 해야 할 일이다.

왜 찌르레기는 다른 새의 둥지에 알을 낳는가? 왜 이러한 기생조류는 전 세계에서 발견되는가? 아무도 모른다. 다만, 자연에는 동물계뿐만 아니라 식물계에서도 기생 원칙이 가득한 것으로 보인다. 왜 호저는 그토록 유순하고 어리석을까? 먹잇감을 사냥할 필요가 없으며, 누구도 가까이 접근하지 못하도록 스스로 무장하고 있기 때문이다. 생존경쟁이 가져오는 기지가 발달되지 않았던 것이다. 개똥지빠귀들은 왜 그토록 많을까? 먹이나 둥지를 트는 습관과 관련하여 적응력이 뛰어나기 때문이다. 그들은 열매와 곤충 둘 다 먹으며, 나무, 헛간, 벽, 땅 등 어디든지 둥지를 튼다. 여우는 왜 그토록 약삭빠를까? 삶이 여우를 약삭빠르게끔 단련시켰기 때문이다. 인간은 아마 줄곧 여우의 털을 구하려고 여우를 뒤쫓았을 것이며, 따라서 생존하기가 쉽지 않았을 것이다. 여러분이 내게 왜 까마귀가 그토록 영리한지 묻는다면, 적절한 답을 제시해 보이겠다. 지금까지 아무도 까마귀의 가죽이나 사체를 원하지 않았던 것 같고, 또 까마귀의 식습관은 여우의 식습관이 그러하듯 무리하게 살아있는 사냥감을 고집하지 않는 것 같다. 새까만 깃털 때문에 까마귀는 겨울이나 여름이나 비슷하게 노출된다. 이 결점은 기지가 추가되어야 충족되지만, 그 외에 달리 불리한 조건은 없는 것 같다. 까마귀가 천적이 있는지는 모르겠다. 그럼에도 까마귀는 공중을 나는 새들 중에서 가장 의심이 많은 새 중 하나다. 왜 캐나다어치는 다른 어치들보다 훨씬 더 사람을 두려워하지 않을까? 캐나다어치들은 북극에 서식하는데, 그곳에선 사람들을 덜 마주친다. 그들은 광막한 황야를 날아다니기에 먹이를 구하는 데 애먹기 일쑤일 것이다. 또 그들의 깃털 빛깔은 눈에 잘 띄지 않는다. 이러한 모든 것들이 틀림없이 그들과 같은 속屬에 속하는 다른 새들보다 그들이 더욱 스스럼없이 구는 이유일 것이다. 자, 그렇다면 왜 박새는 동고비나 딱따구리보다 선뜻 여러분의 손에 내려앉아 먹이를 받아먹을 수 있게 되었을까 하는 질문은 쉽게 대답할 수 있는 게 아니다. 박새는 비슷한 종류의 다른 새들보다 크기가 작아서 아마 동고비나 딱따구리보다 적이 더 적을 것이고, 그에 비례하여 두려움도 더 적을 것이다.

개는 도대체 왜 숨기고 있는 뼈다귀를 덮을 때 앞발이 아니라 코를 사용하는 걸까? 발이 자신의 비밀을 누설할 냄새를 남기기 때문일까? 코는 그렇지 않은 데 반해서? 개는 앞발을 사용해서 뼈다귀를 숨길 구멍을 파긴 하지만, 그 경우 이어지는 절차에 의해서 냄새가 날아가 버릴 것이다.

앞서 말한 것은 자연에 존재하는 여러 사실을 해석하거나 설명하는 하나의 방식이다. 모든 것에는 이유가 있다. 그 이유를 알아내면 자연을 해석하게 되고, 그 해석이 바로 이해를 낳는 것이다. 자연을 감정적, 도덕적, 심미적 의미로 해석하는 것은 또 다른 문제이다.

나는 하등동물을 인간의 영역으로 격상시키려는 현재의 경향에 대해 부당하게 굴거나 매정하게 대하지 않을 것이다. 다만 독자들이 만물을 있는 그대로의 모습으로 보고, 동물을 사람처럼이 아니라 동물로서 좋아하도록 자극하는 데 도움을 주고 싶을 뿐이다. 자기기만으로 얻어지는 것은 아무것도 없다. 삶의 최고의 규율은 사실이 무엇이든 간에 사실에 직면할 준비를 하는 것이다. 사람이 개와 가질 수 있는 아름다운 동료애는 단지 그가 개일 뿐이며, 여러분 고유의 독점적인 영역을 침범하지 않기 때문이다! 개는 어떤 면에서는 여러분을 어린 시절로 되돌아가게 하여 본능적으로 온갖 기쁨과 모험을 취하도록 한다. 여러분이 개를 무시해도 개는 화를 내지 않는다. 꾸짖어도 개는 여전히 여러분을 무척 좋아한다. 큰 소리로 부르면 기뻐 날뛴다. 개와 야영을 할 수도 있고 도보 여행을 갈 수도 있고 말을 탈 수도 있으며, 개의 관심과 호기심, 모험정신은 진짜 휴일 같은 분위기를 밤낮으로 선사한다. 개와 함께 있을 때 여러분은 혼자지만 혼자가 아니다. 여러분은 동료애와 고독을 다 갖게 된다. 누가 개를 한층 인간적이거나 덜 개스럽게 만들 수 있겠는가? 개는 자신의 사랑을 통해 여러분의 생각을 본능적으로 알아맞히고, 여러분의 눈을 힐끔힐끔 보면서 여러분의 뜻을 느낀다. 개는 이성적인 존재는 아니지만 매우 감수성이 예민하며, 여러 면에서 우리를 무척 감동시키기에 우리는 개를 형제와 같은 존재로 여기게 되는 것이다.

앞서 말했듯, 우리는 자연사나 자연에 관한 연구 전반에 크게 신경 쓰지 말아야 한다. 거기에서 어떤 식으로든 우리 자신을 찾지 못한다면 말이다. 즉, 우리 자신의 감정, 방법 및 지성과 유사한 것들 말이다. 우리는 그 길을 여행하면서 도처에서 우리 자신을 상징하는 것을 찾는다. 시인 월트 휘트먼이 말했듯, 우리는 "곳곳에 네발짐승들과 새들로 치장벽토되어 있다." 아무리 보잘것없는 동물의 생활사라도 사실대로만 말해진다면 지극히 흥미롭다. 우리가 들판에서 느리게 움직이는 거북이나, 길가에서 비틀거리거나 더듬거리는 두꺼비에게 닥친 모든 안 좋은 일들에 대해 알 수 있다면 연민의 정은 깊어질 것이며 번득이는 진짜 지식을 얻을 수 있을 것이다. 우리는 그러한 보잘것없는 존재들의 생태를 감상적인 "자연 연구파"의 방식에 따라 "해석"하기를 바라서는 안 된다. 꾸며낸 이야기 속에서 사실을 잃고 말기 때문이다. 그것은 우리가 빵을 요구했을 때 우리에게 돌멩이를 주기로 되어 있는 것이나 마찬가지다. 우리는 오로지 지혜롭고 애정어린 인간의 시선이라는 관점에서 진실로 기록하기만을 바라야 한다. 가령 길버트 화이트나 헨리 데이비드 소로가 우리에게 주었던 것과 같은 그런 기록 말이다. 화이트는 늙은 거북이가 비가 올 때 서둘러 대피하러 가거나, 태양이 작열할 때 양배추 이파리 그늘을 찾거나, 봄철에 짝짓기 본능이 내면에서 꿈틀거리기 시작할 때 새벽 다섯 시까지 정원에서 발끝으로 의기양양하게 활보하는 모습을 얼마나 흥미롭게 그려냈는지 모른다! 이는 당연히 우리도 거북이에게서 볼 수 있는 모습이다.

실상 자연주의 수필가의 문제는 언제나 주제를 흥미롭게 만들면서도 엄격하게 진실의 한도를 넘지 않는 데 있다.

자연의 효과를 높이거나 심화시키는 것은 언제나 예술가의 특권이다. 그는 우리가 지금까지 보았던 것보다 더욱 아름다운 여자, 더욱 멋진 말, 더욱 근사한 풍경을 그려줄 수 있다. 설사 그의 그림이 자연을 능가할지라도 우리는 속는 게 아니다. 우리는 우리가 서 있는 자리와 그가 서 있는 자리를 안다. 즉, 우리는 그것이 예술의 힘이라는 것을 알고 있다. 만약 그가 러디어드 키플링의 『흰 바다표범』이나 『정글북』과 같은 동물 모험담을 쓰고 있다면, 거기에는 전혀 모호한 게 없을 것이다. 사실과 소설의 결합도 아니며, 독자를 혼란스럽게 만들거나 오도할 만한 게 전혀 없기 때문이다.

우리는 바다나 땅에는 없었던 빛이 거기에 있다는 것을 안다. 바로 정신의 빛이다. 사실은 조작되지 않는다. 변형될 뿐이다. 예술의 목적은 아름다움에 있다. 진실 너머가 아니라 진실을 통한 아름다움에 있는 것이다. 자연 작가의 목적은 진실에 있다. 아름다움 너머가 아니라 아름다움을 통한 진실에 있는 것이다. 여러분은 그가 쓴 글에서 정확한 사실들을 발견할 것이며, 그가 쓴 글이 들판과 숲이 가진 매혹과 암시를 지니고 있다는 점을 발견할 것이다. 그렇게 할 때라야만 그의 작품은 문학의 반열에 이르게 된다.

12장

비버의 이성

유명한 박물학자 중 한 사람은 사람의 이성과 비버의 이성 사이에 차이가 없다고 생각한다. 사람이 댐을 지을 때 먼저 지반을 살펴본 뒤 심의를 거듭한 끝에 계획을 세우는데, 비버 역시 똑같이 하기 때문이라는 것이다. 그러나 차이는 명백하다. 비버는 동일한 상황 하에서 동일한 종류의 댐과 굴을 지으며, 이는 모든 비버가 대체로 동일하다. 본능이 획일적으로 작동하며 천편일률적이기 때문이다. 이성은 한없이 다르며, 한없는 실수를 저지른다. 사람은 여러 종류의 재료를 갖고 여러 종류의 용도에 맞게끔 여러 곳에 여러 종류의 댐을 짓는다. 사람은 개별적인 판단력을 발휘하며, 새로운 방식을 창안하고 새로운 목적을 추구하며, 당연히 실패하기 일쑤다.

모든 사람은 정도의 차이는 있어도 자신만의 이성의 기준을 가진다. 그것은 대개 개인적이고 독창적이며, 빈번한 실패는 이러한 재능에 대가를 치르는 형벌이다.

그러나 개별적인 비버는 종족으로부터 물려받은 지성만을 갖고 있다. 거기에 약간의 경험이 추가되었을 뿐이다. 비버는 덫을 피하는 법은 배우지만, 댐이나 굴을 더 낫게 짓는 법을 배우지는 못한다. 굳이 그럴 필요가 없기 때문이다. 그들은 목적에 부합하는 것만 한다. 만약 비버가 사람처럼 새롭게 자라는 욕구와 열망을 가졌다면 비버는 더 이상 비버가 아닐 것이다. 사람이 여러 가지에 대해 곰곰이 생각하고 헤아려보는 곳에서 비버는 외적인 조건에 반응한다. 우리가 만일 이성이라고 부르기를 선호한다면, 비버의 이성은 사실상 틀리지 않는다. 무의식적인 까닭에 맹목적이지만, 충분한 까닭에 확실하다. 사람의 이성이 그렇지 않다는 의미에서 본다면 비버의 이성은 살아있는 본성의 일부이다. 만약 본성이 실수를 저지른다면, 예를 들어 암탉이 껍데기만 낳을 때나 또는 노른자 없는 알을 낳을 때, 또는 자라서 식물이 될 수 있는 것보다 더 많은 씨앗이 흙에서 발아할 때와 같은 것이 실수이다. 하등동물의 지성은 눈이 먼 사람과 비교된다고 할 수 있겠다. 우리가 눈으로 대상을 감지하는 것과 달리 하등동물은 감지되는 대상을 파악하지 못한다. 본능이 대상을 감지할 때 본능은 대상에 반응하거나 반응하지 않는데, 이는 대상이 이런저런 요구와 관련되거나 관련되지 않을 때이다. 여러 면에서 동물은 어린아이와 같다. 어린아이에게 먼저 와 닿는 것은 단순한 지각과 기억, 기억들의 연상이며, 이러한 것들이 동물의 지성의 총합을 이룬다. 어린아이는 성찰하는 능력과 일반화하는 능력에 도달할 때까지 계속해서 지성을 발달시킨다. 이는 동물이 결코 다다를 수 없는 정신적 단계이다.

모든 동물의 삶은 특화되어 있다. 동물은 저마다 자신의 종족의 일을 하는 데 있어 전문가이다. 비버는 비버의 일을 한다. 나무를 잘라 내고 댐을 만든다. 모든 비버가 배우지 않고 자연히 터득한 동일한 수준의 기술을 갖고 비슷하게 한다. 이것은 본능, 즉 사고력이 없는 본성이다.

푹푹 찌는 날이면 개는 툭하면 서늘한 흙 위에 누우려고 시원한 땅을 판다. 아니면 개울에 가서 누울 것이다. 모든 개들이 이렇게 한다. 만약 개가 드러누울 더 깊은 웅덩이를 만들려고 개울을 막을 돌멩이와 풀떼기들을 물고 나른다면, 그것은 어느 정도 비버를 모방하는 것이므로 개에게 있어 이는 상당히 이성적인 행위라고 부를 수 있다. 그것은 개의 삶의 조건에 반드시 필요한 것이 아니기 때문이며, 사후에 검토한 것과 같은 성격일 것이다.

모든 동물은 자신들의 종에 주어진 방식으로 지혜롭지만, 다른 종의 방식에 있어서는 그렇지 않다. 개똥지빠귀는 찌르레기 식으로 둥지를 지을 수 없으며, 찌르레기 역시 개똥지빠귀나 제비 식으로 둥지를 지을 수 없다. 여우의 영리함은 미국너구리의 영리함 같은 것이 아니다. 다람쥐는 토끼보다 견과류에 대해 상당히 많이 알지만, 토끼는 다람쥐가 죽는 곳에서도 산다. 사향쥐와 비버는 굴을 대단히 비슷하게 짓는다. 즉, 강 밑에 입구를 만들고, 강 위에 내실을 만드는데 이는 그들 둘 다 수생동물로서 거의 마찬가지의 필요성 때문이다.

자, 이성이 표시하는 바는 이성이 끊임없이 적응할 수 있다는 것이며, 온갖 종류의 문제에 스스로 적용할 수 있다는 것이며, 오래된 수단을 새로운 목적을 이루는 데 맞추거나 새로운 수단을 오래된 목적을 이루는 데 맞출 수 있다는 것이며, 진보적인 발달이 가능하다는 것이다. 이성은 얻은 것을 유지하며, 더욱 많은 것을 얻는 지렛대로 사용한다. 그러나 이는 결코 동물의 본능의 방식이 아니며, 동물의 방식은 본능으로 시작해 본능으로 끝나는 비진보적인 것이다.

우리 삶의 상당 부분은 본능적이며 생각이 결여되어 있다. 우리는 본능적으로 온기를 찾고 추위를 멀리한다. 우리의 모든 애정은 본능에서 나오며 이성을 기다리지 않는다. 우리의 친화력은 중력만큼이나 성찰과는 무관하다. 우리가 물려받은 특성들, 민족 간의 유대, 우리가 살고 있는 시대의 정신, 어린 시절에 대한 인상들, 기후, 토양, 우리를 둘러싼 환경 등 이 모두가 우리의 행동에 영향을 미치며, 우리 입장에서는 종종 의식적인 판단이나 이성을 행사함이 없이 이 모든 것이 결정된다. 습관은 우리에게 아주 강력하게 영향을 미치며, 기질이라든가 건강, 질병도 마찬가지로 영향을 미친다. 평범한 사람이 자신의 인생에서 사용하는 의식적인 이성의 양은 엄청난 비이성이라든가 맹목적인 충동 및 타고난 성향이 몰아붙이는 양과 비교하면, 대낮의 햇빛에 비교되는 인공광이나 마찬가지다. 즉, 특별한 경우에 없어서는 안 되지만, 결국에는 미미한 요소라는 것이다. 이성은 자연의 빛을 가진 게 아니라는 점에서, 또 사람마다 그 정도를 다르게 갖고 있다는 점에서 인공광이다. 하등동물은 이따금 한 줄기 빛만 가질 수 있을 뿐이다. 그들은 식물과 나무가 지혜로운 만큼 지혜로우며, 타고난 성향에 이끌린다.

본능은 지략이 있을까? 새로운 조건을 충족시킬 수 있을까? 새로운 문제를 해결할 수 있을까? 만약 그렇다면, 자유로운 지성이나 판단과는 어떻게 다를까? 어느 정도까지는 본능에 지략이 있다는 게 내 생각이다. 유럽의 한 기고가는 이렇게 쓴다. "세 번에 걸쳐 나는 평평한 들판에서 굴토끼를 뒤쫓았다. 밭고랑에 이르자 토끼는 직각으로 달려 밭고랑으로 뛰어들더니 몸을 수그리고 살금살금 밭고랑 끝까지 기어가서는 풀쩍 뛰어올라 다시 전속력으로 달렸다." 이것은 본능—적으로부터 달아나는 본능—에 지략이 있다는 좋은 예이다. 절호의 기회를 활용함으로써 오래된 난제를 충족시킨 것이다. 달리고, 수그리고, 기어가고, 숨는 것은 아마도 특정한 동물들이 사냥당할 때 하는 반사작용일 것이다. 매에게 쫓길 때 새는 나무나 덤불, 또는 어떤 물체 밑에 숨으려고 황급히 날아간다. 지난여름 나는 흰머리독수리가 발톱에 물고기 한 마리를 끼고 가는 물수리를 쫓는 모습을 보았다. 물수리는 독수리보다 앞서 출발했으며, 위쪽으로 솟아오르기 시작했는데, 올라가면서 항의의 표지인지 저항의 표시인지 괴성을 꽥꽥 질렀다. 약탈자는 몇 분 동안 물수리 밑에서 빙글빙글 돌더니 얼마나 멀리 왔는지 보고는 바다 쪽으로 되돌아갔다. 그래서 나는 그토록 오랫동안 보고 싶었던 공중에서 벌어지는 작은 드라마를 볼 수 없었다.

부상당한 들오리는 포수에게서 달아나면서 갑작스럽게 꾀가 생긴다. 부리 끝만 공중에 내놓은 채 물속에서 헤엄치거나 해안가에 숨거나 잠수해서 바닥에 있는 어떤 물체를 붙잡는데, 때로는 숨이 끊어질 때까지도 계속 물속에 머무른다.

농장 일꾼들이 살진 송아지 한 마리를 잡으려 하는 모습을 본 적이 있다. 송아지는 여름 내내 군데군데 나무가 우거진 들판에서 뛰어다녀 거의 야생 송아지나 다름없게 되었다. 송아지가 구석에 몰리려 하지 않자 농부는 소총으로 쏘았으나 머리에 중상만 입혔을 뿐이었다. 그러자 송아지는 사슴처럼 미친 듯 날뛰더니, 사슴이 하는 식으로 울타리를 기어올랐다. 궁지에 몰리자 송아지는 몸을 돌려 완전히 필사적으로 경계선을 넘어갔으며, 추격자들을 피해 교묘히 달아나는 놀라운 지략을 보여주었다. 송아지는 언덕배기를 넘어 산에 이르렀다. 그곳에서 송아지는 잡히기 전까지 이틀 동안 추격자들을 들이받으며 몹시 당황하게 만들었다. 그러한 모든 사례는 본능에서 나오는 지략, 즉 공포에 대한 본능을 보여준다.

둥지를 숨기는 데 있어 새의 기술은 다 지은 둥지의 비밀을 지킬 때 드러내는 영리함만큼이나 대단히 뛰어나다. 언제 들이닥칠지 모를 적에게 소중한 장소를 노출시키지 않으려고 얼마나 세심하게 주의를 기울이는지 모른다! 집에서 키우는 칠면조조차도 덤불 속에 둥지를 숨겨놓고 있을 때 가만히 지켜보고 있으면 온갖 방법을 다 써가며 지체하고 에둘러서 둥지에 접근한다. 그리고 먹이를 먹으려고 둥지를 떠날 때는 보통 날아서 그렇게 한다.

나는 이러한 행위들이나 이와 비슷한 행위들이 단지 본능이 지략을 드러내는 것뿐이라고 여긴다.

모든 동물이 보여주는 본능의 지략과 유연함이, 어떤 동물은 많고 어떤 동물은 적을지라도, 또 이성을 향한 첫걸음이 분명할지라도, 이성이 아니라는 사실을 잊지 말아야 한다. 인간은 본능에서 벗어나면서 의식적인 이성과 지성이 진화해왔을 것이다. 나는 사람들이 "정신적 여명" 또는 "가장 기초적인 정신"이라고 본능의 변이성과 유연성을 말하는 것에 대해 반대하지 않는다. 정말로 그렇거나 아니면 그와 비슷한 것일 수도 있다. 내가 듣기를 마다하는 것은 동물의 생태에서 본능에 대한 이론을 더욱 수월하게 설명하려고 이성을 끌어다 붙이는 것이다.

브롱크스동물원의 조류학자는 최근 한 신문에서 새끼에 대한 새의 애정이 본능이 아니라 통제할 수 없는 감정이라고 말한다. 나는 그와 견해가 확연히 다르지만, 적어도 사람 어머니의 감정과 다르지 않다는 점에 있어서는 전적으로 동의한다. 두 경우 모두 애정은 본능적이며, 이성이나 사전 혹은 사후에 고려하는 문제가 전혀 아니다. 그 둘의 애정은 다음과 같은 점에서 다르다. 새 어미의 애정은 짧고 일시적이며, 사람 어머니의 애정은 깊고 오래 지속된다. 상황의 압박을 받으면 새는 무력한 새끼를 버리지만, 사람은 그렇지 않을 것이다. 먹이를 공급할 수 없을 때 하등동물은 새끼와 마지막 부스러기를 나누지 않을 것이다. 극심한 굶주림이 새끼들을 잊게 만들기 때문이다. 1903년 쌀쌀하고도 습한 여름이 계속되는 동안, 상당수의 미숙한 새들, 즉 찌르레기, 참새, 휘파람새 등의 어린 새들이 둥지에서 말라죽었다. 아마 곤충 먹이도 부족했을 테고, 어미가 새끼들 주변에서 빙빙 맴도는 것도 게을리했을 것이다.

동물의 행동을 해석할 때 우리는 흔히 우리가 동물에게 부여한 속성을 갖고 우리 식대로 생각하고 추론한다. 비브* 씨는 한 신문에서 이렇게 언급한다. "새들은 썰물 때에 조개나 홍합을 부리나 발톱으로 잡는 법을 일찌감치 배워서 바닷물이 닿지 않는 곳으로 그것들을 나른다. 연체동물이 죽을 때 폐각근이 이완되면서 껍질이 딱 벌어져 그 안에 있는 내용물에 쉽게 접근할 수 있도록 하는 것이다." 분명 새는 밀려드는 바닷물 속에서 파도가 닿지 않는 곳으로 조개류를 나른다. 새는 파도 치는 곳에서 조갯살을 먹고 싶지만 그곳의 조개는 벌어지지 않은 상태이다. 그러나 새는 바닷물이 닿지 않는 곳에서는 조개류가 죽을 것이며 그러면 껍질이 벌어진다는 사실을 알고 있다. 관찰자가 생각해야 하는 것은 그러한 세부사항이다.

우리나라에 서식하는 조류에 관한 글을 쓴 두 작가는 "펠리컨은 해안가로 떼 지어 몰려들어 날개로 바닷물을 이리저리 휘저으면서 얕은 물가로 물고기를 내몰 것이다. 그곳에서는 물고기를 쉽게 잡을 수 있기 때문"이라고 쓴다. 여기서도 관찰자는 자신이 관찰한 것을 마음대로 판단한다. 펠리컨은 물고기를 보고 뒤쫓기는 하지만, 여울목으로 몰아넣어야겠다는 계획 따윈 없다. 다만 물고기가 구석에 몰리면 잡히는 것은 피할 수 없는 결과이다. 물고기가 어리석기는 하지만 펠리컨이 지혜로운 것은 아니다. 여기서 그들이 갖고 있는 지혜는 동물의 지혜가 아니라 인간의 지혜이다.

하등동물의 행동을 관찰하여 우리의 생각대로 해석하지 않는 것은 쉬운 일이 아니다. 비브 씨는 브롱크스동물원에서 초봄에 공작이 진가를 알아보

*William Beebe(1877~1962). 미국의 자연학자, 조류학자, 곤충학자, 탐험가. 브롱크스동물원에서 새를 돌보는 일로 시작해 새를 연구하기 위해 전 세계로 원정을 다녔다. 이후 『꿩에 관한 기술』을 네 권의 책으로 펴냈으며, 나중에는 열대지방에서 곤충의 행동을 연구하였다. 또한 조류의 진화 과정에 대한 이론을 제시하였으며, 생태계 창시자 중 한 명으로 여겨진다.

지 못하는 까마귀 앞에서 소심하게 깃털을 세우는 것은 암컷들 앞에서 연적들과 겨루어야 할 때를 고대하면서 화려한 깃털을 과시하는 기술을 연습하는 것일 뿐이라고 여긴다. 다시 말해, 자신의 역할을 예행연습한다는 것이다. 그러나 나는 초봄에 공작이 까마귀 앞이나 관객들 앞에서 뽐내며 걷는 것은 자신도 어쩔 수 없기 때문이라고 말하겠다. 성적 본능이 불타오르기 시작하여 지배하기 때문이다. 새는 식욕을 통제할 수 없는 것처럼 성욕을 통제할 수 없다. 사전에 연습하는 것은 인간이다. 동물의 연습은 자발적이고 즉흥적인 놀이의 형태를 취한다. 두 마리의 개나 또는 다른 동물들이 싸우는 듯한 모습을 보이는 것은 그들로서는 의식적으로 하는 연습이 아니라 인간이 노는 것과 똑같이 그저 단순히 노는 것일 뿐이다. 비록 그들이 치르는 모의전투가 훈련으로서 가치가 있다는 것은 명백하지만 말이다.

동물은 개념을 갖고 있지 않다. 그들은 자신들이 반응하는 다양한 감각을 통해 여러 인상을 받는다. 최근 인간의 사고능력과 비교해 동물의 사고능력을 주제로 쓴 매우 명확하고 간결한 원고를 읽었다. 저자는 이렇게 말한다. "동물에게는 언어에 앞서 가장 기초적인 추상적 관념이 있다. 모든 고등동물은 "먹어도 되는 것"과 "먹으면 안 되는 것"에 대한 일반적인 개념을 갖고 있다. 특정한 대상이 이 둘 중 어떤 특성을 갖게 되는지는 완전히 별개로 하더라도 말이다." 내 생각에 작가가 잘못 언급한 것은 바로 이 지점이다. 동물은 어떤 것이 먹어도 되는 건지, 또 먹으면 안 되는 것인지에 대한 개념이 전혀 없다. 전적으로 감각에 의해 이끌릴 뿐이다. 동물은 시각이나 후각을 통해 도달하는 자극에 반응하는데, 대개 후자이다. 그러한 문제에 있어서 정신적인 과정은 전혀 없으며, 가장 기초적인 과정도 아니다. 단순히 자극에 대한 반응만 있을 뿐이다. 우리가 코담배를 맡았을 때 순간적으로 재채기가 나오는 것처럼 말이다. 오로지 사람만이 먹어도 되는 것과 먹으면 안 되는 것에 대한 개념을 갖고 있다. 여우가 농가 부근을 어슬렁거릴 때, 앞서 말한 저자가 주장한 바와 달리, 여우는 그곳에 먹을 게 있다는 개념을 갖고 있지 않다. 그저 후각을 따를 뿐이다. 여우는 자신이 반응하는 것의 냄새를 맡는다. 우리는 여우가 농가에서 찾을 법한 것에 대해 개념을 갖고 있다고 여긴다. 그러나 어떤 사람이 식당에 갈 때, 그는 후각이 아니라 자신의 생각을 따라가는 것이며 속으로 여러 음식을 비교하여 종종 먹을 것을 미리 정한다. 두 경우에 있어 일치하는 지점은 없다. 새가 보금자리 장소를 고르거나 얼룩다람쥐나 마멋이 구멍을 팔 곳을 고르거나 비버가 댐을 지을 지점을 고를 때 우리는 이 동물들이 생각하고 비교하고 가늠한다고 여기며, 아주 단순하게 우리 자신을 그들의 입장에 놓고는 비슷한 조건에서 우리가 하는 것처럼 그들도 할 거라고 여긴다. 동물의 삶은 여러 면에서 인간의 삶과 아주 유사하지만 차원이 다르다. 무언가가 하등동물을 이끌지만, 그 무언가가 생각은 아니다. 무언가가 그들을 억제하지만 그 무언가가 판단은 아니다. 그들은 진중함 없이 조심스럽다. 근면함 없이 활발하다. 연습 없이 능숙하다. 지식 없이 지혜롭다. 이성 없이 이성적이다. 간교한 속임수 없이 속인다. 그들은 나침반 없이도 바다를 건너고, 안내자 없이도 집으로 돌아가며, 언어 없이도 의사소통하고, 신호나 지도자 없이도 하나의 단위로 행동한다. 즐거울 때는 지저귀거나 놀이를 한다. 괴로울 때는 신음하거나 울부짖는다. 질투심이 일 때면 물어뜯거나 할퀴거나 때리거나 늘이받는다. 그럼에도 불구하고 나는 동물이 우리처럼 즐거움이나 슬픔, 분노나 사랑의 감정을 겪는다고 여기지 않는다. 그들 속에 있는 이러한 감정은 성찰, 기억, 그리고 우리가 갖고 있는 소위 "고차원의 본성"을 수반하지 않기 때문이다.

동물은 언제 이동해야 할지 혹은 언제 동면 장소에 들어가야 할지 알기 위하여 책력을 참고할 필요가 없다. 가을철 어떤 특정한 때가 되면, 나는 영원류가 습지 쪽으로 향하는 모습을 본다. 봄철 어떤 특정한 때가 되면, 나는 영원류 모두가 다시 숲으로 돌아오는 모습을 본다. 어떤 곳을 거닐다가 나는 그들이 맞은편으로 건너려고 철도길 사이의 철로를 오르락내리락하는 모습을 본다. 나는 수시로 그들에게 손길을 내민다. 그들은 언제 그리고 어느 방향으로 가야 할지 알고 있지만, 동일한 상황에서 내가 아는 방식으로 아는 것은 아니다. 나는 배워야만 하거나 들어야만 하지만, 그들은 본능적으로 알고 있다.

우리는 "자연의 지혜"라고 부르는 것에 경탄하지만, 우리 인간의 것과 얼마나 다른지 모른다! 얼마나 맹목적인지, 그렇지만 또 얼마나 확실한지 모른다! 얼마나 낭비적인지, 그렇지만 또 얼마나 절약하는지 모른다! 얼마나 부랴부랴 씨앗을 뿌리는지, 그렇지만 또 얼마나 숲이나 꽃이 흐드러진 평야를 주시하는지 모른다! 자연의 샘은 도처에서 솟아 나오면서도, 또 얼마나 필연적으로 그 물줄기는 개울로 들어가는 길을, 개울은 강으로 들어가는 길을, 강은 바다로 들어가는 길을 찾아가는지 모른다! 자연은 과학이 없는 기술자이며, 규칙이 없는 건축가이다.

동물은 조수와 계절을 따른다. 그들은 자신들만의 것을 찾아낸다. 가장 적응 잘하고 가장 운 좋은 자만이 살아남는다. 생존경쟁은 그들 모두에게 엄격하다. 유유상종, 즉 날개가 같은 새들끼리 모인다. 새끼 찌르레기들은 비록 서로 다른 많은 양부모들에게 길러졌을지라도 가을에 모두 떼 지어 모여든다. 그들은 자신들의 종을 알고 있다. 즉, 적어도 같은 종에게 서로 끌린다.

어떤 기고가가 내게 동물의 정신이 개선될 수 있다고 생각하지 않느냐고 물었다. 엄밀히 말하면, 개선될 수 없다. 우리가 동물에게 무언가를 가르칠 때, 우리는 습관을 확립할 때까지 여러 감각에 인상을 주어 이 인상을 몇 번이고 반복하도록 한다. 우리는 아이에게서와 달리 어떤 정신적 발달도 유발하지 못하며, 감각을 통해 떠오르는 기억을 형성하고 각인되도록 할 뿐이다. 그것은 마치 자라는 식물을 구부리거나 꽉 눌러서 결국 어떤 특정한 형태를 취하도록 하는 것과 같다.

인간이라는 동물은 속임수를 간파하고 충분히 인식하기에 끝없이 반복할 필요가 없다. 우리의 마음속에서 반복이 길을 잘 닦아놓았을 때, 예를 들어, 문자로 글자를 형성하듯, 우리 역시 자동적으로 행동하거나 의식적인 생각 없이 행동한다.

야생동물은 훈련은 되지만 교육되지는 않는다. 우리는 그들의 지식의 창고를 늘림이 없이도 여러 인상을 크게 증대시킬 수 있다. 그들은 이러한 감각 인상들로부터 개념을 진전시킬 수 없기 때문이다. 여기서 우리는 그들의 한계에 다다른다. 블루버드나 개똥지빠귀는 어두컴컴한 방의 유리창에 반사된 이미지와 날마다 싸울 것이며, 결코 그 망상을 지배할 수 없을 것이다. 감각의 증거를 넘어서는 어떤 단계도 밟을 수 없을 것이다. 그것은 사람도 밟기 어려운 단계이다. 여러분은 개가 여러분 몸 위에 발을 올려놓지 않고도 여러분을 반기며 신 나서 껑충껑충 뛸 수 있도록 개를 훈련시킬 수 있다. 하지만 그 귀여운 동물이 왜 여러분이 몸 위에 발을 올려놓는 것을 원하지 않는지 알게 될 거라고 생각하는가? 만약 개가 여러분 몸 위에 발을 올려놓지 않는다면, 내가 언급한 일반적인 지식의 단계를 밟는 것이다. 잔디밭에 긴 줄로 묶인 암소는 그 밧줄에 대해 많은 것을 배우고 어떻게 다루어야 하는지를 배운다. 처음 묶였을 때는 몰랐던 것이다. 하지만 왜 자신이 묶여 있는지, 왜 관목을 뜯어 먹으면 안 되는지, 왜 잔디를 발로 파헤치면 안 되는지, 왜 정원 가장자리에 심어 놓은 옥수수에 혀를 내밀면 안 되는지에 대해서는 절대 알 수 없다. 이것은 개념이나 성찰하는 힘을 의미한다. 여러분은 암소를 혼냄으로써 그런 짓을 하는 것을 두려워하게 할 수는 있지만 결코 깨우치게 할 수는 없다. 가장 미개한 야만인도 어느 정도 계몽될 수 있는 것은 그가 만물의 이치를 배울 수 있기 때문이다. 그러나 동물은 그럴 수 없다. 이를테면 우리는 동물의 충동을 틀에 박히도록 만들 수는 있지만, 자유롭고 자기 주도적이 되게끔 만들 수는 없다. 동물은 물려받은 습관이나 습득된 습관의 희생자이다.

위에서 무거운 돌을 떨어뜨려 사냥감을 잡는 덫 주위로 밤마다 와서 어슬렁거린다는 한 여우에 대해 들었다. 그 덫은 다른 사냥감을 잡으려고 설치해 놓은 것이었다. 매일 밤 새로 내린 눈은 그 의심스러운 동물의 행적을 보여주었다. 여우는 덫 몇 미터 가까이로는 접근하지 않았다. 그러던 어느 날, 붉은어깨말똥가리가 덫 중 하나에 쳐놓은 미끼를 물어 붙잡혔다. 그날 밤, 그 여우로 추정되는 여우가 와서 돌 밑에 튀어나와 있는 붉은어깨말똥가리의 사체 일부를 먹어치웠다. 자, 어떻게 여우는 덫이 찰칵하고 닫히게 되었는지, 또 이제는 해롭지 않은지를 알았을까? 그 행위는 본능 이상의 것을 함축하지 않는가? 우선, 우리는 여우가 약삭빠르고 의심이 많다고 알고 있다. 이것들은 굳이 설명할 필요가 없는 요소들이다. 까마귀나 마찬가지로 여우에게 덫이나 어떤 꿍꿍이가 있는 것처럼 보이는 것은 그 어떤 것이라도 자연에 마구잡이로 어지럽게 펼쳐져 있는 것으로 보이지 않기에 경계심을 늦추지 않았을 것이다. 돌을 떨어뜨려 사냥감을 잡는 덫은 보통 들판과 숲에 어지럽게 흩어져 있는 나뭇가지들이나 돌멩이들과는 어울리지 않는 교묘한 장치이다. 거기에선 또한 사람의 손 냄새도 날 것이기에 이 자체가 여우에게 경계심을 주었을 것이다. 그러나 돌에 으깨진 붉은어깨말똥가리 같은 동물은 사체의 일부가 돌 밑에 튀어나와 있기에 완전히 분위기가 다르다. 그것은 적어도 위협적으로 보이지 않으며 돌이 위에 드리워져 있지도 않은 데다 벌어진 턱은 다물어져 있다. 거기에다 사람의 손 냄새가 완전히 없어지지는 않았을지라도 덜 난다는 건 분명하다. 여우는 이성적인 결론을 이끌어낸 게 전혀 아니었다. 본능에서 우러나오는 두려움이 덫의 변화된 조건에 의해 누그러진 것이었다. 붉은어깨말똥가리는 여우처럼 간교하지 않았기 때문에 쉽게 희생양이 되었던 것이다. 나는 여우를 뒤쫓는 사냥개의 후각 능력이 이성과 흡사한 것이 아니듯, 여우의 간교함도 이성과 흡사한 것이 아니라고 생각한다. 둘 다 타고난 것이며 경험과는 완전히 무관하다. 만약 여우가 의도적으로 사냥개를 피하려고 양 떼 사이를 뚫고 달리거나 얕은 개울 바닥을 따라가거나 공공도로로 간다면, 여우에게 성찰하는 능력이 있다고 믿어도 좋다 하겠다. 여우가 수시로 이러한 행동을 하는 것은 사실이지만, 우연히 하는 것인지 아니면 확고한 목적을 갖고 하는 것인지는 의심의 여지가 있다.

여우의 간교함은 날랜 발걸음만큼이나 물려받은 본성의 일부이다. 여우나 비버, 수달처럼 더욱 주목할 만한 털을 품고 있는 동물들은 수만 년 동안 인간과 인간의 야만적인 조상들에게 박해받아 왔기에 그들의 덫과 미끼에 대한 의심, 또 그것을 피하는 기술은 오랜 세대에 걸쳐 축적된 유산이다.

우리는 동물이 사유롭게 사고하거나 지성을 갖고 있다는 것을 부정하면서도 개에 대해서는 확실히 예외적이다. 나는 개가 거의 인간의 소산이라고 어디선가 말한 적이 있다. 개는 아주 오랫동안 인간의 동반자였으며, 무척이나 사랑을 받아왔기에 적어도 어느 정도는 주인의 성질을 띠게 되었다. 만약 개가 간혹 생각하거나 성찰하지 않는다면 개가 그렇게 하는 것을 좋아한다는 것 외에는 달리 할 말이 없다. 아주 단순하게 이를 보여주는 일화를 보자. 흔히 일어나는 일이다. 콜리 개 한 마리가 주인 일행보다 앞서서 거리를 걷고 있다. 도로가 갈라지는 지점에 이른다. 개는 왼쪽으로 가고는 총총거리며 몇 미터 걷고 난 뒤 몸을 반쯤 돌리며 갑자기 멈추어 일행을 뒤돌아본다. 개에게 이런 생각이 퍼뜩 떠오르지 않았을까? '주인이 어느 길로 갈지 모르겠네. 기다려 봐야 하나?' 그러한 경우 만약 개가 곰곰이 생각한 게 아니라면, 개는 무엇을 한 것일까? 개의 그러한 행동에 대해 달리 할 말을 찾을 수 있을까? 말이나 행동으로 질문하는 것은 아무리 기초적일지라도 일종의 정신적 과정을 수반한다. 그와 같은 상황에서 콜리가 했던 행동을 할 수 있는 다른 동물이 있을까?

서부의 한 의사가 내게 자신이 키우는 포인터 개가 다음과 같이 세 번에 걸쳐 행동하는 것을 보았다는 편지를 써 보내왔다. 그는 날아오를 수 없는 위치에 앉아 있는 메추라기 떼를 겨눴지만 계속해서 달아났다. 그러자 주인이 한마디 말이나 신호도 없었는데도 개는 빠져나가는 새들 주위를 좌우로 돌며 새들의 도주로를 차단했다. 그리고는 천천히 나아가 포수를 마주 보다가 이윽고 멈춰서서 메추라기 떼들이 있는 쪽을 응시했다. 메추라기 떼들이 날아오를 수 있는 위치에 있는 곳이었다. 개의 본능을 믿은 뒤에 최대한 훈련시키면 그러한 행동을 보이는데, 이는 어느 정도 독립적인 판단력을 보여준다 하겠다. 그러나 그 개는 그러한 특별한 것을 하도록 훈련받지 않았기에 자발적으로 한 일이었다.

고양이들에 관한 근거 있는 이야기도 많이 전해지는데, 고양이들 역시 오랫동안 인간과 교류하면서 지성이 추가되었다는 점을 보여주는 것 같다.

뉴욕에 사는 한 여성이 다음과 같이 고양이에 관해 예리한 의견을 밝히는 편지를 보내왔다.

제 생각에 선생님께서 말씀하신 개의 반-인간화에 대한 근거는 개가 인간과 오랜 교류를 하였기에 고양이에게도 어느 정도 적용할 수 있을 것 같습니다. 하지만 고양이들의 특성을 인지하려면 고양이들을 무척 아끼고 좋아해야만 합니다. 개는 이를테면 "사람들의 얼굴에 들이밀지요." 언제든 그런 모습을 볼 수 있어요. 또 언제든 그럴 준비가 되어 있고요. 하지만 고양이는 수줍어하고, 내성적이며, 배타적인 존재예요. 개는 겸손한 친구로, 인간의 추종자이자 모방자, 노예라고 할 수 있습니다. 자신을 걷어차는 발도 핥을 거예요. 하지만 고양이는 그 발을 할퀼 겁니다. 개는 자기를 봐달라고 애걸하지요. 고양이는 극진하게 사랑해주고 열렬하게 구애해야 비로소 애정 어린 분위기에서 선심을 베푼답니다. 제 생각에 개는 전형적인 흑인의 특성을 갖고 있다면, 고양이는 전형적인 인디언의 특성을 갖고 있는 것 같아요. 고양이는 인간에게 관심이 없어요. 인간이 각별한 마음으로 한결같이 상냥하게 대해 애정을 얻는다면 모를까 인간에게 아무런 관심도 없지요. 또 오랜 세월에 걸쳐 길들여졌음에도 야생성을 간직하고 있으며, 숲에서든 도시의 거리에서든 자유롭게 풀어주었을 때 스스로 먹이를 찾는 능력을 갖추고 있어요. 고양이가 지성을 드러낼 때는 무척 사랑을 받거나 귀여움을 받을 때입니다. 무심한 관찰자는 절대 알아차리지 못하는 방식으로 아주 조용히 드러내지요. 하지만 고양이는 누가 자기를 좋아하는지, 또 가족 중 누가 자기를 제일 애지중지하는지를 항상 알고 있습니다.

포인터 개와의 경험에 대해 쓴 의사는 자신의 순종 암말에 대한 다음과 같은 일화를 전한다. 그는 40에이커에 이르는 목초지에 말들을 방목하고 있었다. 그러한 상황에서 대개 그렇듯 말들은 짝을 이루었다. 의사의 순혈종 암말은 완전히 눈이 먼 암말과 짝을 이루었는데, 그 암말은 망아지 때부터 눈이 멀어 있었다. 들판에는 "한쪽 끝에 있는 다리를 빼고는 말들이 잘 건널 수 없는 작은 개울이 흐르고 있었다." 어느 날 농부가 말들에게 소금을 먹이려고 갔을 때, 눈먼 암말만 빼고는 모두 다리 위를 건너 문까지 왔다. 눈먼 암말은 다리를 찾을 수 없어서 히힝거리고 발을 구르며 건너편에 남아 있었다. 한편 다른 말들은 약 4킬로미터 떨어진 곳에서 소금을 먹고 있었다. 그런데 갑자기 그 순종 암말이 소금을 먹다 말고 말 떼 사이를 헤쳐 나가더니 다리 건너편에 있는 눈먼 암말에게 전속력으로 달려갔다. 그런 뒤 방향을 돌려 눈먼 암말을 데리고 돌아왔다. 의사는 암말이 의도적으로 눈먼 동료에게 되돌아가서 다리 위를 건너 소금을 핥는 곳까지 데려왔다고 확신했다. 하지만 그 행동은 더욱 간단하게 설명될 수 있다. 어떻게 암말은 동료가 눈이 멀었다는 사실을 알 수 있었을까? 어떻게 말이 그러한 장애에 대해 알 수 있었을까? 이 일화가 유일하게 함축하는 것은 한 동물의 다른 동물에 대한 애착이다. 암말은 동료가 부르는 소리를 듣고는 곧장 동료에게로 되돌아갔다. 아마 흥분하거나 곤경에 처한 음색이었을 것이다. 눈먼 암말에게 별일 없다는 사실을 알고, 순종 암말은 다시 소금이 있는 쪽을 향했으며 그 뒤를 눈먼 동료가 따라왔던 것이었다. 본능이 다 한 것이었다.

내가 직접 관찰한 야생동물은 앞서 언급한 콜리나 포인터 개의 경우에서 보이는 인간적인 사고와 성찰에 전혀 근접하지 않다는 점을 드러내었다. 지금 떠올릴 수 있는 그나마 가장 근접한 것은 영국의 작가인 키어튼 씨가 전해준 일화이다. 키어튼 씨는 저서 중 한 권에서 자신이 얼마나 빈번하게 나무로 만든 알을 갖고 앉아 있는 새들을 놀렸는지 전한다. 그는 진품과 똑같이 만든 위조품 알을 노래지빠귀와 찌르레기, 개개비의 둥지에 넣었는데, 어떤 경우에도 사기라는 것을 알아채지 못했다. 그는 개개비의 둥지에 개개비 알의 두 배 크기에 달하는 모조 알을 놓아두었다. 개개비는 자신이 낳지 않은 알이라는 사실을 추호도 의심하지 않고 그 알들을 계속해서 품었다.

그러나 키어튼 씨가 흰죽지꼬마물떼새의 둥지에 모조품을 넣으려 하자 사기인 것이 들통났다. 새는 "매우 의심스럽다는 듯" 부리로 가짜를 쪼았으며, 그 위에 앉으려고 하지 않았다. 새가 낳은 알 두 개를 둥지로 도로 가져와 나무로 만든 알 두 개와 같이 남겨졌을 때 새는 가짜를 바깥으로 내동댕이치려 했으나 실패하자 "마지못해 앉아서 옥석을 다 같이 품었다."

자, 이 경우 흰죽지꼬마물떼새의 행동을 본능 이론만으로 설명할 수 있을까? 그 새는 이전에 그런 경험을 했을 리가 없었을 것이다. 모조품이 제공되자 새는 그와 같은 상황에서 우리가 했을 법한 행동을 했다. 비록 우리는 모조품에 대한 개념을 갖고 있을지라도 흰죽지꼬마물떼새는 그러한 개념을 가질 리가 없었다. 새에게 있어 둥지와 알과 관련된 모든 것은 당연히 대단히 중요하다. 흰죽지꼬마물떼새는 본능적으로 이러한 것들에 대해 지혜로웠다. 그런데도 다른 새들은 쉽게 속았다. 우리는 키어튼 씨의 모조품 알이 얼마나 완벽에 가까웠는지 모르지만, 분명 새의 관심을 사로잡은 알들에는 결함이 좀 있었을 것이다. 이 일화는 새에게 성찰하는 능력이 있다는 것을 보여주지는 않더라도, 예리하게 지각하는 능력이 있다는 것을 보여주는 것만큼은 확실하다. 실제로 모든 동물이 정도는 다를지라도 이러한 지각 능력을 보여주고 있으며, 이는 새들에게서는 흔히 관찰된다. 따라서 나는 키어튼 씨의 흰죽지꼬마물떼새가 예리한 본능 이상의 것을 보여주었다고 말하는 게 좀 꺼려진다. 내가 아는 한, 우리나라에 서식하는 새들 가운데에서도 자신의 둥지에 찌르레기의 알이 놓여있으면 감지하는 유일한 새가 있다. 바로 아메리카솔새다. 다른 새들은 모두 자신의 알로 받아들이지만, 이 아메리카솔새는 사기라는 것을 알아차리고는 새로운 둥지 바닥에 낯선 알을 파묻어 없애버린다.

인간은 엄연히 동물에 기원이 있다. 아득한 옛날부터 인간이 걸어온 길은 하등동물을 통해서였다. 인간이 되게 하거나 인간이 될 수 있는 모든 근원과 잠재성은 보잘것없는 동물의 기원 속에 잠자고 있었다. 나는 이에 대해 조금도 의심하지 않는다. 그럼에도 나는 동물의 지성과 인간의 이성 사이의 차이가 단지 정도의 차이가 아닌 본질의 차이에 있다고 말하여도 타당할 거라 생각한다. 날아다니는 것과 걸어 다니는 것은 둘 다 운동 양식이다. 그렇다 하더라도 서로 본질이 다르다고 말하는 게 공정하지 않을까? 이성과 본능은 둘 다 지성의 발현이긴 하지만 서로 다른 차원에 속하지 않는가? 동물의 본능을 그토록 강화시켜도 이성의 차원에는 도달할 수 없다. 특정한 동물들의 귀소본능은 인간이 지닌 재능을 훨씬 넘어서긴 하지만 그렇다 하더라도 절대 이성과 유사해 보이지는 않는다. 이성은 나침반이 가리키는 방위에 주의를 기울이고 지역의 지형에 주목하지만, 동물들이 이러한 것들에 대해 무엇을 알 수 있겠는가?

그럼에도 불구하고 나는 동물이 인간의 아버지라고 말하겠다. 하등 종이 없다면 고등 종도 있을 수 없기 때문이다. 인간을 설명하는 데 기적이라든가 특수창조설 같은 것은 필요 없다는 게 내 생각이다. 열이 빛이나 전기가 되듯 의지력의 변형은 동물의 지성이 인간의 이성으로 변형되는 것만큼이나 일대 도약이면서 동시에 수수께끼인 것이다.

13장

자연 서적을 읽는다는 것

자연을 연구할 때 중요한 점은 우리가 보는 것이라기보다는 우리가 보는 것을 어떻게 해석하느냐이다. 우리는 여러 사실의 진정한 의미에 다다르는가? 올바른 추론을 이끌어내고 있는가? 화석은 올바른 추론을 이끌어내기에 앞서 충분히 오랫동안 관찰되어야 한다. 자연과 자연계에 있는 수많은 다른 것들 역시 마찬가지다.

1903년 5월에서 6월 일부에 이르는 기간 동안 나라 전체에 기록적인 가뭄이 극심했다. 연못과 습지가 거의 모두 바싹 말랐다. 6월 하순에 비가 다시 내려 연못과 습지를 채웠다. 그러자 이례적인 일이 일어났다. 갑작스럽게 2~3일 동안 밤낮으로 우리 집 주위에 있던 습지에서 청개구리들이 일제히 개굴개굴 우는 소리가 다시 들려왔다. 초봄에 우는 청개구리였다. 그것은 실제로 있었던 사실이다. 자, 이제 어떻게 해석해야 할까? 나에게 있어 청개구리란 존재는 5월 초만 되어도 조용해지면서 나머지 생애를 숲에서 살려고 늪지를 떠나는 것으로 여겨졌다. 가뭄이 청개구리의 알과 새끼들을 모두 쓸어간 것이었을까? 그래서 이 사실을 알고 다시 알을 낳으려고 돌아온 것일까? 늪지에 재차 모습을 드러낸 것을 달리 어떻게 설명해야 할까? 그런데 그들은 어떻게 새끼들이 죽은 것을 알았으며, 우리는 그들이 일제히 우는 행위를 어떻게 설명할 수 있을까? 이러한 질문들은 답을 내놓기가 곤혹스럽다.

여기에 대한 나의 보다 합리적인 설명은 이렇다. 즉, 거의 두 달 동안 비가 내리지 않고 숲이 극심하게 가물면서 개구리들이 봄철 서식지인 습기가 있는 곳을 찾도록 내몰렸다는 것이다. 그곳에서는 한 방울의 물이라도 확실히 찾을 수 있기 때문이다. 건기 동안 열대지방의 동물들이 그러하듯 그들은 아마 다시 동면하면서 버텼을 것이다. 그런데 비가 내리자 다시 그들은 봄철에 하듯 소리 높이 개굴개굴 합창을 했으며, 잘은 모르지만 내가 아는 한 아마 다시 한 번 알을 낳았을 것이다. 나에게는 계절을 처음부터 다시 시작하려고 개구리가 늪지대와 연못으로 자발적으로 되돌아왔다는 이론보다 이것이 생명체를 가진 자연의 방식에 훨씬 더 가깝다.

새들은 새로운 문제가 앞에 나타났을 때 기지를 거의 보이지 않거나 아예 보이지 않는다. 그들은 주도권이 없다. 본능이 일상적인 관례이며, 본능을 벗어나서는 한 발자국도 나아갈 수 없다. 5월 어느 날, 우리는 들종다리의 둥지를 보고 깜짝 놀랐다. 둥지에는 이제 막 부화한 새끼 세 마리가 있었으며, 알 하나는 둥지에서 약 5센티미터 정도 떨어진 땅바닥에 떨어져 있었다. 나는 이 알이 무정란이라서 들종다리가 내쳐버리겠다는 속셈을 갖고 있던 게 아닐까라고 여겼으나 자세히 살펴보니 거의 다 자란 새가 들어 있었다. 그렇다면 부화하느라 앉아 있던 어미가 갑작스럽게 날아오를 때 그 알이 뜻하지 않게 둥지에서 굴러 떨어졌으며, 어미는 알을 굴리거나 제 자리에 도로 갖다 놓을 정도의 지각을 갖고 있지 않다는 추론이 나온다.

감상적인 "자연 연구파"가 필시 열성적으로 채택할 또 다른 견해가 있다. "극심한 가뭄이 온 나라를 뒤덮었다. 아마도 먹이가 부족했을 것이고, 점점 더 부족해지고 있었을 것이다. 새는 네 마리의 새끼를 돌볼 수 없다는 점을 예견하여 둥지에서 알 중 하나를 쫓아내버림으로써 적절하게 수를 줄였을 것이다." 이 소리는 꽤 그럴 듯하게 들리기에 대중들로 하여금 새가 지혜를 갖고 있다는 것을 믿도록 신빙성을 더해준다. 이런 종류의 지혜는 기근이 한창일 때 꿀벌들 사이에서도 수시로 발생한다. 그들은 알을 낳지 못하는 여왕벌을 죽일 것이다. 하지만 새들은 그러한 선견지명이 없으며, 그러한 계산을 하지도 못한다. 춥고 예년보다 봄이 늦게 오면 새들은 따뜻한 봄이 이르게 왔을 때보다 알을 더 적게 낳는다. 하지만 그것은 새 쪽에서 계산한 결과가 아니라 외적 조건의 결과이다.

요즈음에는 상당히 많은 관찰자들과 자연 연구자들이 새와 짐승이 대단히 인간적인 방식에 따라 새끼를 지도하고 훈련시키며 가르친다는 개념을 갖고 있다. 여름에 들판 주위에서 새끼와 함께 먹이를 찾는 까마귀 한 쌍의 익숙한 광경에서 자연작가 중 한 명은 나이 든 새들이 어린 새끼들에게 나는 법을 가르치는 모습을 본다. 그녀는 연장자들이 해야 하는 가장 중요한 일은 어린 새끼들에게 나는 법을 가르치는 데 있다고 말한다. 까마귀들은 목초지 주변을 빙글빙글 돌면서 따라오는 무리들에게 독특한 소리를 냈는데 한 마리만 빼고는 모두 따라왔다고 한다. 꼬리가 짧은 까마귀로, 그는 구령에 복종하지 않았다. 어미는 자식이 복종하지 않는다는 사실을 주목하고는 훈련에 들어갔다. 커다란 돌 위에 서 있는 자식에게 내려오더니 그 자리에서 떨어뜨렸다. "녀석은 까악까악 울고 날개를 파닥이면서 떨어지지 않으려고 했지만, 불시의 타격을 받아 손 쓸 틈도 없이 땅바닥에 엎어지고 말았다. 곧 녀석은 돌 위로 다시 기어 올라갔다. 나는 녀석을 자세히 관찰했다. 다시 한 번 날아오르라는 소리가 들리자 녀석은 꾸물거리지 않고 나머지 까마귀들과 함께 날아올랐으며, 내가 지켜보는 동안은 다시는 어미의 명령에 거스르지 않았다." 이렇게 나이 든 까마귀와 어린 까마귀가 여름에 들판 주위에서 날아다니는 사실에 대해 나는 완전히 다르게 해석한다. 새끼는 깃털이 다 났기에 이런 일이 발생할 때 이미 힘차게 날아오를 수 있었다. 새끼들은 잘 날 수 있을 때까지 둥지를 떠나지 않으며 나는 법을 지도할 필요도 없다. 그 작가가 실제로 본 것은 6월과 7월에 농장에서 누구라도 볼 수 있는 광경이다. 즉, 그녀는 들판에서 부모 까마귀가 어린 새끼와 함께 먹이를 찾는 모습을 본 것이었다. 나이 든 새가 이리저리 날아다니면 새끼들은 그 뒤를 따르며 부모가 먹이를 발견하면 새끼들은 요란하게 까악까악거린다. 짧은 꼬리 까마귀는 아마 불의의 변을 당했기에 따라가지 못했을 것이며, 어미는 그 까마귀에게 먹이를 주려고 돌아왔을 것이다. 새끼 까마귀는 날개를 들어 올려 퍼덕이기 시작했는데, 하도 열심히 퍼덕거리다가 그만 그 자리에서 떨어졌을 것이다. 그런 뒤 부모 까마귀가 날아가자 새끼도 따라 날았을 것이다.

나는 동물이 광활하게 펼쳐진 땅덩이를 지나 집으로 가는 길을 찾아가는 감각이나 능력, 또 사람이 흔히 길을 잃는 것과는 달리 길을 잃지 않는 감각이나 능력은 사람이 갖고 있는 능력과 전적으로 다를 가능성이 매우 높다고 생각한다. 오래전에 번식하던 서식지로 수천 킬로미터 이상을 되돌아오는 새의 능력에 대해서도 똑같이 말할 수 있다. 우리에 갇혀 있거나 집안에서 키우는 동물들은 얼마 안 가 이 능력이 둔화된다. 루스벨트 대통령은 『목장 생활』에서 자신이 키우던 말에 관해 이야기한다. 그 말은 320킬로미터에 달하는 평원을 가로지르고 강을 헤엄쳐 옛날에 살던 집으로 달아났다. 나는 이 귀소본능이 시각이나 후각의 도움을 받아 이루어지는 게 아니라고 확신한다. 대체로 동물의 귀소본능은 비교적 곧장 뻗은 길을 따르기 때문이다. 귀소본능은 나침반의 자침만큼이나 한 치의 오차도 없이 방향에 대한 의식이 있거나 또는 의식하고 있는 듯 보인다. 이성, 계산, 판단은 실수를 범하지만, 동물의 이 주된 본능은 거의 오류가 없는 것처럼 보인다.

뉴욕의 브롱크스공원에서 논병아리 한 마리와 아비새 한 마리가 울타리 안에서 같이 살았다. 그 안에는 커다란 물웅덩이가 있었다. 두 새는 서로에게 아주 정이 깊어 절대 오래 떨어져 있지 않았다. 어느 겨울날, 한쪽 끝의 조그만 틈새만 빼고 웅덩이가 얼어붙었다. 논병아리는 얼음장 밑으로 들어가 웅덩이 맨 끝까지 헤엄쳐갔다. 그곳에서 논병아리는 얼마간 표표히 헤엄치고 있었다. 이내 친구를 놓친 아비새의 얼굴에 걱정스런 표정이 역력히 드리워지더니 얼음장 밑으로 들어가 웅덩이 끝의 논병아리와 합류했다. 논병아리는 공기 부족으로 곤경에 처한 것 같았다. 그때 아비새는 바닥에 자리를 잡고는 부리를 들어 올려 온 힘을 다해 얼음을 깨려고 했지만, 단도와 같은 부리는 얼음에 구멍만 뚫었을 뿐 깨지지 않았다. 아비새는 다시 바닥으로 들어간 뒤 다시 얼음에 덤벼들었고, 이번에는 얼음을 산산조각내면서 표면으로 떠올랐다. 논병아리가 재빨리 따라올 수 있는 곳이었다. 자, 이 모습은 마치 아비새가 위험한 상황에 부닥친 친구를 구조하려고 얼음장 밑으로 들어간 것처럼 보인다. 논병아리가 얼른 숨 쉴 공기를 찾지 못한다면 얼마 안 가 죽을 게 빤하기 때문이다. 이 사건을 목격한 사람들은 그런 식으로 해석했다. 이런 경우 우리는 인간의 동기와 감정으로 하등동물의 행동을 해석하기 쉽다. 나는 아비새가 친구가 위험에 처했다는 사실을 깨달았다고 생각하지 않으며, 또 친구를 구조하려고 얼음장 밑으로 들어간 것도 아니라고 생각한다. 아비새가 따라 들어간 것은 논병아리와 함께 있고 싶어서거나, 또는 얼음장 밑에 붙들고 있을지도 모를 먹이를 함께 먹고 싶어서였기 때문이다. 그런데 숨 쉴 구멍을 찾을 수 없게 되자 아비새와 아비새의 조상들이 이전에 틀림없이 종종 그렇게 했던 식으로 숨 쉴 구멍을 뚫기 시작한 것이었다. 우리나라에 서식하는 아비새들은 틀림없이 어느 정도 얼음에 익숙하며, 얼음을 깨는 방법을 알아야만 한다. 아비새 본인은 필시 자신이 바라던 대로 얼음을 깰 수 있었을 것이다. 새와 짐승은 자주 비범한 지성을 보여주거나 지성처럼 보이는 것을 보여준다. 하지만 해머튼이 말하듯 "우리가 동물을 인간으로 생각하는 순간, 우리는 길을 잃는다."

한 농부가 한 살이 되도록 암소들의 젖을 빨아 먹는 소를 한 마리 갖고 있었다. 이를 방지하려고 농부는 한 살배기의 주둥이에 날카로운 징이 가득한 장비를 착용시켰다. 이 장비는 당연히 암소들을 찔렀고, 암소들은 더 이상 젖을 물리는 것을 참을 수 없었다. 다음날 농부는 한 살배기가 바위에 대고 징을 문지르는 모습을 보았다. 징을 무디게 해서 암소를 찌르지 않게 하려는 것이라고 농부는 생각했다! 짐승이 주둥이에 달린 거추장스러운 장비를 제거하려 했다는 것을 믿는 것은 참말로 얼마나 쉬운가. 송아지나 암소가 날카로운 징에 대해 무엇을 알 수 있으며, 징을 무디게 하려고 바위를 이용해야겠다는 것을 어떻게 알 수 있을까? 이것은 자기 능력 밖의 지식과 같은 것이다. 그들의 필요와 경험 밖의 지식인 것으로 그들은 그러한 지식을 가질 수 없다.

애리조나에 사는 한 친구는 최근 내게 다음과 같은 흥미로운 일화를 들려주었다. 그가 광부였을 때 오두막에 땅다람쥐들이 들끓었다고 한다. 땅다람쥐들은 그의 빵을 죄다 먹어치웠다. 그는 빵을 숨길 수도 없는 지경인 데다 땅다람쥐들이 닿지 않는 곳에 둘 수도 없었다. 결국 그는 자신이 가지고 있던 기다란 쇠부지깽이 끝에 빵 한 덩이를 찔러 넣겠다는 생각을 해냈다. 그러고는 부지깽이를 마룻바닥 한가운데에 세워놓았다. 그런데 오두막으로 돌아왔을 때 그는 빵 덩이에 구멍이 숭숭 뚫려 있는 것을 발견했다. 일이 없던 어느 날, 그는 땅다람쥐들이 어떻게 빵에 다다르는지 지켜보아야겠다고 마음먹었다. 다음은 그가 본 것이다.

땅다람쥐들은 통나무집 측면으로 기어 올라가 통나무들 중 하나를 따라 달리다가 빵의 반대편 지점에 다다른 뒤, 빵 덩이 옆쪽으로 뛰어오르더군. 저마다 이 빵 덩이에 달려들었지만, 딱 한 마리만 진지를 점령할 수 있는 것처럼 보였어. 그때 한 마리가 빵 덩이에 매달려서는 동무들이 재차 빵에 달려들려고 하자 꼭 멈춤턱 같은 역할을 하더라니까. 그들이 필요로 했던 장벽을 온몸으로 제공한 것이었어.

친구는 이 지도자가 다른 땅다람쥐들이 빵 덩이 위에 발판을 확보하도록 의도적이고도 의식적으로 도와주었다고 확신하는 듯했다. 하지만 나는 이 일을 다르게 읽는다. 이 성공적인 뜀뛰기 선수는 딱히 계획하지 않고 동무들을 도운 것이었다. 상황의 긴박함이 그로 하여금 그렇게 하도록 했던 것이었다. 부지깽이에 찔러진 빵 덩이의 진지를 점령했기에 그는 당연히 빵에 매달릴 수 있었으며 다른 땅다람쥐들이 뛰어오를 때 떨어져 나가지 않도록 좋든 싫든 발판을 확보해 도와주었던 것이다. 협동은 불가피한 것이었으며 계획한 결과가 아니었다.

올곧게 볼 수 있는 힘은 아주 보기 드문 재능이다. 실제로 앞에 있는 것 이상도 이하도 보아서는 안 된다. 자기 자신에게서 분리하여 실제 있는 그대로의 것을 볼 수 있어야 한다. 자신의 감상이나 선입관에 의해 변색하거나 수정해서는 안 된다. 요컨대, 여러분 자신이 가진 지각뿐만 아니라 이성을 갖고 보아야 한다. 그랬을 때 올바른 관찰자가 되며, 자연 서적도 올바로 읽을 수 있게 된다.

14장

자연의 여러 방식

1. 야생동물의 훈련

유명한 동물 훈련사인 프랭크 보스톡*의 『야생동물의 훈련』을 읽으면서 나는 우리가 얼마나 우리 자신의 심리에 비추어 하등동물의 행동을 보기 쉬운지 다시금 새롭게 상기했다. 보스톡은 동물 훈련의 기술에 관해 잘 알고 있는 것은 분명하지만, 과학적인 면에 관해서는 거의 알지 못하는 것 같다. 즉, 그는 훈련사로서는 성공했지만, 동물 심리의 개념에 대해서는 완전히 초짜이다. 예를 들어, 한 페이지에서는 사자에 대해 말할 때 마치 사자가 상당한 수준의 인간적인 지성을 타고났으며, 우리의 것과 같은 개념과 느낌, 사고를 지니고 있다고 말한다. 다음 페이지에선, 실제 훈련에 들어가면 그러한 것들이 철저히 결여되어 있다고 털어놓는다. 그는 포획된 채 태어나고 자란 사자가 정글에서 잡은 사자보다 더욱 훈련시키기 어렵다고 말한다. 그런 다음 상상의 나래를 펼치기 시작한다. "그러한 사자는 사람을 두려워하지 않는다. 즉, 사자는 자신이 가진 힘을 알고 있다. 사자는 사람을 우습게 여기고, 업신여기는 듯한 태도와 말없이 거만한 자세를 취한다.", "사자는 자신에게

*Frank C. Bostock(1866~1912). 사자를 길들이는 훈련사로 유명했다. 1903년에 미국에 동물원을 만들어 하루 평균 16,000명이 방문하기도 했다.

주는 먹이를 공물로 받아들이며, 보살핌은 당연한 경의의 표시로 받아들인다.", "사자는 독립심에 있어서 귀족이다." "사자는—얼마나 곯아떨어졌는지 자신의 존재도 겨우 깨달을 정도로—깊은 잠에 빠진 채 자유를 열망하며 푸른 하늘 및 자유로운 공기를 이루 말할 수 없이 갈망한다." 보스톡은 훈련을 시작할 때 "속마음을 드러내지 않는 위풍당당한 황제 폐하가 말없이 무심하게 있는 모습과 맞닥뜨린다. 마치 자신의 잘못에 대해 멍청하게 깨달은 것처럼"이라고 한다. 이 모든 것은 사안을 바라보는 매우 인간스러운 방식이며, 우리 모두가 하등동물에 관해 이야기하는 전형적인 방식이다. 우리는 우리의 사고방식으로 하등동물을 정의하는데 이는 하등동물에 대한 잘못된 개념으로 이끈다. 우리는 우리에 갇힌 동물이 탁 트인 들판과 언덕과 한껏 펼쳐진 하늘 아래서 즐거워하는 모습을 그려보며 동물이 자유를 갈망하여 우리에서 나가려고 몸부림치며 안달한다고 여긴다. 문제의 진실은 의심할 여지 없이 날개를 퍼덕이는 새나 가만히 있지 못하는 여우 또는 사자가 가두어졌을 때 단지 불편함을 느낀다는 데 있다. 그의 괴로움은 정신적인 것이 아니라 육체적인 것이다. 그의 본능은 자유를 위한 투쟁으로 이끈다. 자신을 가두고 있는 장벽에 맞서 강력히 반발하고, 장벽을 극복하려고 온갖 방법을 다 쓴다. 삶의 조건에 대한 구상이나 개념으로서의 자유는 당연히 그의 능력을 넘어서는 것이다.

보스톡은 동물이 사고나 이성을 행사함으로써가 아니라 전적으로 연상작용을 통해 배우는 법을 보여준다. 그럼에도 잠시 후에는 또 이렇게 말한다. "동물은 인간의 지배를 쾌히 받아들이게 되며, 그렇게 함으로써 이성이 발달하게 된다." 이는 사람이 공중그네를 연습하면서 날개가 자라게 된다고 말하는 것이나 다를 바 없다. 사자는 연상작용을 통해 서서히 배운다. 여러 차례 반복되는 인상을 통해 감각을 배우는 것이다. 먼저, 기다란 막대기를 사자의 우리 안에 넣는다. 이것이 파손되면 또 다른 것으로 대체된다. 막대기에 익숙해지고 막대기가 눈앞에 있어도 참고 견딜 때까지다. 그런 다음 훈련사가 손으로 막대기를 쥐고 사자를 살살 문지른다. 사자는 이것에 익숙해지고 좋아하게 된다. 그런 뒤 막대기에 고기 한 점을 미끼로 달아놓으면 사자는 고기를 먹으면서 막대기에 더욱더 친숙하게 된다. 그렇게 해서 사자는 더 이상 막대기를 두려워하지 않게 된다. 이 단계에 이르면 하루하루 지날수록 막대기가 짧아지면서 "마침내 손보다 길지 않게 된다." 다음 단계는 사자를 쓰다듬는 과정에서 막대기 대신 손을 쓰는 것이다. "이는 엄청난 단계를 밟는 것이다. 제일 어려운 일 중 하나가 바로 야생동물이 인간의 손길을 허용하는 것이기 때문이다." 시간이 좀 지나면, 사자가 잠들어 있을 때 사자의 목에 슬그머니 사슬로 된 목줄을 감는다. 사자는 이제 우리 한 쪽 끝에 사슬로 매여 있다. 그때 의자 하나를 우리에 집어넣는다. 그러면 이제 이성이 발달하고, 우열에 대한 분명한 개념을 갖고 있으며, 자신이 가진 힘을 아는 밀림의 제왕은 보통 의자를 부수어 버리려고 뛰어오른다. 묶어놓은 사슬이 사자가 의자에 닿지 못하도록 막는다. 이윽고 사자는 의자를 참고 견딜 수 있게 된다. 그런 다음 훈련사는 우리에 들어가기에 앞서 몇 가지 속이는 동작을 취한 다음 우리로 걸어 들어가 의자에 앉는다. 이런 식으로, 이를테면, 조금씩 조금씩 훈련사는 동물을 통제할 수 있게 되며 자신의 목적에 맞게 복종시킬 수 있게 된다. 사자의 마음에 호소하는 게 아니라 사자의 감각에 여러 인상을 주며 호소하는 것이다. 사자는 마음이 없기 때문이다.

"표범, 흑표범, 재규어 모두 거의 마찬가지의 방식으로 훈련받으며", 그들에게 속임수를 통해 교육시킬 때는 일정한 하나의 질서를 준수해야 한다. "

하루에 각각 수행한 것은 정확히 똑같은 방식으로 다음날도 수행해야 한다. 규칙에서 벗어나서는 안 되"는 것이다. 이러한 사실에서 우리는 사고하는 존재라든가 성찰하는 존재의 방식이라고는 전혀 볼 수가 없다. 오히려 본능이라든가 아무 생각 없는 지능에 의해 지배받는 동물의 방식만 볼 수 있을 뿐이다. 동물은 인간이 배우는 의미의 속임수를 결코 배울 수 없으며, 속임수를 간파하거나 이해할 수도 없으며, 마음속에 속임수에 대한 이미지도 없으며, 속임수들 간의 관계에 대한 생각도 전혀 없다. 반복된다는 이유로 할 뿐이다. 마치 개울이 물길을 헤쳐 나가듯 말이다. 그리고 아마 개울이 그렇듯 자기 인식이나 자기 사유가 없을 것이다. 이는 동물의 생태와 정신에 대해 대중들이 갖고 있는 개념과 정반대겠지만, 어쨌든 나는 이 주제를 연구한 후에도 이러한 결론을 피할 수 없다.

2. 깜짝 놀란 호저

어느 여름날, 나와 세 젊은이가 산꼭대기에서 오후를 보내고 있는 동안 우리의 개들이 호저를 나무 위로 몰았다. 나는 젊은이에게 나무에 올라가 호저가 내려오도록 나무를 흔들면 어떻겠냐고 제안했다. 나무는 그다지 크지 않았다. 나는 개들이 호저를 어떻게 하는지, 또 "가시 달린 돼지"가 개들에게 어떻게 하는지도 보고 싶었다. 젊은이가 나무 위로 올라갈수록 설치류는 더 높이 올라갔다. 이내 젊은이가 매달린 나뭇가지가 그의 손목보다도 얇아 보였다. 젊은이는 그 나뭇가지를 붙잡아 세차게 흔들었다. 나는 느리고 우둔한 호저가 나무에서 떨어지는 모습을 볼 거라 예상했지만 그렇지 않았다. 나뭇가지를 꽉 붙잡고 있을 뿐이었다. 젊은이도 나뭇가지를 단단히 붙잡고는 더욱 열심히 흔들어댔다. 그런데도 "가시 다발"은 내려오지 않았으며, 아무리 흔들어대도 내려올 생각을 하지 않았다. 그러자 나는 젊은이에게 기다란 막대기를 올려주었고, 그는 호저가 내려오도록 막대기로 쿡쿡 찔렀다. 뒤에서 찌르는 이 공격은 아주 놀라운 것이었다. 그것은 나무를 흔드는 것과는 다른 느낌을 만들어냈다. 호저는 꼬리로 막대기를 치고 등에서 가시 방패를 세우며 최대의 방어 자세를 취했다. 젊은이는 가시에 구애받지 않고 계속해서 막대기로 들쑤시며 귀찮게 했다. 분명 호저는 깜짝 놀란 눈치였다. 전에는 이런 일을 한 번도 겪어본 적이 없었을 터였다. 이제 녀석은 자신의 무시무시한 가시를 얕보는 적을 만난 것이었다. 그러자 적의 면전에서 순식간에 나무에서 내려오기 시작했다. 나무에 올라간 젊은이의 애인이 밑에 서 있었는데, 관심이 지대한 관객이었다. "조심해, 샘. 녀석이 내려오고 있어!", "빨리! 점점 가까이 가고 있어!", "서둘러, 샘!" 샘은 최대한 빨리 내려왔지만 발을 디딜 곳을 찾아야 했다. 하지만 적수는 그렇지 않았다. 그럼에도 샘이 땅에 먼저 내려왔으며, 샘의 애인은 한시름 놓았다. 호저는 마치 이렇게 추론한 것 같았다. '내 가시는 아주 멀리 떨어져서 적과 맞설 때는 소용이 없어. 접전을 치러야겠어.' 하지만 당연하게도 그 우둔한 피조물은 그러한 정신적 과정을 갖고 있지 않았으며 그러한 목적을 구상하지도 못했다. 호저는 나무가 안전하지 않다는 것을 알아차렸으며, 본능이 최대한 빨리 땅바닥으로 내려가 바위 사이를 피난처로 삼으라고 한 것이었다. 녀석이 내려올 때 나는 녀석을 살짝 당황하게 할 심산으로 썩은 나뭇가지로 콧등을 살짝 쳤다. 하지만 내가 깜짝 놀라면서 억울하게도 녀석은 땅바닥에 떨어지더니 죽은 채로 언덕을 굴러 내려갔다. 마멋이나 미국너구리라면 조금도 괘념치 않았을 타격에 쓰러진 것이었다. 그렇듯 호저의 단순하고도 소극적인 방어방식은 기지를 흐리게 할 뿐만 아니라 목숨을 허망하고 덧없게 만들기도 한다. 녀석은 그간 자신을 더욱 굳세고 강인하게 하는 싸움이나 전투를 해본 적이 없었던 것이다.

녀석의 뭉툭한 코는 아기의 코만큼이나 연약하다. 그래서 한 번의 타격만으로도 목숨을 빼앗기게 된다. 스컹크라든가 그 외에 느릿느릿 움직이는 또 다른 비전투원 외에 숲에 사는 다른 동물은 그러한 타격에 순간적으로 당혹스러워만 할 뿐인데 말이다. 여러 적과 노력, 투쟁으로부터 면제되는 것은 언제나 그 값을 치른다.

어떤 자연사 공상작가들은 한 가지 면에서 호저를 제멋대로 바꾸어 버린다. 호저를 둥근 공으로 만들어 언덕을 굴러 내려가게 하는 것이 그것이다. 한 작가는 이렇게 하여 명랑한 분위기를 만들어낸다. 즉, 숲에서 긴 언덕을 데굴데굴 굴러 내려가, 바닥에서 가시가 박힌 너덜너덜한 나뭇잎 덩어리가 되는 식이다. 토끼가 거의 정신을 잃을 지경으로 무서워하는 유령의 모습이다. 호저에 대해 아는 작가라면 누구나 이와 같은 재주를 부리는 공상을 하고자 한다!

또 다른 공상작가는 흑표범에게 공격받았을 때 호저가 스스로 몸을 둥글게 만 뒤, 적이 살짝 찌르면 비탈진 눈밭을 굴러 강으로 간다고 한다. 나는 작은 유럽고슴도치가 스스로 공처럼 몸을 둥글게 말 수 있다는 것을 믿지만 우리나라에 서식하는 호저는 그렇지 않다. 나는 호저에게 갖은 속임수를 다 써 보고 여러 차례에 걸쳐 온갖 습격을 가해봤으나 아직까지 구형의 형태를 취하는 모습을 보지 못했다. 그것은 호저에게 최선의 형태가 아닐 것이다. 취약한 배 쪽을 부분적으로 노출시키기 때문이다. 호저가 언제나 몸을 구부리고 있는 것처럼 보이는 것은 뒤집히지 않도록 유지하기 위해서이다. 녀석의 방어자세는 땅바닥에 바짝 웅크린 채, 머리를 안으로 끌어당겨 밑으로 누르며, 등의 커다란 가시 보호막을 둥그렇게 최대한 멀리 펼치고, 꼬리는 뒤로 빳빳하게 펼쳐 땅바닥에 바짝 붙이는 것이다. 이럴 때 호저는 말한다. '자, 어디 덤빌 테면 덤벼 봐.' 꼬리는 적극적인 방어 무기이다. 녀석은 꼬리로 번개처럼 위쪽을 치며, 무엇이든 닿기만 하면 가시를 박아 넣는다. 로버츠* 씨는 『야생의 동족들』 중 한 장인 「창으로 완전무장하다」에서 호저의 잘 알려진 습관을 멋대로 바꾸지 않고 제대로 그려낸다. 그는 호저가 가진 한 가지 특징을 매우 절묘하게 묘사한다.

호저는 숲을 단호하게 헤쳐 나갔다. 녀석의 태도는 야생의 다른 모든 동족들과 달랐다. 녀석은 슬금슬금 나아가지 않았다. 시끄러운 소리에도 개의치 않았다. 가시를 빳빳하게 세워 부동의 기념비를 세운다거나, 어두컴컴한 곳에 경계의 눈초리를 던진다거나, 적들의 낌새를 알아보려고 코를 킁킁거린다든가 하며 잠깐잠깐 멈추는 게 필요하다고 여기지도 않았다. 자신이 가고 있다는 것을 누가 알든지 신경 쓰지 않았으며, 누가 왔든지도 크게 신경 쓰지 않았다. 날카롭게 박히는 창을 등에 완비했기에 안전하다고 느꼈으며, 그 안전함 속에서 녀석은 녹음이 무성하고 그늘지고 위태로운 온 숲 속 세상을 자신의 봉토인 것처럼 나아갔다.

*Charles G. D. Roberts(1860~1943). 캐나다의 시인, 산문가. 캐나다인으로서는 처음으로 세계적 명성과 영향력을 얻은 작가로 "캐나다 시의 아버지"라 불리며, 캐나다 문학을 장려하고 홍보하기도 했다. 캐나다 탐험과 자연사, 운문, 여행도서, 소설 등 수많은 작품을 발표하였다.

3. 새와 실

한 대학교수가 내게 다음과 같은 글을 써 보냈다.

오늘 아침 개똥지빠귀 한 마리가 실을 하나 물고 가려고 하는 모습을 지켜보고 있는데, 그 새가 얼마나 감각이 결여되어 있는지 무척 인상 깊더군요. 실 한쪽 끝이 나무에 걸렸거든요. 녀석은 실이 단단히 붙들려 있다는 것을 깨닫지 못했습니다. 물고 나를 수 있기에 앞서 풀어주어야 한다는 것도요. 부리로 물고 가려고 갖은 애를 써 봐도 인접한 나뭇가지에 둘둘 감고 말뿐이었어요. 둥지를 지을 때 실 말고 다른 재료를 이용하는 감각을 조금이라도 드러냈다면 개똥지빠귀의 둥지는 있을 수 없겠지요. 그 광경은 제게 본능이 얼마나 중요한 역할을 하는지를 그 어떤 것보다도 잘 보여주었습니다.

우리나라에 서식하는 흔한 새들 중에서 실을 다루는 감각이라든가 판단력을 드러내는 것을 본 사람이 있는가? 실은 새들에게 비교적 새로운 것이다. 자연의 소산이 아니며, 그래서 당연히 실을 다루는 데 있어 실수를 범한다. 실을 제일 잘 이용하는 새는 찌르레기다. 찌르레기는 매달린 둥지를 나뭇가지에 부착하는 데 종종 실의 도움을 받는다. 하지만 닥치는 대로 나뭇가지에 얼기설기 빙빙 감아놓는 식이다. 그래서 종종 잔가지 위로 고리 모양으로 둘러지거나 엉망진창으로 꼬여 있으며, 간혹 찌르레기 자신도 다른 새들이 그렇듯 실에 매달려 있다. 나는 둥지를 짓는 데 사용되고 있던 실에 참새와 여새, 개똥지빠귀가 매달려 있는 모습을 본 적이 있다. 지난봄 스포캔*

*미국 워싱턴주 동부에 있는 도시.

에서 한 소년이 내게 생기 잃은 개똥지빠귀 한 마리를 가져왔다. 개똥지빠귀의 발은 엉망으로 엉킨 기다란 실에 묶여 있었다. 소년은 나무에 매달려 있는 새를 발견한 것이었다.

한 조류 잡지에서 찌르레기의 둥지 사진을 본 적이 있다. 족히 30센티미터 이상은 떨어져 있는 나뭇가지에 실을 두른 다음, 다시 되돌아와 실 끝을 둥지에 엮어 놓은 모습이었다. 그것은 당김줄로 잘 고정된 둥지의 본보기로 제시되었으며, 발견자는 찌르레기가 비바람에 대비하여 사전에 고려한 증거라고 여기는 게 분명했다. 또 나는 한 나뭇잎 주위를 실로 두르고 또 다른 나뭇잎에는 기다란 고리 모양의 실이 아무렇게나 걸쳐져 있는 찌르레기의 둥지를 본 적이 있다. 이러한 모든 사례는 새가 재료를 완벽하게 숙달하지 못했다는 사실을 보여준다. 녀석은 엉망진창으로 실을 둘렀다. 즉, 길게 나부끼는 실이 나뭇잎이나 나뭇가지에 걸려 있었는데, 어떤 일이 일어났는지에 상관없이 양쪽 끝만 안으로 끌어당겨 매어놓았다. 이 일화는 본능이 얼마나 맹목적으로 작동하는지를 보여줄 뿐이다.

여새가 둥지를 지을 재료를 찾다가 찌르레기가 나뭇가지에 부착해 놓은 실을 물고 가려고 하는 모습을 두 번 본 적이 있다. 우리의 감상적인 "자연연구파"에 따르면, 새들이 인간이 하는 식으로 실을 묶거나 엉킨 실을 풀었어야 했는데 그렇게 하지 못했다. 새들은 그저 실을 세게 잡아당기는 데만 집중하면서 느슨한 실 끝을 갖고 날아가려고 했다.

실에 관해 새들이 무지하다는 점을 고려해 볼 때, 어떻게 대중적인 자연작가가 찌르레기 한 쌍에 대해 한 말을 곧이곧대로 믿을 수 있겠는가? 그에 의하면 찌르레기들은 의도적으로 가시 돋친 나무에 헝겊 쪼가리를 찔러 넣는데, 이는 그들이 실을 뽑아내는 동안 단단히 붙들어주기 위함이란다. 헝

겁이 느슨해지면 다시 단단히 고정시켰다고 한다. 이 이야기는 두 가지 이유에서 믿을 수 없다. (1)수컷 찌르레기는 둥지를 지을 때 암컷을 도와주지 않는다. 그는 오로지 풍악만 울릴 뿐이다. (2)전 과정은 새가 새로운 문제를 다루는 데 있어 상당히 많이 고민하고 기술도 많이 갖고 있다는 것을 함축하는데, 이는 우리나라에 서식하는 그 어떤 새들도 갖고 있지 않은 것이다. 찌르레기 종은 헝겊으로 도대체 어떤 일을 겪었기에 모든 구성원이 그런 식으로 엉킨 실을 푸는 법을 알 수 있는 걸까? 전체적으로 터무니없는 생각이다.

4. 의태

"보호의태론"*이 일부 해설자들에 의해 어느 정도 탄력받고 있다! 한 예로서, 리우데자네이루 인근에는 서로 똑 닮은 두 종류의 매가 있는데 하나는 곤충만 먹고 다른 하나는 새만 먹는다고 한다. 월리스 씨는 새만 먹는 매가 곤충만 먹는 매의 모습을 띤다고 생각한다. 새들을 속이기 위해서인데, 이는 새들이 곤충만 먹는 매를 두려워하지 않기 때문이란다. 그러나 만약 그 두 마리 매가 똑같아 보인다면, 새들은 매들 중 한 마리가 새를 먹기 때문에 둘 다 새를 먹는다고 여기게 되지 않을까? 또는, 해롭지 않은 하나를 그들의 진짜 적과 즉시 동일시 여기게 되고 따라서 둘 다 똑같이 두려워하게 되지 않을까? 곤충만 먹는 매가 신참자들로 대단히 소수라면, 그 계략이 잠시 통할 수는 있다. 그러나 만일 해롭지 않은 매 열 마리가 해로운 매 한 마리의

*동물이 몸을 보호하거나 쉽게 사냥하기 위해서, 주위의 물체나 다른 동물과 매우 비슷한 모양을 띠는 것.

주변에 있다면, 해롭지 않은 매는 새들 사이에 알려진 평판으로 인해 곧바로 손해를 입을 것이다. 새들은 본능적으로 매라면 어떤 종이든 두려워한다.

윌리스는 상대적으로 연약한 조류인 뻐꾸기가 매와 닮으면 유리하게 될 수 있다고 생각하지만 내게는 순 억지인 것으로 보인다. 만일 양이 늑대를 흉내 낼 수 있다면 적들이 피하는 건 당연한 일이다. 그렇다면 왜 이런 유사성이 생기지 않았던 걸까? 뻐꾸기는 연약하고 방어 능력이 없는 새이기도 하지만, 매와 조금도 닮지 않았다. 수많은 다른 새들에 대해서도 똑같은 말을 할 수 있다.

서로 다른 동물 종 가운데 똑 닮은 많은 것들은 순전히 우발적인 것이 틀림없거나 또는 유사한 조건 하에서 행하는 동일한 변이법칙의 결과이다. 박각시나방은 형태와 나는 법, 방식에 있어서 벌새와 아주 가깝다. 만일 이 유사성으로 인해 위험성을 면한다면 명백한 의태의 사례가 될 것이다. 영국에도 그러한 나방이 있는데, 그 나방은 벌새가 발견되지 않는 곳에 있다. 왜 자연은 이런 식으로 스스로 되풀이하면 안 되는가? 그 나방은 꼭 벌새처럼 꽃의 꿀을 먹는다. 그런데 왜 벌새의 형태와 방식을 갖지 않을까?

자연에는 우발적인 유사성이 있다. 가령, 나무의 마디와 식물의 마디는 인간의 형태와 닮아 있으며, 특정한 균류는 인간의 해부학적 구조와 부분적으로 유사하다는 점에서 이런 유사성을 흔히 볼 수 있다. 꿀벌과 유사한 파리[등에]도 있다. 벌을 찾아다니던 시절, 나는 등에를 "짝퉁 꿀벌"이라고 부르곤 했다. 등에는 바람에 실린 내 벌통의 냄새를 맡고 나타나서는 꼭 진짜 벌처럼 벌통 주위에서 윙윙거린다. 물론 등에는 꿀벌보다 먼저 이곳에 있었으며 꿀벌과는 완전히 별개로 진화되어 왔다. 등에는 진짜 벌처럼 꽃의 꿀과 꽃가루를 먹고 살며, 그 결과 비슷한 형태와 빛깔을 띤다. 꿀벌에겐 적들이 있다. 두꺼비와 청개구리는 꿀벌을 먹이로 하며 킹버드는 느리게 나는 수벌을 포획한다.

열대지방에서 흔히 볼 수 있듯, 식용 나비가 먹을 수 없는 나비라든가 독성이 있는 나비를 모방할 때, 모방자가 이득을 보는 것은 당연하다.

모방자가 적으로부터 달아나고자 하는 것인지, 아니면 사냥감을 속이고자 하는 것인지는 큰 차이가 있다. 후자의 경우, 어떻게 형태나 빛깔을 위장하는지는 잘 모르겠다.

우리나라에 서식하는 때까치는 간혹 작은 새들을 죽여 머리를 먹어치우는데, 맹금의 형태도 빛깔도 눈동자도 아니기에 희생자들을 속일 수 있을 것이다. 하지만 이러한 위장이 어떠한 것을 의태한 결과라고 믿을만한 이유는 없다.

5. 열매의 빛깔

윌리스 씨조차도 껍질이 단단한 견과류가 보호색이 되어 있다고 여긴다. 먹을 수 없기 때문이다. 하지만 새나 다람쥐가 대행해주지 않는다면, 밤이나 너도밤나무 열매, 도토리, 버터너트의 열매와 같은 묵직한 열매들을 어떻게 흩뿌릴 수 있을까? 큰어치는 가을에 한꺼번에 밤과 도토리를 심느라 종종 분주한 시간을 보내며, 붉은날다람쥐는 멀리 떨어진 모체 나무로부터 버터너트 열매와 호두를 나르느라 분주하다. 후일에 대비해 열매를 갈라진 나뭇가지와 구멍에 넣어 놓아야 하기 때문이다. 당연히 이렇게 나르는 열매 중 많은 것들이 땅에 떨어져 뿌리를 내린다. 열매의 보호색이 효과가 있다면, 모든 나무와 관목과 식물이 내심 품고 있는 목적, 즉 씨앗을 흩뿌리는 목적을 무산시킬 것이다. 나는 아메리카플라타너스의 열매 또한 보호색이 되어 있다는 것에 주목하였는데, 그 열매들은 당연히 은폐를 필요로 하지 않으며, 은폐가 불가능한 봄까지 헐벗은 나무에 매달려 있다. 어치와 까마귀는 빛깔의 배합이 은폐되지 않는 밤나무의 벌어진 밤송이에서 밤을 물어 나른다. 그러나 다람쥐는 땅바닥에서 밤을 찾아낸다. 심지어는 소복이 쌓인 눈 밑에서도 찾아내는데 이는 필시 후각에 이끌려서일 것이다.

히코리나무[북미산 호두나무]의 열매는 거의 흰색에 가깝다. 그런데 왜 그 나무 또한 은폐하려 하지 않을까? 그 열매들은 다른 열매들만큼이나 속수무책이며, 다른 열매들만큼이나 알맹이의 맛도 좋다. 아마 새들이 두꺼운 껍질 때문에 열매를 갖고 아무것도 할 수 없을 거라는 생각이 든다. 그러니 모체 나무에서 열매를 나르는 데 네발 달린 동물을 끌어들일 필요가 있는 것이다. 이는 쥐와 다람쥐가 한다. 하지만 그게 흰색이라는 이유 때문이라면, 그렇다 하더라도 빛깔로 인해 어느 정도 은폐되는 거무스름한 버터너트나무 열매와 암갈색의 검은호두나무 열매도 똑같이 어떤 동물이 흩뿌려주어야 할 필요가 있다.

단풍나무, 서양물푸레나무, 보리수나 참피나무의 씨앗들은 빛깔이 희미하며 꼭 날개 같은 것이 달려있다. 이런 이유로 그 나무들은 파종 시 어떤 동물의 도움도 필요로 하지 않는다. 그 씨앗들이 흐릿하고 별로 끌리지 않는 색조 때문이라고 말하는 것은 동식물의 천연색의 중요성에 관해 사람들이 듣는 것과 같은 수준의 설명이 될 것이다. 왜 옥수수는 그토록 밝은 빛깔이며, 밀과 보리는 그토록 칙칙하고, 쌀은 그토록 하얄까? 각각의 경우 나름의 이유가 있는 게 틀림없지만, 그 이유가 주위를 둘러싸고 있는 동물의 생태와 어떤 관계가 있는지는 의문이다.

새로운 식물학은 꽃이 자신들의 수정을 도우려고 곤충을 끌어들이는 향기와 빛깔을 갖고 있다고 가르치는데, 이는 모든 식물에게 다른 무엇보다 중요한 욕구이다. 바람의 도움을 받아 수정되는 식물은 매우 꽃이 작고 빛깔이 엷기 때문이다. 아주 선명한 색상을 가진 열매가 허기진 동물을 끌어들인다는 것도 마찬가지로 사실일까? 얼른 와서 자신들을 먹으라고, 그래서 씨앗을 흩뿌리라고 말이다. 숲에 있는 풀산딸나무나 산딸나무에서부터 들판에 있는 붉은가시나무까지, 열매를 맺는 모든 식물과 관목, 나무는 지나가는 이들에게 환한 빛깔을 뽐내며 자신을 알리는 것처럼 보인다. 다육질의 과실을 맺는 식물은 일부 동물에게 미끼나 노임을 제공함으로써 와서 종자를 뿌리라는 것 외에 명백히 다른 용도는 없다. 그렇다면 왜 그 목적을 촉진시키는데 유혹적인 빛깔을 띠면 안 되는가? 그렇다 하더라도 진홍빛과 금빛 나는 나무딸기류들과 나무 열매들은 필연적인 화학적 숙성의 결과이지 않을까라는 생각이 든다. 가을철 단풍과 마찬가지로 말이다. 직접적으로든 간접적으로든 바로 이 가을철 빛깔의 풍성함은 나무에게 이득을 주지 않는가? 많은 독버섯들 또한 빛깔이 매우 선명하다. 그 독버섯들은 선명한 빛깔로 무슨 이익을 얻을까? 해안에 있는 조개껍데기들 역시 매우 화려하다. 무슨 목적을 위해서일까? 체리를 먹는 여새들은 연한 빛깔의 체리를 기가 막히게 찾아내며, 흐릿한 녹색의 산딸기류 열매와 그보다 더 흐릿한 들대추 열매 역시 개똥지빠귀들이나 여새들을 피해갈 수 없다. 그러나 포도밭에 있는 녹색을 띤 백포도는 청포도나 적포도만큼 새들의 습격에 시달리지 않는다. 이유는 아마도 새들이 아직 익지 않았다고 여겨서일 터이다. 백포도는 상당히 최근에 재배된 것으로 새들에게 아직 "인기를 얻지 못하고" 있다.

독성이 있는 열매 또한 빛깔이 매우 선명하다. 무슨 목적을 위해서일까? 버뮤다에서 "미국자리공"이라고 불리는 키 작은 관목 덤불을 보았다. 눈부

신 노란 빛깔로 아주 유혹적이었으나 독성이 있다는 확신이 들었다. 우리나라에 서식하는 야생 순무나 아룸속屬 식물의 붉은 열매를 먹는 동물이 있는지 알게 된다면 무척 흥미로울 것이다. 과연 새나 짐승이 그 열매들을 보고 참을 수 있을지 궁금하다. 그런데 무슨 이유로 그 열매들은 그토록 빛깔이 환할까? 붉고 하얀 노루삼속屬의 열매와 꿩의다리아재비의 열매를 먹는 동물이 있을지도 또한 궁금하다.

노박덩굴의 씨앗과 같은 일부 야생 열매의 씨앗은 무척 부드러워서 새의 모래주머니를 통과하면서 분쇄되지 않는 게 불가능할 것 같다.

옻나무 열매는 내가 자연에서 아는 바로는 거의 사기에 맞먹는다. 거칠거칠한 털로 뒤덮여 주렁주렁 달리는 열매들은 딱 신맛만 감지할 수 있을 정도이며, 빛깔은 아주 선명하다. 열매 자체가 소화가 되지 않는다면, 무엇하러 새를 유혹하여 열매를 먹어치우도록 하며, 그렇게 하는 데 대한 보상은 무엇일까?

가령 빵나무 열매나 커스터드애플나무 열매, 일명 추잉껌나무라 불리는 사포딜라나무 열매, 망고 열매와 같은 나무의 열매들은 열대지방에서 익으면서 빛깔이 밝은색으로 변하지 않는 것을 볼 수 있다. 또 열대지방의 나뭇잎들은 북쪽 지역의 나뭇잎들과 달리 빛깔이 붉어지지 않는다.

6. 본능

본능에 대한 잘못된 개념이 대중들에게 많이 퍼져있는 것 같다. 자연사를 주제로 쓰는 우리의 작가 중 일부는 그 단어를 완전히 폐기하고 싶어 한다는 말이 들린다. 자, 본능은 지성의 반대말이 아니다. 본능은 배우지 않은,

무의식적인 종류의 지성이다. 즉, 본래 타고난 지성인 것이다. 우리는 동물이 갖고 있는 능력이나 재능과 구별하기 위해 본능이라는 단어를 사용하는데, 이는 가르침이나 경험과는 무관한 것으로 주로 가르침과 경험에 의존하는 인간의 정신적 소양에서 나온 것이다. 하등동물이 본성에서 나오는 것을 인간이 하려면 인간은 가르침을 받아야만 한다. 이런 이유로 동물의 지식은 진보하지 않는 반면, 인간의 진보는 거의 한계가 없다. 인간은 한층 높은 정신적 차원을 갖고 다시 태어난 동물이다. 인간은 그 과정에서 여러 동물적 본능을 잃었거나 없애버렸지만, 경이롭게 향상하는 굉장한 능력을 얻었다.

본능은 이성, 성찰, 사유에 반대된다. 즉, 그 자체를 알고 인식하는 종류의 지성에 반대되는 것이다. 본능은 감각—감각의 인식, 감각의 연상, 감각의 기억—을 통해 행하는 하등한 형태의 지성으로, 이는 우리가 동물과 공유하는 것이다. 비록 동물의 시각과 청각, 후각이 우리의 것보다 종종 더 빠르고 더 예민하긴 하지만 말이다. 이런 이유로 동물은 오로지 현재의 가시적이고 객관적 세계만 아는 데 반해 인간은 이성과 사유의 재능을 통해 내면세계의 관념과 이상적인 관계를 안다.

동물은 대개 성숙한 단계에 이르는 순간 배운 것 이상의 것, 동물 훈련사에게 배운 것, 예를 들어 시도와 실패의 과정을 오랫동안 반복함으로써 서서히 배우게 된 것과 같은 것들에 대해 알아야 할 필요가 있다는 것을 알고 있다. 인간 또한 연습만으로 여러 가지를 성취하거나 시도와 실패의 동일한 과정을 통해 성취하게 된다. 인간의 손재주 중 많은 것들이 이런 식으로 나오지만, 특정한 것들은 이성을 발휘하면서 배우게 된다. 즉, 인간은 일이 어떻게 행해지는지, 문제의 요소들이 서로 어떤 관계가 있는지를 알게 되는 것이다. 훈련된 동물은 일이 어떻게 행해지는지를 전혀 알지 못한다. 단순히 자동적으로 할 뿐이다. 특정한 감각 인상이 습관으로 형성될 때까지 각인되어 왔기 때문이다. 사람이 흔히 잠자리에 들기 전에 시계의 태엽을 감거나 그 외 익숙한 행위를 하는 것처럼 아무런 생각 없이 한다고 보면 된다.

새는 둥지를 지을 때 아주 지능적으로 짓는다. 즉, 목적을 위한 수단에 맞춘다. 그러나 인간이 집을 짓는다는 의미와 마찬가지로 새가 둥지를 짓는 것에 대해 생각할 거라고 추측할 이유는 없다. 둥지를 짓는 본능은 장소와 기후, 먹이 공급과 같은 외적 조건에 자극받는다. 식물이 외부의 환경적 요인에 의해 자극받는 것과 똑같은 이치다.

거칠고 조잡한 비둘기나 뻐꾸기의 둥지가 독자적으로 자기주도적이고 창의적인 사고를 보이지 않는 것처럼 세상에서 가장 경이롭고 기발한 멋쟁이새나 찌르레기의 둥지도 독자적으로 자기주도적이고 창의적인 사고를 보이지는 않는다. 그 둥지들은 분명히 한 단계 높은 지적 본능을 나타내는데, 그게 전부다. 둘 다 똑같이 자연적인 충동이 빚어낸 결과로, 습득된 기술도 아니며 기술이 부족한 것도 아니다. 어떤 종의 새는 간혹 다른 종의 노래를 배우지만, 노래를 부르는 충동은 처음부터 있었으며, 이는 꼭 적절한 시기에 적절한 방법으로 자극받아야만 한다. 새장에 갇힌 집참새는 함께 새장에 갇히거나 가까이에 있는 카나리아의 노래를 배우는 것으로 알려져 있지만, 노래 부르는 충동을 물려받은 것은 확실하다. 이에 대한 증거는 봄에 참새 떼가 나무에 앉아 일제히 짹짹거리거나 요란하게 지저귀는 소리를 듣거나, 또 거의 노래 부르는 것 같은 어조를 들을 때이다. 우리나라에 서식하는 여새는 노래 부르는 충동을 갖고 있지 않은 것으로 보이는데, 나는 여새가 지금껏 노래 부르는 법을 배우기나 했는지 의문이다. 마찬가지로, 우리나라에 서식하는 목도리뇌조도 목소리의 힘이 약하기에 농가 마당에서 자랐더라도 꽥꽥거리며 의기양양하게 우는 법을 배웠을 거라는 생각이 들지 않는다. 목도리뇌조는 해가 바뀌어 짝짓기 계절인 봄이 돌아왔을 때 딱따구리가 울듯 딱딱 소리를 내며 즐거움을 표현한다.

최근 영국 작가인 리처드 키어튼은 대중들이 흔히 생각하듯 "동물계에 이성에 따르지 않는 본능은 결단코 없다"고 말한다. 이 발언은 참새들이 앉아 있던 건초더미의 구멍이나 움푹 팬 곳에 깃털이 대어져 있다는 사실을 발견한 것에 근거하고 있는 것으로 보인다. 다른 곳은 안에 깃털이 대어져 있지 않았기 때문이다. 이와 같은 수준으로 습관에서 이탈하는 것은 모든 동물들 사이에서 꽤 흔한 일이다. 본능은 무쇠처럼 단단한 것이 아니다. 즉, 언제나 똑같이 하는 기계처럼 변함없이 행하지 않는다. 동물은 살아있는 존재이며, 변이의 법칙에 영향을 받기 쉽다. 본능은 어떤 종이 다른 종보다 더욱 강력하게 행사할 수 있다. 마치 어떤 사람이 다른 사람보다 더욱 강력하게 이성을 행사하거나, 한 동물이 같은 종의 다른 동물보다 속도가 더욱 빠르거나 더욱 용맹할 수 있는 것처럼 말이다. 살아있는 동물 중에 정확히 똑같이 월등한 두 동물을 찾기는 어려울 것이다. 지빠귀는 둥지를 지을 때 진흙을 많이 사용할 수도, 거의 사용하지 않을 수도, 또 아예 사용하지 않을 수도 있다. 찌르레기는 둥지에 실을 엮을 수도 있거나, 마른 풀이나 말갈기 또는 꼬리털만 사용할 수도 있다. 그러한 사례는 본능적 행동의 변이만을 보여줄 뿐이다. 그러나 만약 찌르레기가 개똥지빠귀처럼 둥지를 짓거나 개똥지빠귀가 삼색제비처럼 둥지를 짓는다면 그것은 주목해야 할 본능의 이탈이다.

어떤 새들은 다른 새들보다 훨씬 더 고도의 변이를 보여준다. 어떤 종은 노래가 상당히 다양한 반면, 다른 종은 둥지를 짓는 습관이나 먹이를 먹는 습관이 다양하다. 나는 개똥지빠귀가 노래에 크게 변주를 주는 것을 한 번도 눈치챈 적이 없지만, 둥지를 짓는 습관이 끊임없이 변하는 것은 알고 있다. 그래서 한 둥지는 진흙이 거의 없이 지어진 반면, 또 다른 둥지는 거의 대부분 진흙으로 이루어지는 것이다. 또 어떤 둥지는 다량의 마른 풀과 잡초로 토대를 쌓은 반면, 옆의 둥지는 그런 종류로 토대를 쌓은 것이 거의 없거나 아예 없다. 둥지로 선택한 장소는 땅바닥에서부터 나무꼭대기에 이르기까지 더욱 다양하다. 양치류 한 무더기가 들어있는 조그만 상자 한가운데에 개똥지빠귀의 둥지가 지어져 있는 것을 본 적이 있는데, 그 상자는 집 근처 길가에 세워진 낮은 말뚝 꼭대기에 있었으며, 뚜껑이나 보호막 같은 것은 없었다. 개똥지빠귀는 둥지를 상자 속의 흙에 찰떡같이 붙여놓았기에 둥지 전체를 테두리로 들어 올릴 수 있었다. 또 둥지 가장자리에 거무스름한 잔뿌리를 솜씨 좋게 엮어놓아 무척 예쁘면서도 독특한 효과를 주었다. 노래참새는 노래도 노래거니와 둥지를 짓는 습관에서도 고도의 변이성을 보여준다. 저마다 자신만의 노래를 여러 곡 갖고 있으며, 어떤 새가 땅바닥에 둥지를 지으면 또 다른 새는 키 작은 관목 덤불에 짓거나, 아니면 여러분이 사는 집 측면의 덩굴에 짓는다. 반면 저녁참새는 변이성의 정도가 아주 낮아 각 개체의 노래가 거의 다르지 않으며, 내가 지금껏 발견한 둥지는 모두 땅 위의 탁 트인 들판에 있었다. 갈색머리멧새는 대체로 노래와 둥지를 짓는 습관이 일정한데도 불구하고 어느 철엔가는 둥지를 개똥지빠귀의 오래된 둥지 속에 지어 놓았다. 우리 집 현관에 있는 덩굴 속이었다. 그것은 그 작은 새의 입장에서는 아주 잘 적응한 사례였다. 내가 알았던 또 다른 갈색머리멧새는 독창적인 노래를 불렀는데, 구멍이 여섯 개인 작은 양철 피리의 소리와 비슷했다. 덤불참새 역시 둥지를 지을 덤불을 고르는 데 있어 꽤 일정한 편이지만, 나는 이 덤불참새의 둥지를 앞에 적당한 덤불이 펼쳐져 있는 탁 트인 들판의 땅 위에서 발견한 적이 있다. 딱따구리, 어치, 뻐꾸기, 피위새, 휘파람새와 그 외 숲에 사는 다른 새들은 노래나 먹이, 둥지를 짓는 습관에 있어 거의 변이를 보이지 않는다. 미국찌르레기는 둥지를 지을 때 실을 자유자재로 사용하며, 이 종의 새들은 서로 매우 다양한 노래를 부른다. 반면 검붉은찌르레기아재비는 실을 전혀 사용하지 않으며, 내가 관찰한 한 어느 곳에서고 항상 똑같은 노래를 부른다. 이런 이유로 우리는 일부 새들은 다른 새들보다 더욱 판에 박힌 삶을 산다고 말할 수 있다. 즉, 그들은 본능의 유연성을 덜 보여주며, 아마도 그 이유 때문에 자유로운 지성의 상태에 덜 가깝지 않나 싶다.

유기체는 모든 형태에 있어서 유연하다. 즉, 본능이 유연하다. 모든 동물의 습관은 변화된 조건과 더불어 다소 변하지만 야생생물의 삶의 변동 범위는 매우 제한되어 있으며, 사람의 경우 흔히 그렇듯 언제나 개체의 자유의지가 아니라 주변 상황에 따라 결정된다. 나무가 없는 지역의 새들은 날면서 노래를 부를 것이다. 흑곰은 캐나다나 로키산맥에서보다 남부의 여러 주에서 훨씬 짧은 기간 동안 "겨울잠을 잔다." 캐나다뇌조는 왜 대부분의 다른 종과 비교하면 그토록 어리석을까? 다른 어치는 그토록 경계심이 심한데 캐나다어치는 왜 우리가 북쪽의 숲이나 로키산맥에서 야영을 하면 우리 주위에서 곧잘 볼 수 있을 정도로 사람에 대한 두려움이 없을까? 그러한 변이는 물론 이유가 무엇이든 간에 자연발생적인 이유가 있다. 뉴질랜드에서 앵무새와 케어잉꼬는 한때 꿀과 열매를 먹고 살았지만 지금은 양을 먹고 산다. 양의 신장에 있는 기름기를 먹으려고 양을 쪼아 죽이면서 말이다. 이는 본능에서 아주 크게 이탈한 것이지만, 그 자리에 이성이 발달한 것으로 읽어서는 안 된다. 이것은 수정된 본능, 즉 새로운 공급원을 모색하는 먹이에 대한 본능이다. 정확히 그러한 본능이 어떻게 생겨나게 되었는지를 알게 된다면 무척 흥미로울 것이다. 우리 주변에서 흔히 볼 수 있는 찌르레기는 곤충을 먹는 식충성 조류이지만, 어떤 지역에서는 8월의 포도밭을 망가뜨리는 주범이기도 하다. 찌르레기는 개똥지빠귀처럼 열매를 먹는 게 아니라 즙을 빨아 먹게 되었다. 즉, 발효되지 않은 즙을 마시려고 포도에 구멍을 내는 것이다. 자, 여기서도 다시 수정하고 적응하는 본능의 사례가 있다. 모든 동물은 어느 정도 적응력이 있으며 새로운 먹이 공급원을 이용한다. 남부 지역의 평원에 쌀을 심으면, 얼마 가지 않아 쌀먹이새는 이 쌀이 먹이로 적당하다는 사실을 발견한다. 몇 년 전 북쪽에서 날아온 솔잣새들이 허드슨강 계곡에 대규모로 나타난 적이 있다. 그들은 복숭아 과수원에서 복숭아가 열릴 때까지 계속 머물러 있었다. 그곳이 새로운 먹이 공급원이라는 사실을 발견했을 때 그들은 복숭아 싹을 교묘히 쪼아 내어 풍작이 예상되는 복숭아 과수원을 크게 망가뜨렸다. 그러한 모든 사례는 적어도 먹이 공급과 관련해서 본능이 얼마나 유연하고 적응력이 있는지를 보여준다. 다시 한 번 말하지만, 본능은 타고난 것으로 배우지 않고 자연히 터득한 지성이며 외부를 향한다. 사람의 경우와 달리 절대 내면을 향하지 않는다.

7. 개똥지빠귀

아마 다른 어떤 새도 개똥지빠귀처럼 시골 생활과 밀접하게 연관되어 있지는 않을 것이다. 개똥지빠귀와 함께하는 시간은 대부분 즐겁지만, 그러나 짧은 한 철은, 특히 체리가 열리는 동안은 즐겁지가 않다. 개똥지빠귀의 삶은 여러 지점에서 우리의 삶에 닿아 있거나 어우러져 있다. 현관 앞마당에서, 정원에서, 과수원에서, 길가에서, 수풀에서, 숲 속에서 말이다. 개똥지빠귀는 원시림 깊은 곳을 제외하고는 어디에나 있으며, 언제나 아주 가까이에 있다. 개똥지빠귀는 앵무새류나 되새류처럼 소심하게 우리의 시골살이 주변에서 기다리지 않는다. 과감하게 달려들어 기회를 붙잡으며 무슨 일이 있더라도 자신의 몫을 나눠 가진다. 종종 자신의 몫보다 더 많이 나눠 갖긴 하지만 말이다. 얼마나 활기차고 얼마나 명랑하며 얼마나 끈질기고 얼마나 번식력이 좋으며 얼마나 적응을 잘하는지 모른다! 호전적인 성질이 있긴 하지만 쾌활하고, 좀도둑질을 하지만 얼마나 좋은 동무인지 모른다!

봄철 잔디밭에서 녀석의 불그스름한 가슴을 처음 보거나, 갈색 들판에 드문드문 쌓여있는 하얀 눈을 배경으로 앙증맞게 뛰어다니는 모습을 처음 보거나, 해 질 무렵 이파리 하나 없는 나무 꼭대기에서 천진난만하게 노래하는 소리를 처음 들을 때면 얼마나 봄의 떨림을 주는지 모른다! 즐거운 생각이 연달아 떠오르면서 삶에 생기를 북돋워 준다!

잔디밭에 있는 모습은 얼마나 멋진가! 뽐내는 듯한 자세는 또 어떠한가! 벌레를 붙잡아 구멍에서 홱 잡아당기는 모습을 보라!

최근 앞마당을 열심히 뒤져가며 애벌레들을 찾고 있는 개똥지빠귀 한 마리를 관찰했다. 풀밭 속에 있는 구멍에서 지렁이를 붙잡아 끌어내는 모습을 목격하는 것은 흔한 광경이지만, 애벌레들을 찾으려고 땅을 파서 그 커다란 한입거리를 지면으로 끌어오는 모습을 지금까지 본 적이 있는지는 잘 모르겠다. 녀석은 근처 단풍나무에 새끼들 보금자리를 치고 있었는데, 먹이를 구하려고 인근에서 얼마나 부지런히 일했는지 모른다. 녀석은 개똥지빠귀의 방식에 따라 짧게 난 풀밭 위를 통통거리며 뛰어다녔고 몸을 꼿꼿이 세운 채 몇 걸음마다 멈추었다. 이따금 불쑥 땅 쪽으로 고개를 숙여 잠시 눈과

귀를 온통 그곳에 열중하곤 했다. 그러다가 벌떡 일어나 부리로 격렬하게 풀밭의 구멍을 뚫었는데 매번 콕콕 쫄 때마다 태도가 바뀌었다. 재빠르면서도 경계를 게을리하지 않았다. 녀석은 풀뿌리들과 흙더미들을 위로 내동댕이치고, 더욱더 깊이 쪼아대면서 매 순간 더욱더 흥분하고 있었다. 그러다 비로소 통통하게 살이 오른 애벌레를 낚아챘다. 며칠 동안 나는 녀석이 매번 이런 식으로 애벌레를 잡으려고 굴을 판 뒤 끄집어내는 광경을 보았다. 녀석은 어디를 파야 한다는 것을 어떻게 알았을까? 곤충은 모두 지면에서 3센티미터 정도 밑에 있었다. 풀뿌리를 갉아먹는 소리를 듣기라도 했던 것일까? 아니면 풀밭 밑에서 애벌레가 움직이는 모습을 보기라도 했던 것일까? 나는 알지 못한다. 내가 아는 것은 녀석이 한 번도 놓치지 않고 매번 사냥감을 습격했다는 것뿐이다. 몇 차례 맹공격한 뒤, 마치 잠시 속았다는 듯 그만두는 모습을 본 것은 딱 두 번뿐이었다.

개똥지빠귀는 얼마나 호전적인가! 적들로부터 스스로를 방어하는 투지와 기상은 또 얼마나 대단한가! 나는 봄철마다 알을 찾아 나무 사이로 살금살금 돌아다니는 큰어치들을 개똥지빠귀들이 떼 지어 공격하는 모습을 본다. 우리 집 상록수에 검은찌르레기사촌들의 둥지가 있는데 거기서는 검은찌르레기사촌들과 개똥지빠귀들 사이에 끝없는 전쟁이 벌어진다. 검은찌르레기사촌들은 개똥지빠귀들의 알을 먹어치우며, 개똥지빠귀들은 수시로 치고받으면서 결연한 저항을 중단하지 않는다. 개똥지빠귀 두 마리가 새끼 검은찌르레기사촌 한 마리를 공중에서 공격하는 모습을 보았다. 그들은 격렬하게 검은찌르레기사촌의 깃털을 뽑아냈다.

어느 봄날, 우리 집 근처에서 개똥지빠귀 한 무리가 뻐꾸기 한 마리를 죽였다. 그들의 둥지에서 뻐꾸기가 알을 훔치는 모습을 발견했던 것이었다. 나는 죽이는 모습을 직접 보지는 못했으나 그런 모습을 보았던 여러 사람들에게 자세히 물어본 결과 그게 사실이라고 확신하게 되었다. 그들은 뻐꾸기가 개똥지빠귀의 둥지에 있을 때 공격한 것이었으며, 상처를 입혀 속수무책이 되도록 남겨두었기에 뻐꾸기는 이내 죽고 말았다. 그것은 내게 뻐꾸기가 다른 새들의 알을 먹어치운다는 사실을 지금껏 처음으로 시사한 일이었다.

5월에 개똥지빠귀들이 (검은부리*)뻐꾸기들을 죽인다는 사실을 잘 입증된 사례 두 가지를 통해 알게 되었다. 개똥지빠귀는 적을 알아보았으며, 내 생각에는 뻐꾸기가 그중 하나라는 사실을 알고 있었다고 확신한다.

개똥지빠귀는 얼마나 적극적인 활동가인가! 그도 그럴 것이 녀석은 처세에 능하다. 부지런하고 솜씨가 좋으며 적응을 잘하고 집요하다. 나뭇잎들이 싹을 틔우기 전인 4월이 되면 암컷은 둥지를 짓기 시작한다. 될 수 있는 대로 나무의 갈래 속에 숨겨놓거나, 헛간이나 현관 밑에 틀거나, 심지어는 땅바닥에서 툭 튀어나온 둑 밑에 감춰놓기도 한다. 어느 봄날, 개똥지빠귀 한 마리가 마차 차고 처마 밑에 세워져 있는 사다리 위에 둥지를 틀었다. 사다리를 사용해야 할 때가 있었으므로 우리는 둥지를 사다리 밑에 있는 상자 위에 두었다. 개똥지빠귀는 처음에는 안절부절못했지만, 얼마 가지 않아 보다 노출된 새로운 위치에서도 계속해서 알을 품었다. 같은 해 봄, 한 녀석이 반쯤 완성된 과실창고 안의 대들보에 둥지를 틀었다. 아직 씌우지 않은 지붕널을 통해 오간 것이었다. 어느 날, 알을 막 부화했을 때, 우리는 지붕을 완성해 그곳에서 거의 밤까지 망치질을 계속했다. 어미새는 무척이나 짹짹대며 우리를 야단쳤지만 새끼를 버리지는 않았으며 이내 문으로 오가는 길을 찾아내었다.

만약 개똥지빠귀가 여러분의 현관에 둥지를 짓겠다고 결심한다면, 여러

*검은부리뻐꾸기는 부리가 검고, 대개의 뻐꾸기류와는 달리 자신의 둥지를 짓고 새끼를 키운다.

분은 개똥지빠귀가 거기에 둥지를 트는 것을 바라지 않는다고 결심해야 한다. 문제가 해결되기 전에 양측이 상당히 애먹을 것이기 때문이다. 개똥지빠귀는 아침 댓바람부터 여러분의 기선을 제압하며, 분노의 빗질로 아무리 쓸어버려도 마른 풀과 지푸라기 더미들을 제 자리에 도로 갖다 놓으며, 그 쓰레기들을 여섯 차례나 깨끗이 치운 뒤에도 집요하게 계속한다. 녀석을 낙담시키기에 앞서, 여러분은 지붕널이든 널빤지든 모든 "유리한 지점"에 있는 녀석을 따돌려야 한다. 개똥지빠귀는 참으로 불굴의 집념을 가진 활동가이다.

8. 까마귀

거의 60센티미터나 폭설이 내린 뒤 몹시 추운 겨울 아침, 문을 나서자 까마귀 세 마리가 몇 발자국 떨어져 있지 않은 사과나무에 앉아 있었다. 나를 보자 그중 한 마리가 독특한 소리로 까악까악 울었지만 날아가 버리지는 않았다. 그 소리는 일반적인 높은 음조의 경계음이 아니었다. "조심해!"라는 의미일 수도 있지만, 내게는 구호품을 요청하는 소리인 것만 같았다. "배고픈 네 이웃 셋이 여기 있어. 먹을 것 좀 줘." 그래서 나는 닭고기 내장과 다리를 가져와 눈 위에 올려놓았다. 까마귀들은 내가 내놓은 것을 곧장 발견하고는 날개를 접어 평소대로 의혹에 가득 찬 행보를 보였다. 이는 새의 경계심을 강조하는 효과를 내는 것이었다. 까마귀들은 이내 먹이에 다가가 먹어치우거나 물고 가 버렸다. 그러나 먹이를 사이에 두고 그 어떤 분쟁이나 논란도 벌어지지 않았다. 정말로 각자가 서로에게 우선권을 주는 것처럼 보였다. 사실 까마귀는 정중하고 예의 바른 새다. 맹금류는 먹이를 두고 서로 찢어발길 것이다. 대머리수리조차도 날개로 서로를 난폭하게 할퀴어 상처를 낼 것이다. 하지만 나는 그 온화한 약탈자인 까마귀에게선 아직까지 그런 종류의 모습을 전혀 보지 못했다. 그럼에도 의심은 까마귀의 지배적인 특성이다. 무언가 계획적으로 고안해 낸 것처럼 보이면 일단 경계하고 본다. 옥수수밭에 쳐놓은 아주 단순한 장치만 보아도 대개 가까이 가지 않는다. 까마귀는 덫의 낌새를 알아챈다. 지략은 깊지 않지만, 민첩하며 언제나 정신을 바짝 차리고 있다.

자연사 공상작가 중 한 명은 6월에 까마귀들을 떼 짓게 한다. 그러나 진실은 9월까지는 떼를 짓지 않는다는 것이다. 여름 내내 가족끼리 모여 지낸다. 여러분은 나이 든 까마귀들이 어린 새끼들과 함께 들판 주위에서 먹이를 찾는 모습을 볼 수 있다. 어린 새끼는 종종 부모에게서 먹이를 받아먹는다.

어린 시절부터 나는 해마다 9월이나 10월에 까마귀들이 모이는 모습을 보아왔다. 풀로 뒤덮인 높은 언덕이나 숲이 우거진 산등성이에서였다. 한눈에 보기에도 광대한 지역에서 온 모든 까마귀들이 이 시기에 모인다. 여러분은 까마귀들이 혼자서든 느슨하게 무리를 지어서든 각 방면에서 만남의 장소로 날아가는 모습을 볼 수 있다. 그리하여 마침내 수백 마리가 된다. 그들은 1,000~2,000평의 땅을 새까맣게 물들인다. 간간이 모두 다 같이 공중으로 솟아올라 빙빙 돌며 일제히 까악까악 울어댄다. 그런 뒤 경우에 따라 다시 땅으로 내려앉거나 나무 꼭대기에 앉는다. 그런 다음 다시 일어나 무수히 까악까악 소리를 낸다. 이 모든 것은 무엇을 의미할까? 나는 이 집회가 항상 월동 장소에 들어가기에 앞서 열린다는 것에 주목했다. 까마귀들 사이에서 일어나는 의사소통의 본질을 아는 것만으로도 흥미로운 일이다. 그 후 얼마 지나지 않거나 혹은 10월 초에, 까마귀 떼가 아침저녁으로 서식처로 오가는 모습을 볼 수 있다. 서식처에 대한 문제는 9월의 씨족 모임에서 해결되는 것으로 보인다. 그 장소는 사전에 합의되었으며, 또 종족 구성원 모두에게 제공된다는 것을 고지했을까? 우리의 "숲 연구파" 교수들은 아마 그런 종류의 것을 추론할 것이다. 나는 그 모든 것이 다른 동물 집합체만큼이나 자연스럽게 생긴 게 아닐까 한다. 까마귀 몇 마리가 언덕에 모인다. 그들은 다른 까마귀들을 끌어모으고, 계속해서 또 다른 까마귀들을 끌어모은다. 그 중 한 떼가 공중으로 솟아올라 빙글빙글 돌며 까악까악 우는 것은 모든 까마귀들이 보이는 곳이거나 들을 수 있는 곳에서 까마귀들에게 모임을 알리려는 본능적인 행동일지도 모른다. 어쨌든 그것은 효과가 있으며, 도처에서 까마귀들이 부랴부랴 온다.

그들의 다양한 울음소리가 무엇을 의미하는지 누가 알 수 있을까? 권위가 실려 있거나 명령하는 듯한, 봄과 여름에 듣게 되는 그 우렁찬 까악까악 소리, 그것은 무엇을 의미할까? 나는 결코 알아낼 수 없다. 그것은 필시 수컷이 내는 소리이다. 까마귀는 공중을 날 때뿐만이 아니라 목초지의 울타리에 홀로 앉아 있을 때도 그 소리를 낼 것이다. 까마귀가 경계할 때 내는 소리는 쉽게 구별된다. 모든 다른 새들과 야생동물들이 그 소리를 알고 있기에 사냥감의 뒤를 몰래 밟는 사냥꾼은 그 소리를 들었을 때 욕을 퍼붓기 십상이다. 봄철에 까마귀 두 마리가 나뭇가지에 바짝 붙어 앉아서 내는 소리를 들었다. 목 뒷부분에서 나와 목구멍을 울리며 복화술을 쓰는 듯 여러 기이한 소리를 뱉어내고 있었다. 그들은 무슨 말을 하고 있었을까? 아마 일종의 사랑의 언어였을 것이다.

나는 지금껏 아무도 까마귀가 불평하는 소리를 내거나 서글퍼하는 음색을 들어본 적이 없을 거라고 감히 말하겠다. 녀석은 언제나 활기차며 언제나 침착한 데다 기세등등하다. 버뮤다에서 보고 들었던 대여섯 마리 까마귀 떼처럼 나를 편안하게 해 준 것은 아무것도 없다. 한때 그들은 버뮤다에서 수도 없이 많았지만 박해를 받아와서 결국 생존해 있는 종족만 남게 되었다.

I

일 년 내내 내 친구이자 이웃이라네
자청한 감독관이라네.

내 열매와 곡식의 수확물에서
내 숲과 밭고랑에서

그대는 도처에서 십일조를 주장하네
나는 그것을 절대 절도라고 부르지 않네.

자연은 어질게도 법칙을 만들었네
나는 결함을 찾을 수 없네.

그대는 땅에 대한 권리와
모든 것을 다 가졌다네.

나는 그대의 자아도취에 빠진 태도가 좋아
나는 그대의 근심 걱정 없는 방식이 좋아.

땅 주인 그대가 내 밭을 거니네
재빨리 수확량에 주목하네.

표정은 정중하고 자세는 배짱 두둑하네
마치 황금으로 샀다는 듯 주장하네.

그대는 하늘에서 유유히 떠도네
날은 잔잔하고 구름은 높이 떠다니네.

해가 뜨기 전에 기운차게 나네
하루가 저물 때 집으로 돌아가네.

빛깔 걱정은 하지 말게
매끄러운 깃털 하나하나가 반질반질 빛나네.

발가락 끝까지 온통 새까맣네
새하얀 눈과 대조를 이루네.

II
구슬픈 곡조도 호소하는 소리도 아니네
살그머니 훔칠 때 그대는 더없이 편안하네.

언제나 깃털 끝까지 가다듬네

날이 궂으나 좋으나 차분하게 단장하네.

아침부터 밤까지 나의 숲을 감시하네
지켜보는 그대의 소리가 점점 커지네.

매와 올빼미가 나무 꼭대기에 숨어 있네
그대의 조롱에 창피해하네.

아무도 그대의 눈길을 피할 수 없네
오직 그대의 비난만 두려워하네.

III

사냥꾼들, 먹이를 찾아 배회하는 자들, 숲을 좋아하는 자들
헛되이 우거진 나뭇잎을 찾네.

떠들썩하게 책략을 꾸미며 포식하네
자애로울 정도로 처신하네.

여유로움을 선사 받아 서두름이 없네
호들갑을 떨지 않고 근심 걱정도 없네.

로빈 후드처럼 우호적인 의적이라네
숲의 판사와 배심원이라네.

혹은 검은 깃의 키드 선장*이라네
언덕에 온갖 보물을 숨겨놓네.

자연은 그대를 위하여 사계절을 만들었네
그대에게 충분히 이성적인 지략을 주었네.

그대의 뛰어난 지략은 언제나 반질반질 윤이 나네
마치 정성 들여 빗어낸 깃털처럼.

부디 그대의 수가 줄어들지 않기를!
내 삶이 다하는 날까지 그대의 친구가 되어 주리.

그대를 못 보는 날이 오지 않기를!
내 그대를 절대 새까맣게 까먹지 않으리.

그대는 그토록 잘 해낼 필요가 없으리,
그대가 맡은 허수아비 역할을!

*Captain Kidd(1645~1701). 인도양에서 대영제국의 선박을 보호하기 위해 고용된 스코틀랜드의 선장. 처음에는 해적 소탕의 임무를 다했으나 나중에는 자신이 무자비한 해적으로 변모했으며 결국 1701년 처형됐다. 엄청나게 많은 약탈 보물을 숨겼다는 얘기가 전해지면서 전 세계에서 보물을 찾으려는 시도가 이어졌고, 키드 선장의 전설은 로버트 루이스 스티븐슨이 『보물섬』을 쓸 때 영감을 주었다.

1789년, 사람들은 자연사 문학의 한 장르가 처음으로 쓰여졌다고 선언했다. 길버트 화이트의 『셀본의 자연사』가 그것이다. 이는 한 세기를 넘어 존 버로스가 장악하고 대중화시킨 장르가 시작됨을 의미한다.

1837년, 뉴욕의 캐츠킬산맥 밑자락의 가난한 농가에서 태어난 존 버로스는 해마다 봄이 되면 돌아오는 새들과 농장 주위에서 흔히 볼 수 있는 개구리라든가 호박벌 같은 야생동물에 온통 마음을 빼앗겼다. 당시 온 가족의 주일 행사였던 교회에 가는 대신 그는 들판과 산을 헤매다니고 냇가에서 헤엄치며 놀았다. 자연에 대한 끊임없는 애정과 시골에 존재하는 '미물'들에 남다른 애착을 갖게 된 것은 바로 이 어린 시절 "숲속을 거니는 발걸음 하나하나가 종교의식이었으며, 냇가에서 멱을 감을 때마다 안수를 받았"기 때문이었다. 10대 시절, 그는 학업에 관심을 보였으나 엄격한 침례교도였던 아버지는 지역 학교에서 제공하는 기초교육만으로도 충분하다고 판단, 고등교육의 학비를 대주지 않았다. 가족 농장에서 17년을 일하는 동안 지역 도서관의 책을 모조리 읽은 그는 대학 진학에 필요한 돈을 벌려고 집을 떠나 1863년까지 뉴욕의 한 학교에서 아이들을 가르쳤다.

버로스의 작가로서의 이력은 1860년 여름, 당시 새롭게 출간된 「애틀랜틱 먼슬리」지에 익명으로 글을 한 편 기고했을 때부터 시작된다. 편집장은 그의 글을 읽고 처음에는 에머슨의 글과 비슷해서 에머슨을 표절한 게 아닌가 여겼다고 한다. 1863년 워싱턴 D.C.로 이사, 재무부 통화국에서 일을 하는 와중에 틈틈이 에세이를 발표하며, 월트 휘트먼의 시에 관심을 갖게 된다. 그리고 같은 해 드디어 휘트먼을 만나 평생의 인연을 맺게 된다. 휘트먼은 계속해서 그에게 철학과 문학뿐만 아니라 자연에 관한 글을 쓰라는 조언을 아끼지 않았으며, 버로스와 친분을 맺은 뒤 휘트먼의 작품에도 자연이 스며들기 시작했다. 1867년, 버로스는 첫 번째 전기이자 비평집인 「시인이자 인간으로서의 월트 휘트먼에 대하여」를 발표한다. 그리고 1871년 버로스는 첫 번째 수필집 『연영초』를 발표한다. 1873년, 이제 워싱턴을 떠나 뉴욕으로 간 버로스는 허드슨강 서쪽의 농장을 사들여 베리를 비롯한 여러 작물을 키우면서 본격적으로 글쓰기 작업에 들어간다. 휘트먼이 여러 차례 방문, 숲길을 거닐면서 그곳은 일명 "휘트먼 랜드Whitman Land"라고 불리게 된다. 1895년에는 근처의 토지를 구입, 원주민 스타일의 조그만 오두막을 한 채 지어 "슬래브사이드Slabsides"라 불렀다. 그가 거주하던 거의 30년 동안 슬래브사이드는 충실한 독자들과 각계각층의 저명한 친구들을 끌어모아 땅과 야생생물 보존의 중요성을 일깨우며 집 바깥의 세계에 대한 신비로움을 불어넣는 명소가 되었다. 당시 그곳을 찾은 명사들로는 조류학자 프랭크 채프먼과 윌리엄 브루스터, 환경보호 활동가이자 작가인 존 뮤어, 건축가이자 실내장식가인 구스타프 스티클리, 시어도어 루스벨트 대통령, 기업가 헨리 포드 등이 있다.

이 수필집을 통해 존 버로스는 우리나라에 처음으로 소개되지만 미국에서는 살아있는 동안 가장 유명한 작가 중 한 사람으로, 자연에세이 분야에서 헨리 데이비드 소로 이후 가장 중요한 작가이자 또 다른 한편으로는 선구적인 자연보호 실천가로 추앙받고 있다. 버로스와 소로는 스타일 자체가 다르지만 둘 다 자연 에세이를 대중화시켰다는 점에서 비평가들의 비교를 피할 수 없었다. 버로스에게 의제 같은 것은 없었다. 그의 글쓰기 목표는 "나는 새가 내게 주는 기쁨과 새 자체를 위해 글을 쓴다. 교훈적이거나 도덕적인 전개가 조금이라도 보일라치면 언짢아진다." 버로스는 살아생전 소로에 대해 전반적으로 찬사를 바쳤으나, 바로 이 지점에서는 날카롭게 비판했다. 모든 자연이 은유였던 소로와 달리 버로스에게 "자연은 우주가 매음굴이나 도서관이 아닌 것처럼 신전이 아니"었으며, 그는 소로가 작품 속에서 자연과의 분리를 만들어내며 자연을 자신의 철학을 가르치는 도구로 사용한다고 보았다. 이 수필집에서도 누누이 반복하지만, 버로스에게 있어 자연작가의 목표는 "정확한 사실을 제시하는 것"이었기 때문이다. 그는 과학자의 감수성을 갖고 있었으며, 감상벽을 용납하지 않았다. 때문에 자연을 보다 관찰자적인 시점으로 썼고, 소로처럼 주관적으로 보아 독자에게 "답"을 내리는 것을 자연에 대한 모독으로 간주했다. "나의 경향은 소로가 마음속에 품고 있는 방향만큼이나 강력하다. 소로는 언제나 설교하려 들고 가르치려 든다. 나는 결코 설교하거나 가르치지 않는다. 그저 보고 자세히 설명할 뿐이다." 그는 독자들이 자연과 초월주의에 대한 질문을 탐구하며 스스로 결론을 이끌어내기를 바랐다. 윌리엄 블레이크나 월트 휘트먼 같은 시인들을 본보기로 삼아 "나는 자연으로 돌아가서 위로받고 치유받고, 그리고 나의 감각들을 정돈"하였으며, 성실한 장인정신을 바탕으로 자신만의 영역을 발견하였다. 이는 이전 작가들이 이루어내지 못했던 스타일이었다. 이렇듯 과학적 글쓰기와 자연의 즐거움을 어떻게 결합할 것인가라는 문제는 버로스에게 평생의 주제였으며, 소로처럼 초월적인 "새 뒤의 새"나 냉철한 과학처럼

"박제되고 꼬리표가 붙은 표본"이 아니라 독자들에게 "살아있는 새 자체"를 제시하기 위하여 고투하였다.

1903년 존 버로스는 「애틀랜틱 먼슬리」지에 "진짜와 가짜 자연사"라는 제목의 글을 기고하는데, 이 글은 대대적인 "자연 사기꾼 논쟁"을 촉발하며 자연사 글쓰기에 대한 새로운 운동을 이끌어낸다. 그는 이 글에서 야생동물의 생태에 작가 자신의 환상을 심어 넣었으면서도 마치 자연사의 일부인 것처럼 표현하는 작가들에게 "숲의 옐로우 저널리즘"이라며 비난을 퍼부었다. 『시튼 동물기』의 어니스트 톰슨 시튼, 캐나다 시의 아버지라 불리는 찰스 GD 로버츠와 『동물들은 어떻게 대화할까』의 윌리엄 J. 롱이 그들이다. 이 논란은 버로스와 같은 신념을 갖고 있던 시어도어 루스벨트 대통령을 포함, 당시 환경계 및 정치계 인사들이 개입되며 4년간 지속되었다.

과학 작가와 자연사 작가 사이에는 근본적인 차이가 있다. 과학 작가는 종에 대한 여러 사실을 나열하고, 연구한 사실을 통해 종의 특성을 전달한다. 자연사 작가는 행동 관찰에 근거하여 글을 쓴다. 자연사 작가는 어떤 종이 전형적으로 특정한 색을 가졌다고 진술하는 대신 자신이 관찰한 다람쥐의 털을 묘사하고 그것이 빛 속에서 어떻게 변하는지를 기술한다. 자연사 작가는 또한 풍경에서 자신을 분리시키기보다는 자신을 포함시킨다. 과학 에세이에는 작가 자신에 대한 증거가 없지만 자연 에세이에는 작가 자신을 둘러싼 주변과의 상호작용을 읽을 수 있는 게 다반사다. 일인칭 시점 형태가 나타나며, 작가는 자신이 경험하고 있는 것과 동일한 여정을 독자들로 하여금 걷도록 하며, 관찰한 바를 서술하기 위해 최선을 다한다. 버로스는 자연에 다가선 여정을 정확하게 기록함으로써 독자로 하여금 그가 걸었던 길을 동시에 경험할 수 있도록 해주었다. 버로스가 원시의 자연과 맞닥뜨리면 독자 역시 원시의 자연을 마주했다. 자신의 취향에 맞게 글을 재조정하거나 논평을 덧붙이지 않고, 관찰한 순간 자극받은 것을 그대로 글로 옮겼다. 이를 테면, 뱀이 무방비상태의 새끼 새들을 잡아먹는 것과 같은 상황을 그대로 보여줌으로써 독자들로 하여금 날 것의 자연 그대로를 보게 해주었다. 있는 그대로의 자연계에 초점을 맞춤으로써 자연의 어둡고 추악한 면까지도 인정한 것이었다. 그렇다면 왜 이전의 작가들은 이런 작업을 하지 않았을까. 독자들이 매력을 느끼지 않았기 때문이다. 버로스가 말하는 진정한 자연 작가란, 바로 이렇듯 자연의 불결하고 추악한 것들 속에서 그 자체의 아름다움을 보는 사람이다. 하지만 그것이 아름다움인지 아닌지는 독자들이 결정할 문제로 남겨둔다.

자연을 대하는 인간의 겸손한 자세를 보여주는 총 27권의 수필집은 수백만 부가 팔리고 교과서에 실리며 그 자신이 문화 권력을 가질 정도로 인기 있는 작가 반열에 올라선다. 루스벨트 대통령과 함께 여행하는 동안 대통령보다 그에게 몰려드는 사람이 훨씬 많았다니, 당시 그의 위상을 짐작할 수 있을 것이다. 그의 가장 중요한 가설 중 하나는 인간이 어떻게 자연계와 건강한 관계를 찾을 필요가 있는지에 관한 것이다. 당시 점점 산업화되어 가는 사회를 보면서 버로스는 인간이 자연을 사랑한다고 말할 때, 그것은 반드시 자연을 포함해야 한다는 것을 깨달았다. 사람들이 실지로 자연에 대한 소유권을 가질 수 있다는 듯 땅을 사고팔며 사업과 이익으로만 대하는 것을 본 그는 좌절했다. 그에게 자연이란 인간이 분리하고 분할할 수 있는 자원이 아니었으며, 자연 자원에 인간이 의존하는 모습은 분명 자연이 인간보다 강력하다는 것을 보여준다는 관점이었다. 그런데 어떻게 인간이 자연을 지배할 수 있다고 생각한단 말인가? 인간은 자연의 일부를 활용할 수 있는 능력을 개발했으며, 그렇기에 우리가 관계를 맺고 있는 자연계를 더욱 존중하는 자세가 훨씬 중요하다고 보았다. 버로스의 견해에 의하면 "간단히 말해서, 두 경우 모두에서, 어떻게 온 자연계를 얻으면서도 우리 자신의 영혼을 잃지 않느냐"가 중요하다. 버로스는 과학과 자연을 함께 이용하면 사람들이 더 나은 이해를 할 수 있다고 주장했다. 과학 자체만으로는 시와 자연의 경험을 망칠 수 있지만, 함께 할 때 과학은 지적인 투명성을, 시와 수필은 감정적인 투명성을 보여줄 수 있다는 것이다.

나이가 들면서 버로스는 과학을 이용하여 사유와 철학을 발전시켰다. 1883년 『종의 기원』과 『인간의 계보』를 읽은 그는 다윈을 과학 분야와 글쓰기 분야에서 완벽한 천재라고 여겼다. "그는 셰익스피어만큼 위대하고 놀라우며, 셰익스피어와 같은 방식으로 인류의 지식을 활용한다." 자연사를 쓰는 작가가 과학자의 팬이라니! 그가 에머슨과 휘트먼에게 바쳤던 찬사를 다윈에게도 똑같이 바쳤다는 것은, 다윈을 노련한 문필가로만 느낀 게 아니라 과학의 진보까지도 누렸다는 것을 의미한다. 즉, 다윈의 작품들을 통해 과학과 문학의 관계에 초점을 맞추게 된 것이다. 물론 그는 다윈뿐 아니라 존 틴들, 토머스 헉슬리, 앙리 베르그송 등을 접하며 과학과 윤리, 진화에 천착했는데, 말년에 발표된 글들이 과학과 자연에 대한 개인적인 고투와 혼란스러움이 반영되어 있는 것은 그 때문인 것으로 보인다.

1910년 2월 18일 자 일기에서 그는 "우주의 기쁨, 그리고 그 모든 것에 대한 강렬한 호기심. 그것이 나의 종교였다"고 쓴다. 문필가이자 농부, 자연주의자이자 추상적인 사상가, 은둔자이자 사교계의 명사였던 그는 여든네 번째 생일을 며칠 앞두고, 집으로 돌아가는 기차 안에서 자연으로 돌아갔다.

숲속에 오두막을 한 채 지어 직접 온갖 작물을 키우며 살았던 존 버로스는 진정한 자연 애호가이자 자연 예찬가로, 19세기에 자연 에세이를 대중화시킨 사람으로 영원히 알려질 것이다. 그러나 버로스를 단호한 환경운동가로만 묘사하는 것은 실수이다. 존 뮤어, 루스벨트와 같은 활동가들이 각기 환경보호 단체를 이끄는 동안, 그는 파랑새의 구애와 설앵초의 향기를 기록하는 것으로 행복해했다. "나의 목표는 전적으로 예술적인 것에 있기" 때문이었다. 또한 그가 무덤 속에서 들으면 펄쩍 뛸 일이겠지만, 많은 사람들이 소로의 제자로 여길 것이다. 버로스의 유산은 현재 존버로스협회와 그의 이름을 딴 여러 초, 중, 고등학교를 통해 이어지고 있다. 그가 죽은 이후, 인기는 시들해지고 책을 찾는 독자는 많이 줄어들었다. 과학 운동이 그 자리를 대신하면서 자연사 문학 운동 전체가 어려움을 겪었다. 그러나 이제 다시 등산이라든가 낚시, 도보 여행 등 집이 아닌 야외에서의 삶을 즐기는 이들이 기하급수적으로 늘고 있다. 존 버로스의 작품이 새로운 독자들과 함께 다시 여행을 떠날 준비가 된 것이다. 독자들은 버로스가 옹호한 견해, 즉 자신이 살고 있는 지역의 풍경과 야생동물을 이해하고 인식하는 쪽으로 시선을 돌리고 있으며, 직접적으로든 간접적으로든 그에게 영향을 받아 자연작가가 되거나 환경보호운동에 앞장서고 있다. 보편적인 것들에 대한 항구적인 관심을 쏟게 하여 연못 수면에 넓게 퍼지는 잔물결을 일으켜 궁극적으로 자연의 풍경 자체를 원래의 것으로 되돌려놓는 것. 이것이야말로 존 버로스가 바라 마지않던 불멸, 아니겠는가.

2018. 가을

지은현

자연의 방식

존 버로스
지은현 옮김

초판 1쇄 발행 _ 2018년 10월 31일
펴낸이 강경미 | **펴낸곳** 꾸리에북스 | **디자인** 앨리스
출판등록 2008년 8월 1일 제313-2008-000125호
주소 121-840 서울 마포구 합정동 성지길 36, 3층
전화 02-336-5032 | **팩스** 02-336-5034
전자우편 courrierbook@naver.com

ISBN 978-89-94682-32-7

이 도서의 국립중앙도서관 출판예정도서목록(CIP)은 서지정보유통지원시스템 홈페이지(http://seoji.nl.go.kr)와 국가자료공동목록시스템(http://www.nl.go.kr/kolisnet)에서 이용하실 수 있습니다.(CIP제어번호: CIP2018031324)

Ways of Nature

Slabsides